*Rapport från en skurhink*

# 수없이 많은 바닥을 닦으며

*Rapport från en skurhink*

마이아 에켈뢰브 지음
이유진 옮김

어느 여성 청소노동자의 일기

교유서가

## 추천사

신을 믿지 않는 내가 신 대신 믿는 것이 있다. 간절하게 쓰는 마음. 그 마음을 지닌 책이 출간 반세기 뒤에야 우리에게 닿았다. 가난하고 정규 교육과 거리가 멀고 홀로 다섯 아이를 키워야 했던 여성 청소노동자가 성공과 명예를 위해서가 아니라 다만 살아내기 위해 쓴 글. 매일의 양식처럼 하루치의 글을 읽고 쓰며 하루씩을 살아낸 사람의 기록. 쓸고 닦는 일의 고단함을 이야기하는 데서 출발한 마이아 에켈뢰브의 일기는 하루하루 쌓일수록 자신을 응시하고, 사회를 비추며, 세계를 성찰한다. 그렇게 가장 개인적인 글은 가장 정치적인 문학이 된다. 글쓰기가 세상을 구원하지는 못하지만, 할 수 있는 것이 그것밖에 없어 간절히 쓰는 사람만큼은 구원할 수 있다는 사실을, 그 한 명 한 명의 구원이 더해질 때 세상도 조금씩 움직인다는 사실을, 이 책은 믿으라는 말도 없이 믿게 만든다.

_이문영(기자·작가)

## 추천사

이런 일기는 처음이다. 일기를 쓴다면, 더구나 출간한다면 이 책은 최고의 모델이다. 1970년에 세상에 나온 스웨덴 작가의 이 책은 세계사를 총람한다. 그는 1980년대 이후 국제정치학계의 새로운 도전이었던 "개인적인 것이 국제적이다the personal is the international"의 사상을 이미 체득하고 있다.

청소노동자였으며 이혼 후 5남매를 혼자 양육한 여성인, 작가의 사유의 깊이와 문장은 일상을 유지하는 '집안일'로부터 면제된 '남성' 작가와는 질적으로 다른 차원의 수월성을 보여준다. 나는 이 책을 읽고 내 안의 뿌리 깊은 초월적 인간상에 대한 선망을 직면할 수 있는 용기를 얻었다.

그때나 지금이나 '팔꿈치사회'에서 우리는 이 책을 통해 "세상의 가장 낮은 존재를 해치지 않는" 선함과 지혜를 얻으리라. 욕망의 시대를 차분하게 껴안은 이 책에 몸을 맡겨보기를 권한다. 읽기 편하고 정확한 한국어 번역은 덤이다.

_정희진(여성학 박사, '정희진의 글쓰기 시리즈' 저자)

## 추천사

청소, 노동, 여성. 세상이 연민하고, 대상화하고, 무시하기 쉬운 단어의 조합. 이 세 단어를 지니고 인생을 살아가는 사람이 글을 쓴다. “이제 청소하러 갈 테고 청소를 마친 다음에는 야간학교에 갈 것이다.” 노동과 삶이 딱 붙은 글이다. 그 사이를 파고드는 것은 에켈뢰브의 세계를 향한 통찰과 인생을 대하는 관대함이다. 감히 누가 그의 글을 연민으로 읽을 수 있을까. 글에서 마이아 에켈뢰브는 묻는다. “어떻게 ‘여자들’은 항상 더러워진 것을 바꿀 힘이 있을까. 끊임없이.” 나는 읽으며 생각한다. ‘어떻게 그는 항상 따스하면서도 날카롭게 세계를 염려할 힘이 있을까. 끊임없이.’

_희정(기록노동자)

**일러두기**

- 이 책은 마이아 에켈뢰브의 『Rapport från en skurhink』(Stockholm: Rabén & Sjögren, 1970, Norstedts, 2010)를 완역한 것이다.
- 집필과정과 원고 정서과정의 특수성으로 인해 날짜 표기와 시간 순서 등이 맞지 않은 부분도 별도의 수정 없이 원작 그대로 옮겼다.
- 원문의 이탤릭과 강조(대문자)는 각각 이탤릭체와 볼드체로 구분하여 표시했다.
- 인명과 지명은 국립국어원 외래어표기법을 따르되, 현지 발음과 차이가 큰 경우에는 현지 발음에 가깝게 표기했다.
- 본문의 주는 모두 옮긴이주다.

이 세상은 지옥일 뿐이고

그 안에서 인간은

한편으로는 고통받는 영혼이며

다른 한편으로는 악마다.

_ 쇼펜하우어

## 에켈뢰브 가족

**마이아** : 어머니(1918년생, 1940년에 결혼, 1957년에 이혼 후 다섯 남매 부양)

**스티그** : 맏이(1941년생, 군과 동거중)

**브릿** : 둘째이며 고명딸(1943년생, 유고슬라비아 출신 페테르와 동거중)

**얀과 울라** : 쌍둥이(1945년생)

**라슈** : 막내(1950년생)

*__군__ : 마이아의 여동생, 스티그와 동거중인 군과 동명이인

*__릴메타__ : 마이아의 여동생

*__마그다__ : 스톡홀름에 사는 마이아의 큰언니

해는 이글거리고 쌍둥이 유아차는 끌기 무겁다. 첫째와 둘째는 쌍둥이가 탄 유아차 옆에서 걷는다. 아이들 모두 칭얼대며 투정을 부린다. 피곤해 죽겠다. 우리는 4시간 동안 진료소에 앉아 있었다. 학교에 갈 나이가 되기 전에 아이들이 맞아야 할 주사는 엄청나게 많다. 주사는 디프테리아와 천연두, 폐결핵을 예방해줄 것이다. "집에 가는 길이라 좋구나." 나는 생각한다. 안나리사 간호사는 기분이 너무 좋지 않았다. 간호사는 내가 대기실 탁자에 놓아두었던 깨끗한 아이들 옷가지를 흩뜨렸다(옷들을 어디에 두어야 했을까?) 옷을 벗겨주어야 할 아이들이 많았던 탓에 무릎에 앉힐 자리가 부족했다.

언덕은 가파르고 몸은 좋지 못하다. 끌고 가야 할 무거운 짐이 있다. 4년 동안 아이 넷.

집으로 가는 언덕길을 거의 다 올라가자 자전거 한 대가 우리를 향해 벨을 울린다. 자전거에서 내리는 이웃에게 인사한다.

"마이아, 지금요." 이웃이 소리를 지른다. "지금 시청 사회복지과에 가면 도움을 받을 수 있어요."

지금 그날을 되씹으며 내 이웃이 스웨덴 사회의 시민들이 받을 사회적 혜택에 대해 신문에서 읽었다는 사실을 깨닫는다. 주택보조금, 육아수당 등등.

그때는 신문을 읽을 시간이 없었다. 사회복지과가 무엇인지도

몰랐다.

이웃은 굉장히 새된 목소리로 나에게 스웨덴 사회의 구조 일부를 소리 높여 설명해주었다.

"마이아는 자격이 충분해요." 이웃은 재차 말했다. "돈이 없으면 사회복지과에 가요. 장작과 먹을거리와 옷 살 돈을 받을 수 있어요."

"그에 관한 법이 있어요." 이웃은 거듭 말했다.

저 말들이 머릿속에서 떠나지 않았다. 2, 3일 후 병원 진료비를 요청하기로 결심했다. 우리 쌍둥이 아들은 사시가 있어서 전문의의 진료를 받아야 했다.

난생처음 아이들을 돌봐줄 사람을 구하고 '사회복지과'에 갔다.

나는 전혀 근심이 없었던 것으로 기억한다. 당시 사회복지과가 있던 경찰서 청사 복도에 많은 사람이 앉아 있었던 것도 기억한다. 젊은 사람과 나이든 사람 모두 그곳에 앉아서 기다리고 있었다. 우리는 이야기를 나누며 웃었다. 행복의 빛이 미래에 드리워져 있었다. 미래에는 그 누구도 먹을 것이나 입을 옷을 걱정하며 살아갈 필요가 없을 터였다.

내 차례가 되었고 어떤 도움을 원하는지 말할 수 있었다. '사무소'가 진료비를 지불한다고 적힌 쪽지를 받았다. 어레브루로 가는 일은 아마 내가 알아서 해야 할 것이었다. 안과에도 자주 가게 되었다. 쌍둥이에게 안경을 맞춰주어야 했다. 안경 안쪽에는 정상적인 눈을 위한 안대가 붙어 있을 터였다. 일종의 테이프를 많이 사야 했다. 쌍둥이는 툭하면 안경과 안대를 망가뜨렸다. 수도 없이 참으며 수선을 한 후에야 쌍둥이는 이것들을 써야 한다는 사실을 깨달았다. 쌍둥이는 여섯 살 때까지 안경과 안대를 써야 했다. 그러고 나서 사시안이 교정되었다.

아동복지 담당공무원이 우리 아이들에게 필요한 옷의 목록을 작성하라고 말한다. 담당공무원은 퇴근하고 나는 그 책상에 앉아 있다(나는 저녁에 시청 사무실 몇 군데를 청소한다).

출근할 때 나는 다섯 아이 모두 겨울옷이 필요하다는 사실을 잘 알고 있었다. 지금 나는 한 손에 펜을 쥔 채 앉아 있지만 종이에는 아무것도 적지 못하고 있다. 마음은 한국에 가 있다. 한 철이 지나면 그곳에는 얼마나 많은 재킷이 필요할까?

마침내 나는 재빨리 "바지 한 벌과 재킷 한 벌"이라고 적는다.

나는 온통 한국 생각뿐이다.

나는 살림을 할 수가 없다. 매달 나는 예산 책정을 결심한다.

월급날이면 한 달 30일에 맞추어 돈을 쪼갤 것이다.

계획적으로 살림을 할 것이다.

## 앵클부츠

우리 아들 중 하나에게 신발과 겨울용 신발 덮개 사주는 것을 도와달라는 요청을 했다.

그 아이는 중고등학교에 다닌다.

그 학교는 좋은 신발을 신는, 교육받은 엘리트 학교다.

이제 신발과 신발 덮개를 장만해줄 도움을 요청할 것이다.

사회복지과 방문 전날 온몸에 메스꺼운 느낌이 든다. 혀는 입천장에서 떨어지지 않다시피 하고 배 속 신경들은 꾸르륵거린다.

"일찍 가야 하나, 아니면 늦게?"

어느 날 밤에는 커다란 판지 상자 속에 웅크리고 있는 몽상에 빠진다. 그곳에서 나는 죽는다. 나는 판지 상자에 멋진 글씨체로 미리 이렇게 써놓았다.

일체의 도움에 감사했습니다.

_ 어느 사회복지 대상자

사회복지사가 상자를 열고 그 안에서 죽은 사람을 발견할 때 나는 사회복지사의 표정을 살핀다. 사회복지과 방문 전날 밤 그런 생각들을 한다.

아침이 되어 사회복지과로 간다. 사회복지과 과장은 겨울용 앵클부츠를 제안한다(가장 저렴하다). 나는 제대로 된 신발에 대한 내 결정을 굽히지 않았고 저녁에 신발 한 켤레와 신발 덮개 한 쌍이 우리집 현관에 놓여 있었다.

## 내가 바꾸고 싶은 것

(결코 실리지 못한 독자 투고)

우리 일부 사회복지사의 넓기도 한 오지랖.

사회복지사는 교육을 받았어도 모든 일을 할 수 없으며 다 알지도 못한다.

긴급 상황에 처한 사람들을 위한 대처가 스웨덴에서는 얼마나 잘 준비되어 있는지에 대한 언론 기사가 자주 눈에 띈다…….

나는 부모님이 세상을 떠난 후 우리가 읽는 이 좋은 것의 일부를 받아보려고 노력했던 비혼자 딸을 알고 지낸다. 의사는 그녀에게 그녀가 연금을 받을 만큼 아프지 않기 때문에 질병연금을 줄 수 없다고 말한다.

어느 기초지자체 공무원은 그녀가 사회복지 혜택을 받을 것이라는 기대를 할 수 없다고 말한다. 그녀가 연금을 받기까지는 나이가 아직 많이 남아 있다. 공무원은 계속해서 그녀가 할 수 있는 일은 홀아비 집에 가정부 자리를 구하는 것이라고 말한다……. 그녀는 돈이 그저 하늘에서 비처럼 쏟아진다고 믿지 말아야 한다.

숙고 한 가지.

나는 복지사회에 산다.

시간은 이 지구 전역과 똑같은 식으로 흘러간다.

새벽과 낮과 한낮과 저녁과 밤.

나는 한 가지를 아주 깊이 생각했다……. 인간의 인내를.

다른 종류의 '자극' 없이 인간은 매우 만족하며 살아갈 수 있을 것 같다. 적어도 우리 동네에서는 그러한데, 그 이유는 이웃들 사이에서 큰 불평이 전혀 들리지 않기 때문이다. 이웃들은 먹고, 자고, 먹고, 자고 등등……. 작은 집들에서 아내들은 작은 인형의 집에서처럼 살아간다. 저들 각자는 가장 좋은 커피잔들과 가장 흰 침대보들, 그리고 무엇보다도 행복한 진짜 남편의 표정을 반드시 보여준다.

저들은 얼마나 오랫동안 자기들 인형의 집에서 놀 수 있을 것인가?

만일 사람마다 삶을 살아갈 힘이 있어야 한다면 자기를 위해 길을 밝혀줄 불빛 하나쯤은 있어야 한다. 내 빛은 오랫동안 작가 하리 마틴손*이었다. 마틴손은 굴욕을 견뎌낼 수 있었다. 그렇다면 나 역시 굴욕을 이겨낼 것이다……. 마틴손은 저 밖에 서서 부자들의 웃음소리를 들었다. 그러므로 나 역시 밖에서 그 일을 해낼 것이다. 마틴손은 무기력해지지 않고 가장 비천한 일들을 해냈다. 따라서 나 역시 청소용 양동이에 익사하지 않고 내가 맡은 청소부 일을 해낼 것이다.

어떤 직업이 다른 직업보다 더 좋을 수 있을까?

유감스럽게도 대답은 "그렇다"가 분명하다. 먹고살 정도로 돈

*20세기 스웨덴의 대표적인 노동문학 작가이자 1974년 노벨문학상 수상자

벌이가 괜찮은 직업은 '자기 남편'을 먹여 살리지 못할 정도로 벌이가 아주 형편없는 직업보다 더 좋다.

일부 사람만이 살아가기 위해 구걸을 해야 한다는 것이 옳은가? 인간 스스로가 만들어놓은 법에 따르면 옳다.

똑똑한 머리와 날카로운 팔꿈치*를 갖춘 사람, 그런 사람은 급여 계층구조 맨 꼭대기에 올라갈 것이다.

어쩌면 덜 똑똑한 머리와 그리 날카롭지 못한 팔꿈치를 부여받은 사람, 그런 사람은 법에 따르면 아주 높은 급여를 받아서는 안 된다. '그 사람'은 구걸을 해야 한다. 법은 그런 것이다. 법은 친절하기까지 하다. 빈민 구제라는 말은 사회복지라는 말로 바뀌었다. 신청자 귀에는 빈민 구제만큼이나 나쁘게 들리는 센소리 명칭이다. 만일 인간이 이상해지지 않는다면 세상은 절대로 이상해지지 않는다. 하지만 인간은 권력욕으로 가득하여 인간과 인간 사이의 커다란 차이는 늘 존재할 것이다.

* '팔꿈치사회'의 맥락에서 사용한 표현으로 날카로운 팔꿈치로 타자(他者)를 치면서 사회 경쟁에서 이기려는 사람을 뜻한다.

## 1965년 8월 4일

청소하러 가지 않고 집에서 책을 조금 읽으며 편하게 있었는데, 대신 내일 아침 일찍 일어나야 한다.

오늘 일찍 나는 브릿과 함께 빌베리를 따러 숲에 갔다. 우리는 각자 반리터씩 딴 것이 고작이었지만 그란베리스달까지 멀리 자전거를 타고 가서 더 많은 곳에서 빌베리를 따러 다녔다. 물론 지난봄에는 익지 않은 열매가 얼어버렸다. 브릿이 가져온 맛있는 커피를 숲에 앉아 마시니 좋았다.

저녁에는 내일 열다섯 살 생일을 맞는 라슈의 스펀지케이크를 만들었다……. 15년 전 나는 오늘 저녁처럼 산원産院에 누워 있었다. 금요일 저녁에 산원에 가고 나서 토요일 정오 10분이 지나 라슈가 태어났다. 다른 아이들은 내가 산원에 가기 직전에 단기 방학 캠프에서 돌아왔다.

아이들이 집에 왔을 때 나는 이미 출산을 끝냈을 것이라고 예상했지만 라슈는 아이들이 집에 오는 날 저녁까지 태어나지 않았다. 브릿은 종일 집에 있었고 도무지 나가서 놀고 싶어하지도 않았다. 당시 브릿은 일곱 살이었으며 여동생을 애타게 기다리고 있었다. 브릿은 내가 진통을 느끼기 시작하는 것을 보고 굉장히 심각했다.

브릿이 할머니를 따라 자전거를 탔을 때 브릿의 작고 빨간 드레스가 길에서 빛났던 것을 나는 생생히 기억한다. 할머니는 정오경에 왔고 바로 병원으로 가라고 조언해주었다. 양수가 여러 단계로 흘러나왔다……. 나는 완강했고 저녁까지 집에 있었다. 우리는 아이들이 캠프에서 돌아오는 것을 기다렸다. 나는 케이크를 만들어 빨간 커런트 열매로 케이크를 장식했다. 케이크를 먹기 전에 아이들은 감자와 미트볼을 먹을 터였다.

내일이면 라슈는 열다섯 살이 된다…….

1965년 8월 5일

생일을 맞은 아이는 밖에서 모터가 달린 자전거를 탄다. 아이는 자전거 살 돈을 벌어서 모았다. 방금 베가가 와서 과일과 잔돈으로 축하를 해주었다.

1965년 8월 9일 일요일

오늘 날씨는 눈부시게 아름답다. 옐레르오센 경주장에서는 전속으로 질주하는 자동차 경주가 진행중이다. 라슈는 막 그곳에 있었다. 라슈는 경주장에 4만 명이 넘게 있을 것이라고 들었다……. 나는 과일 농축 주스를 끓여서 만들고 있다. 힘든 일이다.

## 1965년 8월 10일 화요일

이곳은 이미 가을 같은 느낌이다. 일전에 시내에 갔을 때 긴 양말을 신었다. 지금 나는 감자를 스토브에 올려놓았고 감자가 익는 동안 글을 조금 쓴다……. 스웨덴어 문법 공부가 엉망이다. 아침 일찍 2시간 동안 주절과 종속절을 공부하기 위해 앉아 있었다. 나는 나이가 너무 들었다고 생각되는데, 왜냐하면 공부를 하면 이튿날 기억에서 사라지기 때문이다. 오후에는 살구버섯을 찾아 나설 것이다.

저녁이다. 오늘 집에서 재미있는 일이 있었다. 관로管路 사업가 한스 안데숀 씨가 와서 보일러실이 어떤지 살펴보았다. 안데숀 씨는 기름보일러를 설치하는 데 얼마가 드는지 비용 견적을 내줄 것이다.

장작 마련하기, 보일러 장작 때기, 자투리 장작 치우기를 하지 않아도 된다고 상상해보라. 나는 우리가 아주 현대식으로 살 것이라고 믿을 수 없다. 하지만 아마도 그렇게 살 것이다. 우리는 술바리스베겐에서 백만장자들처럼 산다. 집과 텔레비전과 기름보일러와 일용할 양식이 있다. 지금 라슈가 친구들과 집에 들어왔다. 저 아이들은 카드놀이를 할 것이다. 카드놀이는 골치 아픈 것이지만 저 아이들은 그냥 재미로 카드를 친다고 한다. 아마도 테이블에 돈이 놓이는 소리가 들리겠지만…….

1965년 8월 12일

울라는 어제 칼스타드에 가려고 했다. 도로에서 탈선 사고를 당했다. 한 손에 찰과상 두세 군데만 입었을 뿐 무사했다.

1965년 8월 14일 토요일

전날 밤 스티그가 침대 곁에 선 채 말을 해서 잠에서 깼다. 투레와 예티, 스티그는 뉘크로파의 댄스홀 무대에서 연주를 하고 돌아왔다. 그 아이들은 2, 3시간 잔 뒤 극장식 식당 로리에서 연주하기 위해 스톡홀름으로 일정을 이어나갔다. 아이들을 잠시 보니 반가웠다.

## 1965년 8월 16일 월요일

아침 8시다. 이제 막 청소를 마치고 오는 길이다. 오늘 하늘은 새파랗고 해는 아주 화창하게 빛난다. 얀이 주말 동안 집에 있었다. 그 아이는 14일 후면 제대한다. 웁살라에 가지고 갈 것 전부를 마련할 돈을 어떻게 우리가 모을 수 있을까. 큰돈이나 유산이 있으면 좋겠다. 하지만 나는 상속받을 재산이 없다는 것을 알고 있다.

## 1965년 8월 20일 금요일

이제 고기압은 끝났다. 공기가 다시 차갑다. 어제저녁 라슈가 모터 자전거를 타다가 넘어졌다. 친구가 라슈를 집까지 태워다주었다. 울라가 얼굴에 묻은 피와 지저분한 것들을 닦아냈다. 천만다행으로 눈은 다치지 않았다……. 울라는 상처를 싸매주었고 오늘 라슈는 한결 좋아졌다.

이전에 울라가 목요일 두 번을 연이어 사고를 당한 적이 있어서 우리는 어제 울라를 제일 많이 생각했고 울라가 차를 타는 것은 권할 만하지 않다고 말했다. 그랬더니 라슈가 대신 사고를 당했다.

울라는 조그맣고 예쁜 새끼 고양이를 우리에게 데려왔다.

얀의 스웨터를 거의 다 짰다. 울라가 입을 스웨터는 지난주에 완성했다. 일요일에는 군과 스티그가 이곳에 있었는데, 둘은 매우 사랑스러웠다.

카린과 나는 산딸기를 따기 시작했다. 우리는 어제와 오늘 모두 숲에 갔다.

토요일, 다른 날과 마찬가지지만 우유와 빵을 더 많이 사야 한다는 차이만 있을 뿐인 날이다. 류트와 나는 새벽 3시에 이미 일어났고 산딸기를 따러 갈 작정이었지만 비가 와서 집에 있었다. 대신 스웨덴어 문법 공부를 했다.

얀이 어제 제대했다. 베가와 나는 작은 숲에서 살구버섯을 몇 개 땄다. 얀에게 먹일 오믈렛을 만드는 데 충분하도록 베가가 딴 버섯을 받았다. 스티그는 어제저녁 크리스티네함의 재즈클럽에서 연주했다.

## 1965년 8월 28일

어휴, 뭐 이런 날이 다 있나. 해가 빛나도 기분이 무겁고 경제적 문제는 이 가련한 사람을 짓누른다. 하지만 나는 이런 시기를 잘 벗어나기도 한다. 어쨌든 초과근무까지 해서 청소를 해도 소용없다는 사실을 이해하기란 어렵다(벌이가 너무 박하다)……. 어쨌든 정오에 요양원에 갔다. 그곳에서는 스타케 여사에게 동생이 찾아왔다. 헤들룬드 여사도 방문객을 맞았다. 하지만 그래도 두 분은 내가 가서 기뻐했다. 병동은 사우나처럼 더웠으며 내가 나이가 들어가고 있을 때 이 무너진 사람들을 보면 우울해진다. 하지만 방문하고 나서 기분이 나아졌다.

## 1965년 8월 30일

아침에 얀과 울라는 웁살라에 갔다. 얀은 그곳에서 지내려고 갔다. 울라가 운전했다. 울라는 집에 왔을 때 몹시 지쳐 있었는데, 집에 오는 길에 쉬지 않고 운전했다. 오늘 류트와 나는 모래밭에 가서 산딸기를 땄다. 장과류를 그리 많이 따지는 못했지만 숲에 가니 좋았다……. 지금 스토브에는 산딸기가 올려져 있고 달콤한 향기가 온 집안에 퍼진다. 얀이 웁살라에서 첫날 저녁에 무엇을 할지 궁금하다. 얀은 연대의 군 복무 동기들과 헤어지는 것이 섭섭하다고 했다. 그들은 오랫동안 함께 지냈다.

## 1965년 9월 9일

헬게와 류트가 텔레비전을 보려고 곧 올 것이다. 내일 아침 일찍 브릿에게 가서 속기에 관해 물어볼 것이다. 내 생각에 브릿은 이미 많이 배웠다.

## 일요일

오늘은 브릿의 여름*이다. 집에서 요리하니 안타깝다. 내 소원은 아파트에서 살아보는 것이다……. 우리는 저녁으로 돼지 다리를 먹을 것이다. 감자는 쪄지면서 툭툭 소리를 낸다. 돼지 다리는 다 구워진 채로 오븐에 들어 있다. 얀은 조금 있다가 집에 온다.

*초가을에서 10월 7일까지의 기간 동안 한여름 날씨 같은 날

## 1965년 9월 12일

기분이 울적하다. 재미있는 일은 가물에 콩 나듯이 있다. 나는 돈 관리에 꼼꼼하지 못하다. 가진 돈으로 얼마나 오랫동안 충분히 지낼 수 있는지 계산이 되지 않는다. 지갑에 돈이 남아 있는 한 나는 돈 생각을 하지 않는다……. 하지만 그다음은. 스티그는 의료보험센터에서 나올 돈을 기다리고 있다. 우리는 월요일 저녁에 사회 과목 시험이 있다. 시험을 생각하니 머릿속이 하얘진다. 방금 하리 마틴손의 『탈출구』를 읽었다. 이 책에서 하리 마틴손은 불안을, 특히 가난한 사람의 불안을 이야기한다. 그 단락이 아주 잘 이해가 되었다.

가끔 하리 마틴손이나 얀 프리데고드*와 말을 할 수 있기를 바란다. 하지만 그 대화는 어떻게 될까. 나는 다른 사람과 말을 잘 하지 못하는데, 말하고 싶은 것을 표현하기 무척 어렵다고 생각한다. 내 생각 안에서는 많은 사람과 논의한다. 그때는 대화가 술술 풀리지만 실제 말을 해야 할 때는 사고 회로가 결정적으로 멈춘다. 말하는 법을 배울 수 있었다면 좋았을 텐데.

*20세기 스웨덴의 대표적인 노동문학 작가

1965년 9월 13일

시간이 빨리 흘러 곧 진짜 가을이 온다. 오늘 브릿이 이곳에 와서 저녁을 먹었다. 브릿이 오면 참 반갑다. 뒤늦게 엘린과 류트가 텔레비전을 보러 왔다. 울라는 오늘 힘들게 일했다. 퇴근하자마자 잠자리에 들었다.

라슈는 콘숨 슈퍼마켓*에서 실습생으로 일한다. 우리집 자두나무는 길가에 가까이 있어도 아무도 자두를 따가지 않았다. 이웃집들 자두는 남아나지 않다시피 했다.

1965년 9월 17일

날씨가 참 화창하여 실내에만 있기 괴롭다. 2시간 동안 계속 베틀에 앉아 있었다. 지금 핀란드 아주머니의 러그를 짜고 있다. 딱하게도 브릿은 어제 진료를 받기 전에 5시간이나 기다려야 했다. 그 전에 진료시간을 잡아놓았는데도 말이다.

*스웨덴 소비자협동조합의 슈퍼마켓 체인

1965년 9월 18일

어제 나는 베가와 함께 장을 보러 시내에 갔다. 전에 복권에 당첨되었다. 텔레비전이 있는 방에 달 노란 커튼을 샀다. 노란색으로 꾸미면 방은 따뜻하고 아늑해 보일 것이다.

어제저녁 7시에 야간학교 가을학기 소집이 있었다. 유한손 교장 선생님이 환영인사를 했다. 그다음 합창단 노래를 들을 수 있었다. 칼스쿠가시 교육위원회의 아투르 그렐 씨는 시 학교들의 확장 안내도를 보여주었다. 그렐 씨는 그 일에 돈이 얼마나 많이 필요한지 말했다. 엄청난 액수였다. 모든 노동자는 딱하다. 늘 노동자가 비용을 부담해야 하지 않는가. 우리는 우리가 배워야 할 과목을 적어야 했다. 나는 전과 똑같은 과목들을 배운다. 언어 공부를 시작할 시간이 전혀 없다. 청소하러 가야 해서 커피를 다 마시자마자 학교에서 살짝 빠져나왔다.

집에 오니 알란이 플로리다에서 와 있었다. 알란은 이틀 정도 울라와 방을 같이 쓸 것이다. 브릿은 어제저녁 속기사 교육 강좌에 갔다.

## 1965년 9월 23일

어제저녁에는 안나가 도와주었다. 우리는 칼스쿠가 센트랄플란의 바닥 세 군데를 왁스 청소했다. 그런 다음 비우르센에 대한 영화를 보기 위해 청사로 갔다. 이미 자리가 꽉 차 있어서 다시 총총걸음으로 집에 갔다……. 이제 청소하러 갈 테고 청소를 마친 다음에는 야간학교에 갈 것이다. 알란과 울라는 음악을 듣고 있다. 나는 사과 키셀과 케이크를 만들어놓았다. 이제 씻고 나서 책가방에 교과서를 넣을 것이다.

학교에서 돌아왔다. 알란은 어레브루로 떠났다. 알란이 떠난 자리가 허전하다. 스티그는 오늘 저녁 스톡홀름에 있는 극장 한 곳에서 공연한다. 얀은 웁살라로 간 이후로는 집에 그리 자주 오지 않는다. 학교에서 한 선생님이 『세 수도사』라는 책을 주었다. 읽을 시간이 생기면 바로 읽어야지.

9월 25일

집이 허전하다. 울라는 야간 근무중이고 라슈는 축구 경기를 보고 있다. 오늘 저녁에는 사회 과목을 배울 것이다. 스웨덴어 과목은 여름 동안 공부를 해놓아서 좀더 자신감이 있다—불과 몇 줄이다. 학교에 있으면 잠이 들기 어렵다. 울레 쉴함마르 선생님이 "시의 재정"에 대해 쓴 내 독자 투고를 보았다. 선생님은 내 글이 좋았다고 했다. 우리 학생들은 선생님이 『세 수도사』를 펴낸 것에 대해 선생님에게 축하인사를 건넬 기회가 있었다. 사회 과목은 엉망이었다. 비례선거제는 하나도 모르겠다. 이제 막 외울 수 있었다. 공부는 참 어렵다. 내일은 베틀에서 핀란드 아주머니의 러그를 꺼낼 것이다. 그녀가 러그를 마음에 들어하면 좋겠다.

1965년 10월 3일

주 단위로 시간이 빨리 가더니 지금은 9월 23일인 추분도 지났다. 스톡홀름 수학여행을 갈지 내일 결정해서 알려줄 것이다. 스톡홀름 바람을, 아니 더 정확히 말하면 스웨덴 국회 바람을 좀 쐬면 재미있을 것이다. 거기가 우리가 가장 먼저 갈 곳이니까.

## 1965년 10월 1일

월요일 오후에 스티그와 군이 왔다. 스티그는 합리화에 대해 쓴 독자 투고를 읽으려고 왔을 뿐이라고 했다. 스티그는 글을 읽고 나서 껄껄 웃었다. 생명보험 해지에 대해 실망했다. 나와 스티그 모두 그랬다. 23년 동안 착실히 납부했는데, 고작 300크루나를 돌려받아 조금 실망스러웠다. "두 분의 생명이 보호받았다는 사실을 생각하세요." 보험담당자가 말했다—우리처럼 없이 사는 사람들은 늘 그렇다. 스티그가 군을 만나서 기쁘다. 둘은 참 잘 어울린다.

학교에서 돌아왔다. 우리는 국회에 가기로 결정했다. 돈이 많이 들긴 하지만 기쁜 일이다……. 스웨덴어는 재미있지만 어렵다. 아마도 나는 아주 훌륭한 스웨덴어 글쓰기는 결코 배우지 못할 것이다. 지금 당장 나는 따옴표가 무섭다.

## 월요일 밤

아픈 학교 친구에게 편지를 썼다.

이 안은 참 춥다. 한스 안데숀 씨가 기름 탱크 일을 시작했다. 이 와중에 스톡홀름에 갈 엄두를 낼 수 있을까, 아니 정확히 말하면 갈 여력이 있을까? 배고프고, 피곤하고, 슬프고, 몸도 좋지 못하다. 나는 브리타 안데숀의 드레스와 헤타의 구두를 빌릴 수 있는데, 그러면 국회 수학여행에 입고 갈 옷은 확실히 모자라지 않을 것이다.

국회를 방문하고 나서 학교 보고서에 이렇게 썼다.

"트랙터 매장 모퉁이를 돌아서니 버스가 시청 청사에 서 있었다. 아침 5시 30분이었고 도시에는 11월의 어둠이 내려앉아 있었다. 칠흑처럼 캄캄했다. 우리는 스톡홀름으로 수학여행을 떠나기 전에 칼스쿠가에 작별인사를 건넸다. 유한손 교장 선생님은 우리의 인솔자였고 우리가 탈 작은 버스 짐칸에 가방을 실을 수 있게 도와주었다. 학교 친구들은 이미 자리에 앉아 있었고 이제 우리는 출발할 수 있었다. 이틀 정도 멀리 떠나니 참 기뻤다. 나는 내가 이런 여행을 가게 되리라고는 생각하지 못했다. 최근에 좋지 않은 일이 많아서 걱정되었다. 그래도 나는 지금 즐거워하는 학교 친구들과 함께 있고 걱정은 집에 두고 왔다. 우리 아홉 명은 스톡홀름 국회의사당이라는 똑같은 관심사를 가지고 있었다. 교장 선생님은 우리가 9시경 도착할 수 있게 속도를 내서 갈 수 있으면 좋겠다고 버스 기사와 이야기했다. 우리는 교육청을 먼저 방문할 것이었고 그곳에 10시까지 가기로 미리 시간을 정해두었다. 날씨는 좋았고 버스 기사는 운전을 잘했다. 가는 동안 교장 선생님은 역사 이야기를 조금 했다. 어느 때는 우리가 오래된 물 밑 위를 지나고 있다고 말했다. 한때 그곳에 있었던 내륙빙은 좋은 옥토를 남기고 사라졌다. 앉아서 교장 선생님 이야기에 귀를 기울이니 참 재미있었다. 스톡홀름에 가까워지자 차가 밀렸지만 운 좋게도 자동차 대열에 갇히는 일은 없었다.

우리는 정각 9시에 교육청 사무실 근처에 있는 한트베르카르가탄에서 하차했다. 교육청의 유트 부장이 우리에게 교육청이 하는 일을 설명해주었다. 그런 다음 우리는 여러 부서를 돌아다니며 견학했다. 교육청을 다 둘러보았을 때 우리는 배가 고파 한트베르카르가탄 근처 작은 식당을 찾았다. 우리는 14세기에 지어진 지하층 식당에 앉아 식사를 할 수 있었다. 오래된 공간에 앉아 있으려니 분위기가 엄숙했으나 음식 맛은 훌륭했다. 식사를 마치고 우리는 연회용 옷을 걸어놓을 비킹 호텔로 갔다.

우리는 그날 저녁 왕립오페라극장을 갈 때 그 연회용 옷을 입을 예정이었다.

우리는 호텔 프런트 숙박 명부에 이름을 적어놓고 다시 시내로 나갔다.

먼저 정부 청사로 향했다. 그곳에서 우리는 한 고등법원 판사를 만났다. 판사는 매우 친절했고 우리는 판사에게 질문을 했다. 우리가 있던 곳은 정부가 오랫동안 사용한 장소였다. 지금은 다른 건물로 이전했다. 사안 하나가 중앙정부 부처部處에 이를 때부터 국회에서 결정하기까지의 과정을 판사가 이야기해주었을 때 국회의사당에 갈 시간이었다.

제2원*에서는 토론이 진행중이었다. 우리가 도착했을 때 제2원 의원들은 사안을 다루느라 바빴다. 방청석에는 해적방송의 여왕 브릿 바드네르가 앉아 있었다. 물론 바드네르는 라디오 방송 관련 의안을 들으려고 그 자리에 있었다. 또다른 의안은 선박 항해시 안전에 대한 것이었다. 바드네르는 아마도 두 가지 의안 모두에 관심이 있었을 것이다. 제1원과 제2원 국회의원들을 모두 보니 흥미로웠다. 우리는 커피를 마셨던 국회 카페에서 의원들을 훨씬 더 가까이에서 보았다. 국회의사당 바닥에는 어디에나 빈틈없이 카펫이 깔려 있었다.

제법 많이 걸어다녔는데도 다리가 하나도 아프지 않았다. 일을 쉬니 이렇게 재미있을 수가 없었다. 국회의사당 토론이 끝났을 때는 우리 수학여행단이 호텔로 갈 시간이었다. 왕립오페라극장에 가기 위해 맵시 있게 꾸며야 해서 우리는 호텔에서 분주히 움직였다. 얄마르 베리만의 〈폰항켄 씨〉**를 관람하기 전에 기대를 너무 크게 했던 탓인지 오페라에 실망하다시피 했고 노래도 그리 많지 않았다. 중간 휴식시간이 되었을 때 우리는 아름다운 극장의 실내 공간들을 돌아다녔는데, 그것은 경험이 되었다.

*스웨덴 국회는 1969년까지 양원제였다.
**19세기 스웨덴 작가 얄마르 베리만의 동명 소설(1806)을 각색한 오페라

〈폰항켄 씨〉를 꾹 참고 관람하고 나서 우리는 우리 이름으로 예약되어 있는 벤슈 살롱*으로 갔다. 살롱에 도착했을 때 우베 턴크비스트와 릴 린드포슈가 공연중이었다. 내가 이 화려한 테이블에서 좋은 시간을 보낼 수 있었던 것은 그 두 가수 때문이 아니었다. 그렇다. 예전에 이곳에 왔었다는 느낌 때문이었다. 집처럼 편한 느낌이 들었다. 앉아서 둘러본 그곳은 아무것도 새롭지 않았다. 그런 느낌이 어떻게 들었는지 설명하기는 어렵지만 나는 우리 부모님 영혼이 그곳에 머물면서 나를 반겼다고 상상했다. 나는 테이블에 앉아 있었지만 온통 돌아가신 아버지 생각뿐이었다. 나는 아버지가 해주었던 스톡홀름 이야기를 기억했다. 한번은 아버지가 막내 여동생 군을 데리고 지루한 병원 진료를 받으러 스톡홀름에 갔다. 진료를 마치고 아버지는 동생을 데리고 벤슈 살롱으로 향했다. 동생은 저녁으로 무엇을 먹을지 주문할 수 있었을 것이다. 동생은 일곱 살이었고 아직 고급 음식을 먹어본 적이 없었다. 하지만 동생이 귀리죽을 주문하자 아버지와 웨이터는 깜짝 놀랐다. 즐거움이 배가 되도록 아버지도 동생과 같은 음식을 골랐다. 그래, 아버지와 동생은 스톡홀름 최고의 식당에서 끓였다가 프라이팬에 볶아낸 귀리죽을 먹었다. 아마도 아버지와 동생은 우리가 앉아 있는 바로 이 자리에 앉았을 것이다. 늦은 저녁 벤슈 살롱에서 돌아와 비킹 호텔의 곱게 정리된 침대 속으로 들어가니 기분이 좋았다.

다음날 아침 일찍 일어나 같은 방 친구가 잠에서 깨지 않게

*스톡홀름 도심의 레스토랑이자 종합 연예 공연장

살금살금 방에서 나왔다. 아침 산책을 하고 싶었다. 낯선 사람들 틈에서 혼자 다니니 참 재미있었다. 출근하는 스톡홀름 토박이 같은 느낌이었다. 잠시 산책을 하다가 작은 카페에 들어갔다. 그곳에서는 노동자들이 커피 한 잔으로 기운을 차리고 있었다. 나는 구석 테이블에 앉아 그들과 함께 아침시간과 커피를 즐겼다. 익숙하지 않은 환경이었다. 나는 집에 있을 때 아침이 어떤 느낌이었는지, 아침밥을 차린 다음 자전거를 타고 청소하러 가기 위해 서둘러 나가는 일이 얼마나 바쁘곤 했는지 생각했다.

호텔에 있는 친구들에게로 돌아온 시간은 9시였고 친구들은 막 일어난 참이었다. 우리는 버스를 타고 시청 청사로 향했다. 스톡홀름시 운영위원이 우리를 맞으며 스톡홀름 주택 상황을 이야기했다. 우리는 그의 사무실도 둘러볼 수 있었다. 살면서 보았던 가장 멋진 공간이었다. 수수한 색으로 장식된 벽은 아름다웠다. 다음으로 방문할 곳은 필립스 빌딩이었다. 우리는 먼저 전시 제품들을 보았다. 라디오, 믹서기, 냉장고, 온갖 종류의 트랜지스터가 전시되어 있었다. 우리는 영화를 한 편 보고 멋진 음악도 들을 수 있었다. 그러고는 빌딩 내 식당에서 점심을 먹었다. 2시가 되었을 때 우리는 일간지 〈다겐스 뉘헤테르〉의 마천루 사옥을 구경하기 위해 에싱엔으로 갔다. 여성 안내자가 우리에게 신문사의 여러 부서를 소개해주었다. 신문 한 부가 인쇄되기까지 많은 단계를 거쳤다. 둘러보고 나서 우리는 〈잠들지 않는 건물〉이라는 영화를 보았다. 영화는 이 마천루 사옥에서 하는 모든 일을 그렸다. 이제는 더이상 견학할 것이 없었다. 그래서 우리는 상점을 구경하기 위해 뿔뿔이 흩어졌다. 우리는 집에 가기 위해 정각 7시에 중앙역에서 모였다. 우리는 우리를 잘 인솔해준 교장 선생님에게 감사인사를 전했다. 이제 우리는 학교에서 배운 정부와 국회가 무슨 일을 하는지 조금 알게 되었다. 버스가 칼스쿠가 광장에 도착했을 때 조금 피곤했다. 하지만 여행에서 이렇게 재미있던 적이 이전에는 없었던 것 같다.

이제 수학여행은 끝났다. 스톡홀름에 있었던 이틀 동안 우리는 참 많은 것을 경험했다. 스톡홀름 함마르빌레덴 수로 구조 작업 방송을 듣기 위해 텔레비전과 라디오 사이를 뛰어다녔다. 현장에 있는 사람들 모두 딱하다. 터널에 갇힌 사람들과 그들을 구조할 구조대 모두. 잠수사들이 무척 애를 먹고 있다. 갇혀 있는 두 명의 상황은 호전되었다. 하지만 잠수사들이 내일 아침까지는 그들에게 접근할 수 없다는 소식이 라디오에서 흘러나온다.

일요일 아침. 식탁에 앉아 커피를 마신다. 라디오가 켜져 있다. 뉴스 진행자는 구조대와 갇힌 사람들 사이를 많은 진흙과 진창이 가로막고 있다고 전한다. 그들은 4일째 갇혀 있다. 지금 잠수사 한 명이 '매몰자들'과 소리로 연락되었지만 그들은 아직 터널에서 구조되지 못한다. 75미터 거리가 진창으로 가득하다. 탈출 경로는 총 325미터다. 배수펌프를 전력 가동중이다.

일요일 정오

터널에 갇혀 있던 두 사람이 구조되었다. 10시에 올라왔다. 30분 동안 현장 중계 생방송이 있었다. 무사히 구조되어서 다행이다. 갇혀 있던 두 사람은 쇠데르병원에서 안정을 취할 것이다. 구조대도 치료를 받아야 한다. 구조대는 비위가 상할 악조건에서 작업했으니까.

## 월요일

오늘 저녁 스웨덴어 수업시간에는 구스타브 프뢰딩*에 대해 말할 것이다. 1시간이 너무 빨리 지나가서 아쉬울 따름이다. 다음주 월요일에는 사회 과목 시험이 있다. 아마도 그때는 시험을 보러 갈 엄두가 나지 않을 것이다. 우리는 정부와 국회가 하는 일에 대해 시험을 볼 것이다. 오늘은 게으름을 피웠다. 낙엽을 갈퀴질하여 자작나무 아래에 모아놓기만 했다. 사회 과목은 손도 대지 않은 채로 있어야 한다.

부포슈**와 실스타***의 요란한 소리에 이내 정신이 나갈 것이다.

한 주가 지나갔고 이제 시험이 끝났다. 생각보다는 더 나았다. 지난 목요일 저녁에 교장 선생님 댁에 초대를 받아 갔다. '동화' 속으로 들어가는 것 같았다. 담배 연기는 없었으며, 탁자에는 싱그러운 꽃들이 있었고, 사모님은 쾌활했다. 교장 선생님 내외는 아이가 둘 있었다. 그런 환경에서 클 수 있는 행복한 아이들이다. 커피를 마신 뒤 정치 토론으로 분위기가 깨졌지만 이는 별개의 일이다.

*19세기 말에 활동한 칼스타드 출신 스웨덴 시인
** 칼스쿠가에 본사가 있는 스웨덴의 대표적 군수산업체
*** 칼스쿠가에 본사가 있는 스웨덴의 대표적 단조 전문기업

## 1965년 12월 5일

3년 전 이맘때 나는 주립병원에 입원해 있었다. 교통사고를 당했다. 나쁜 것은 좀처럼 사라지지 않아서 나는 이 순간 이곳에 있다. 하지만 내 머리는 결코 더이상 좋아지지 않을 것이다.

12년 전 오늘 역시 사고가 있었다. 울라가 삼킨 나뭇조각이 폐로 들어갔다. 그때 우리는 가구를 배송받았다. 스코네에서 온 트럭 기사는 그날 밤 우리집에서 묵고 다음날 아침 일찍 스코네로 출발할 예정이었다. 울라에게 사고가 났을 때 기사는 막 잠이 든 참이었다.

얀과 울라는 그날 저녁 평소보다 늦게 잠자리에 들 수 있었다. 베가와 나는 부엌에서 그들과 피케핀 보드게임을 하고 있었다. 그때 울라가 보드게임에 쓰는 나무꼬챙이 하나를 깨물더니 기침을 무섭게 하기 시작했다. 울라의 등을 두드려주었지만 울라는 기침만 할 뿐이었다. 우리는 곯아떨어져 있던 기사를 깨워 주립병원으로 데려다달라고 도움을 청했다. 그 작은 차 바퀴 하나에 바람이 빠져 기사는 잠시 애를 먹었지만 이내 바람을 넣고는 차를 몰았다. 의사는 꼬챙이가 식도로 들어갔고 대황을 먹으면 내려갈 것이라고 했다. 집으로 돌아와 나는 한밤중에 대황 수프를 끓였고 울라는 수프를 마셨다. 마른기침이 멈추지 않고 계속 나왔음에도 불구하고 울라는 학교에 가야 했다. 어느 날 울라는 학교에서 쓰러졌다. 선생님이 울라를 데리고 병원에 갔다. 의사는 울라가 쓰러졌을 때 꼬챙이가 위로 들어갔고 곧 나올 것이라고 했다. 성녀 루치아 축일*에 울라는 폐렴으로 입원했고 우리는 12월 31일에 스톡홀름에 있는 전문의에게 진료를 받으러 떠났다. 한쪽 폐에 염증이 있었다. 폐에 꼬챙이 조각이 남아 있었는데, 엑스레이로는 확인할 수 없었다.

이후 염증은 2년 동안 계속되었다. 10년째 되던 날 울라는 어레브루주립병원에서 수술을 받았다. 꼬챙이가 박혀 있던 폐엽을 절제했다.

지금 울라는 스무 살이다. 시내에 볼일이 있어서 울라를 깨워야 한다. 울라는 이번 주에 첫번째 야간근무를 해서 정오에 자고 있다.

## 1965년 12월 10일

어제저녁 야간학교 종업식이 있었다. 수업을 마치고 우리는 커피를 대접받았다. 나는 굉장히 좋은 성적을 받았다.

*12월 13일

## 1965년 12월 12일

크뉴트 닐손 씨와 얀이 지하실에 가장 흉하게 난 구멍을 미장으로 메우고 있다. 두 사람은 지금 막 올라와서 청어 절임과 찐 감자를 먹었다.

어제 자 〈칼스쿠가 티드닝〉에 학교 종업식 보도 기사가 났다. 사진도 실렸다. 신문사는 다른 보도 기사와 사진을 혼동했다. 내가 부포슈의 작업반장으로 나와 있었다. 나쁘지 않다.

## 일요일, 울적한 날

아무도 밖에 나가려 하지 않고 나도 몹시 게으름을 피우고 있다.

나는 지하실을 아주 곱게 칠하고 있다. 라슈는 스쿠터를 타다 넘어지더니 머리가 아프다고 한다. 체납 세금이 260크루나나 되었다. 춥고 무섭고 돈도 없다.

크리스마스 이후 첫번째 평일이다. 스티그와 군이 크리스마스 당일에 왔다. 저 두 아이는 참 보기 좋다. 울라는 조금 초조해하며 이사할 생각을 하는데, 아마도 칼스타드에서 일자리를 구할 것이다. 얀은 1월 10일에 웁살라로 간다. 울라는 이사한다. 아이들이 떠나면 허전할 것이다.

## 1966년 새해 첫날

어젯밤 스티그와 울라는 베름란드 어딘가에서 공연을 했다. 어떻게 추위를 버텼을까?

새해 연휴 중 하루는 브릿과 라슈, 나는 군과 스티그를 보러 칼스타드에 갔다. 그들은 오래된 아늑한 아파트에 살고 있다. 중앙난방이었다면 훌륭했을 텐데. 방 한 곳에는 오래된 벽난로가 있다. 저녁에 아이들은 놀러 나갔고 나는 타닥거리는 난롯불 옆에 앉아 책을 읽었다. 장작을 옮겨다 패는 수고를 하지 않아도 되는 사람에게는 멋지고 좋은 일이다. 20년도 훨씬 전에 나는 우리집에서 불을 피우는 담당이었기에 그 일이 얼마나 고된지 잘 알고 있다.

브릿은 이번 주에 부포슈에서 크레인 운용과정 공부를 시작할 것이다.

## 1966년 2월 8일

한 달 동안 일기를 쓰지 못했다. 몹시 춥고 끔찍했다. 추위에 목숨을 잃는 사람이 있을까봐 매일 걱정이다. 그런 일은 겨울에 일어났다.

1966년 총선 한 주 전에 드는 생각과 고민.

아, 그런 한 주다. 생각들이 머릿속에서 떠다닌다. 나는 어느 정당에도 소속되어 있지 않다……. 전에는 투표방법을 알았지만 지금은 그렇지 않다.

총선 토론을 들었고 정당들의 홍보물을 읽었다. 마음속 가장 깊은 곳에서 나는 공산주의자인데, 좀더 성숙한 자아는 "여느 때와 마찬가지로 투표하라"고 속삭인다. 일요일에는 어떻게 해야 할까? 투표를 안 하는 사람들과 함께해야 할까? 아니다. 그러면 나중에 스스로에게 화를 많이 내거나 총선일 투표 마감 때 닥치는 대로 투표하겠지……. 유권자라면 권리를 행사해야 할 것이다. 어떤 순간에는 독재도 괜찮을 것이라는 생각도 드는데, 그러면 누구에게 투표해야 할지 고민하지 않아도 될 터다.

오늘 저녁에 해결책을 찾았다. 기회가 되는 대로 정당이 어떻게 구성되었는지, 정당이 무슨 일을 해왔는지 등에 대해 공부를 많이 할 것이다. 어렵더라도 경제학 강의를 들어야 한다. 할 수 있는 한 스웨덴의 무역수지, 경상수지, 경제를 배워야 한다. 그러면 아마도 다음 총선에서는 더 나은 투표를 준비할 수 있을 것이다.

이 모든 것을 할 시간을 어떻게 내야 할까? 프랑스의 퐁피두처럼 쉽게 배울 수 있으면 좋겠다.

퐁피두는 학교를 무단결석했는데도 모든 과목에서 최고의 성적을 받았다. 그의 아버지는 아들이 숙제하는 모습을 전혀 보지 못해 그 점을 이해할 수 없었다.

나는 일기를 계속 쓴다. 내가 글을 쓸 수 있다고 믿어서가 아니라 이런 식으로 이야기를 할 수 있다면 내 삶은 좀더 편안해질 것이다. 오늘 저녁은 시간을 많이 투자하지 않을 생각이다. 〈푸쿠스〉를 보고 일찍 잔 뒤 내일 아침 일찍 일어나 '누군가'에게 돈을 빌려야 한다. 빌리다니! …… 누구에게? 아무도 없다.

버트런드 러셀은 1917년에 다음과 같이 썼다.

가장 높은 계급부터 가장 낮은 계급까지 모든 인간은 경제적 투쟁에 사로잡혀 있다. 자신의 권리인 것을 얻거나 자신의 권리가 아닌 것을 유지하려는 투쟁이다. 현실 또는 우리의 바람에서는 물질적 소유물이 우리의 인생관을 지배하며 대개 모든 너그럽고 창조적인 충동은 제외한다.

소유하고 유지하려는 열렬한 욕망, 소유병은 전쟁의 극히 중요한 원인이자 모든 악의 근원이다. 정치세계를 괴롭히는 모든 악의 근원이다. 버트런드 러셀을 읽어라. 그러면 생각하기 시작할 것이다.

아니, 이날은 평범한 월요일이 아니다—이미 금요일 저녁에 시작되었다. 얀이 웁살라에서 전화했다.

"엄마, 〈스벤스카 다그블라뎃〉에 엄마 기사가 나왔어요."

"무슨 말이니!"

"네, 칼스쿠가에서 대학과정 역사학 강의를 듣는 청소부라고요."

"나는 그에 대해서는 아무것도 모르지만, 어제 회의에 교육청 대표단이 이곳에 있었어. 우리는 학교를 쉬었지."

"엄마, 엄마 얘기는 딱 한 줄 나오지만, 엄마가 분명해요."

그래, 금요일 저녁이었다. 얀과 나는 다른 이야기도 조금 했다. 일요일 저녁에 먹을 스테이크 고기를 산 것과 울라가 주말에 칼스타드에 갔다고 말했다.

"그래서 네가 온다면 고기는 충분해. 아마 같이 먹을 수 있을 거야. 집에는 브릿, 라슈, 고양이랑 나만 있어."

통화를 마치고 집으로 뛰어갔다. 요새 전화 없는 집이 거의 없다고 생각해보라.

토요일이 되었고 많이 배운 사람이라고 나에 대한 소문이 퍼졌다.

"마이아, 어제 〈스벤스카 다그블라뎃〉에 나온 것 봤어요."

그리고 나는 2, 3시간 동안 명성을 잊어버렸다. 우리는 온 힘을 다해 수업에 집중하며 공부했다. 옛날 스웨덴어를 공부했기 때문이다. 구스타브 바사의 대농민 연설과 추밀원 서한이었다. 부교수의 강의를 들으니 재미있었다. 우리는 12세기에서 13세기 스웨덴 왕국 초기 국왕들의 이름을 훑었다. 청소하러 왔을 때 〈스벤스카 다그블라뎃〉이 그곳에 있는지 보았다(나는 호기심이 많다). 집에 오는 길에 레브오센에 있는 콘숨 슈퍼마켓 가판대에서 걸음을 멈추었다. 가판대에는 날짜가 지난 신문이 없었다. 점원이 〈스벤스카 다그블라뎃〉은 한 부만 판다고 했다……. 나는 〈스벤스카 다그블라뎃〉이 어디에 있는지 알고 있었다. 이 구역에서 오랫동안 신문 배달을 했기 때문이다. 하지만 그곳에 가서 어제 자 신문을 부탁할 수 없었다. 어리석은 짓 같았다.

그래서 나는 서둘러 집으로 갔다. 저녁밥을 지어야 했다. 얀은 이미 와 있었고 우리가 식탁에 앉았을 때는 토요일 분위기가 나는 것 같았다. 저녁 내내 나는 〈스벤스카 다그블라뎃〉을 생각했다. 내 이름이 나온 그 짧은 한 줄을 몹시 읽고 싶었다. 일요일에 프레스뷔론 편의점 가판대에 물어보았지만 날짜 지난 신문은 이미 반품되고 없었다. 나는 이곳에 앉아 있고 내 이름은 전국 최대 일간지 하나에 언급되어 있다—하지만 보기 전까지는 믿지 못하겠다. 보도되기란 참으로 쉽지 않다.

팔메와 다른 유명인사들은 그 점을 어떻게 생각할까…….

학교에서 시를 한 편 지었다. 시의 운을 위해 마지막 행에서 나를 죽일 수밖에 없다시피 했다. 군나르 에켈뢰브*는 이러한 심

*20세기 스웨덴의 대표적인 초현실주의 및 모더니즘 시인

오한 행에 대해 무엇이라 평할 것인가? 우리는 학교에서 에켈뢰브의 시 「화석의 제사」를 분석한 적이 있다. 시를 쓴 배경에 대해 알기 전까지는 어려웠다(나는 가지고 있던 사전과 도서관에서 책 한 권을 빌려 읽었다). 세상을 떠난 화가 칼 힐을 추모하는 시였다. 힐은 죽기 전 오랫동안 정신이상 상태였다(발견되지 않았다). 에켈뢰브는 위대한 실험가이자 아름다운 문장가다. 에켈뢰브의 시에서는 음악의 리듬이 들린다. 대부분의 시는 초현실주의적이다(에켈뢰브는 결코 두족류頭足類로부터 자유로울 수 없을 만큼 그에 대한 공포를 가지고 있다).

나는 학교에서 2, 3분 만에 시를 다 썼다. 시는 다음과 같다.

나는 학교 책상에
늘 앉고 싶다
나는 그 자리에서 내 인간적 가치를 얻었다
하지만 아, 찾아내기가 얼마나 어려웠는가.

하지만 행복한 시간은 너무 빨리 지나간다
이제 봄이 오면 나는 졸업한다
나이가 어렸다면
분명히 더 오래 공부했겠지.

확실히 기분상 어린 느낌이지만
몸은 쓰러질 지경이다
나는 우리 학교에서 마츠를 데려와야 한다
면목이 없을지라도.

나는 언어를 공부할 작정이었다
영어와 프랑스어 둘 다를
하지만 아무리 씨름을 많이 했어도
스웨덴어조차 공부할 시간이 없었다.

그런고로 이제 작별을 고한다
사랑하는 학교에게
나는 곧 노파가 되어
세상을 떠나리라.

울라와 스티그, 군이 지난 일요일에 집에 왔고 오후에는 페테르와 브릿이 왔다……. 오늘 5시에는 얀이 예테보리 항만에 일하러 갔다. 군과 스티그는 집으로 돌아갔다. 오늘 저녁에는 학교에 간다. 「불타는 도시」라는 과제물을 제출할 것이다.

## 1966년 가을 학기

지난 월요일 저녁 새 학기 소집이 있었다. 여름 내내 학기를 다시 시작할지 망설였다. 물론 나는 그곳에 갔다. 청소하러 가기 전에 목욕하고 옷을 맵시 있게 차려입었다.

학교 건물 밖 주차장에서 잉에예드를 기다리고 있다. 잉에예드는 학교에 오는 유일한 노인일 것이다. 잉에예드와 동시에 지난 학기에 함께 공부했던 데게르포슈 아주머니 두 분이 온다. 분위기가 한결 가벼워진다. 학교 건물로 들어가자 지난 학기 분위기와 바로 마주한다. 지난 학기에 외투를 걸어놓았던 옷걸이가 남아 있어서 더욱 그럴 수 있다. 우리는 야콥손 교장 선생님이 새 학기 연설을 하는 강당으로 간다. 교장 선생님은 "오래전 오스트리아에는 이런 성인학교가 있었습니다"라고 운을 뗀다. 우리 이름이 호명된다—이후 다음 시간은 향긋한 커피, 맛있는 빵, 편안한 분위기다. 저녁에 다시 청소할 때 그제야 나는 수강 과목 선택을 잊어버렸다는 사실을 기억한다.

스웨덴어와 역사는 계속 공부할 것이다. 영어는 좀더 기다려야 한다. 어쨌든 나는 지금 겨울에 내가 무엇을 해야 할지 알고 있고 청소와 밥 짓기 외에 다른 생각할 거리가 생겨서 좋다.

나는 계속 일기를 쓴다. 내 삶이 다른 누군가의 관심을 끈다고는 생각하지 않지만 가끔 속내를 털어놓을 수 있다면 삶은 한결 수월해질 것이다.

이 일기 몇 줄을 하리 마틴손 당신에게 씁니다. 다른 이야기 상대가 없으니까요. 결코 편지를 부치지는 못하겠지만 휴지통에 버릴 글만 쓰는 것이 아니라 누군가에게 말할 사람이 있다는 것은 재미있습니다.

지금은 암울한 시기입니다. 날씨도, 일하는 상황도. 다행히 저는 당신을 걱정할 필요가 없습니다. 이제 사람들은 당신이 신발을 적시지 않고 앉아 있다고 말할 수 있습니다. 당신이 이 계절에 맨발로 달린 지는 그리 오래되지 않았습니다. 당신은 그 크고 흉한 나막신을 질색하여 도리어 발이 얼었습니다. 시간은 빠르게 흘러갔습니다……. 그래도 40년 전입니다. 저는 가치 있는 일을 하지 못한 채 늙어가기 시작합니다, 위축된 느낌입니다.

한편으로는 나에게 좋은 기회다. 전에는 짬이 없어 할 수 없었던 일을 할 시간이 생겼기 때문이다. 이를테면 직조織造 같은 일 말이다. 어제 피륙 하나를 잘라냈다. 이웃 아주머니가 부탁한 이사한 딸아이의 새집에 깔아놓을 카펫을 몇 장 만들려고 한다. 카펫은 괜찮게 나왔다. 밤에 앉아서 카펫에 술을 달았다. 그러고 나서 11시 역사 수업에 가려고 토요일 아침 일찍 일터로 향했다. 학교에서 기다리고 있었다. 그런데 학생도, 선생님도 오지 않았다. 요일을 착각했다. 아마도 학교를 다니기에는 나이가 너무 많은 모양이다. 역사 수업은 나에게 약과 같아서 다시 집에 가려니 너무 슬펐다. 스스로의 문제를 회피한다…….

최근 칼스쿠가에는 슬픈 일이 있었다. 세계 곳곳에서 일어나는 부당함은 작은 일일지라도 끔찍하다. 최근 몇 년 동안 많은 핀란드인이 부포슈를 찾아왔다는 사실은 모두 알 것이다. 이곳은 노동력이 충분하지 못했다. 핀란드인들은 이곳에서 일자리와 집을 얻었다. 이제는 포화 상태가 되어버렸다. 부포슈는 세계시장에서 스스로의 위치를 지키기 어렵다. 부서 한 곳은 특별한 문제를 안고 있다. 작업 품질이 좋지 않아 주문이 취소되었다. 이제 이곳은 많은 노동자를 필요로 하지 않는다. 일부 사람은 일주일에 4일만 일할 수 있다.

이번 주에는 핀란드 청년 한 명이 부당 해고를 당했다. 경영진은 사소한 규정 위반을 해고 사유로 제시했다. 내 생각에 경영진은 노동자들에게 설명할 수 없는 척만 할 뿐이지 사실 경기가 나쁘다는 점을 노동자들과 대화할 수 있다. 노동자들이 모든 악재의 원인이라도 되는 듯 간부들은 노동자들을 제지한다.

해고당한 청년은 성실한 직원이었다. 그는 토요일에 일이 없었다. 하지만 공장측은 토요일에 근무 지시를 했으나 청년이 결근했다고 주장했다. 공장측은 작업 지시서를 그의 사물함에 넣어 두었다고 했다. 하지만 청년은 쪽지를 보지 못했다고 말했다. 파게슈타에 사는 형제를 만나러 가기 위해 옷을 잘 차려입은 토요일 아침, 간호사 브리타가 청년에게 왜 일을 하지 않는지 물었다. 청년은 7시에 일을 시작해야 했다. 청년은 계획했던 길을 떠났고 월요일에 일터로 돌아오자 해고 통지를 받았다. 직장 동료들은 청년이 제때 근무 통지를 받지 못했음을 증명해주었지만 경영진은 공장측의 말을 믿었다. 따라서 해고되었다. 노동조합은 아무 손도 쓸 수 없었다. 일을 시작했을 때 청년은 노동조합원이 아니었다. 노동자는 그런 취급을 받았다. 청년은 돈이 떨어질 때까지 일자리를 찾으러 다녔다. 이후 청년은 핀란드로 돌아갈 수밖에 없었다. 청년은 이곳의 일에 만족하며 번 돈으로 핀란드에 있는 가족을 보살폈다. 이 일로 이번 주에 마음이 편하지 않았다.

## 성녀 안나 축일*

오늘 밤 눈이 내렸다. 오늘 아침 문을 열지 못하다시피 했다. 막내는 이번 달에 우체국에서 힘든 일을 했다. 광고물과 납세통지서 배달로도 모자라 평소의 우편배달까지 했다.

*성모 마리아의 어머니 안나를 기리는 날, 12월 9일

## 1966년 12월 15일

성녀 루치아 축일이 지났다……. 나는 비가탄에 있는 브릿의 집에서 루치아 역할을 맡을 생각이었지만 늦잠을 자버렸다. 이보다 더 가련한 루치아는 아무도 보지 못했을 것이다. 나는 울타리를 넘다가 제설차가 지나간 길 바깥쪽에 쌓여 있던 눈 더미에서 중심을 잃고 이리저리 휘청이다가 미끄러졌다. 브릿의 집 문밖에서 촛불을 켜고 쉰 목소리로 축일 노래를 두세 소절 불렀다……. 서둘러 집에 갔다. 우체국에 출근하도록 라슈를 깨워야 했다.

지금은 저녁이다. 라슈는 잠자리에 들었다. 이번 달 말 라슈는 우체국 일을 그만둔다. 아, 저 아이는 몸이 부서져라 일을 했다. 라슈는 잠을 청하기 어렵다며 초조해했다.

우리 아이들이 잘 살기를. 나는 참으로 멋진 아이들을 두었다. 정말 훌륭한 아이들이다. 하지만 내가 과잉보호하는 엄마가 아니었다면 더 좋았을 텐데.

하리, 당신의 어머니는 당신이 일곱 살 때 당신을 떠났어요. 그래요. 그후 당신은 이네스를 엄마라고 불렀지만 이네스는 어렸기 때문에 당신은 외톨이가 되었지요. 만일 당신의 어머니가 당신을 지켜주었다면 당신은 지금의 모습이었을까요. 그럴 것 같지는 않아요. 엄마는 아이들의 모든 것을 망칠 수 있어요.

많은 '위대한' 사람은 어머니를 일찍 여의고 (가난과 굶주림에 시달리며) 힘든 어린 시절을 보냈다. 우리 아이들이 '위대하게' 될지, 아닐지에는 아무런 신경도 쓰지 않는다. 중요한 것은 그 아이들이 다른 사람들을 너무 기분 나쁘게 만들지 않도록 살고 있다는 사실이다.

세상에서 제일 힘든 역할이자 가장 어려운 직업은 엄마로 사는 일 같다. 일종의 책임이 생기고 날마다 무능력을 실감한다. 모성의 행복을 느낄 겨를이 없다. 적어도 몇 분 정도는 그럴 것이다.

12월 18일

오늘 라이온스클럽에서 200크루나를 받았다. 아이들이 다 컸는데도 격려금을 받다니. 오늘 저녁 초인종이 울렸을 때 내 모습은 마치 청소부처럼 보였다. 머리는 부스스하고 꾀죄죄한 모습으로 나는 그 '멋진' 신사들에게 문을 열어주었다. 라이온스클럽 신사들은 잠시 이야기를 나누었다. 한 '신사'는 한때 울라의 직장 상사여서 울라의 안부를 물었다. 날마다 먹을 것이 있었던 터라 돈 없이 크리스마스를 지내기 어려우므로 많은 사람이 크리스마스 선물을 받기를…….

오늘 북풍이 불어 집이 흔들린다. 눈은 그치는 것 같았고 밤에는 비가 거세게 쏟아졌다. 기름보일러를 설치한 후부터 나는 매우 편하게 지낸다. 이전에 장작을 준비할 힘이 있었다는 사실을 이해하지 못한다…….

얀은 크리스마스 휴가를 보내기 위해 집에 왔다. 라이온스클럽 덕분에 만사가 순조롭다.

## 1966년 12월 22일

크리스마스 햄이 삶아지고 있고 나는 청소를 하고 '산타클로스' 장식과 촛불을 꺼냈다. 브릿은 내일 늦잠을 자지 않기 위해 오늘 밤 이곳에서 묵는다. 늦잠을 자면 연휴 보상이 연기처럼 사라진다. 얀과 울라는 크리스마스트리를 장만하기 위해 외출했다. 스티그와 군은 크리스마스 당일에 온다. 나는 내일 아침때까지 청소를 미룬다. 내 시간에 맞추어 일할 수 있다는 것이 내 직업의 장점이다.

내 단편소설 「크리스마스 선물」은 아직 신문에 실리지 않았지만 크리스마스이브까지는 이틀 남았다. 이제 햄이 다 익을 것이다. 흉통이 느껴지지만 '호프만' 진통제 물약 병을 찾지 못해 약을 먹지 않아도 가슴 통증이 사라지기만 바랄 뿐이다.

젠장……. 나는 크리스마스를 좋아한 적이 없다. 먹을 것과 잡동사니를 모으려고 피곤한 생활을 영위한다……. 아니, 고요한 크리스마스. 트리 없이……. 햄 없이……. 브릿을 만나러 갈 것이다. 브릿은 자기 집에서 크리스마스 과자를 구웠다.

만세, 만세……. 나는 올해 크리스마스트리를 만들지 않아도 된다.

아이들은 트리를 사지 않았다. 만세! 만세!

내일은 12월 31일이다……. 라슈는 마지막 우체국 배달을 했다. 어제 날씨는 끔찍했고 오늘도 그렇다. 눈은 습기를 가득 머금고 있고 기온은 섭씨 영상 1도다. 어제저녁 일하러 가기 전에 넘어질 뻔했다. 습설이 많이 쌓였다. 겨우내 깨끗이 청소를 한다. 계단과 바닥은 거리에서 밟고들어온 소금에 닦인다. 야간학교 엘란드 교장 선생님이 청소중에 왔다. 그분은 그곳에 앉아 글을 쓰는 것 같다. 잠시 몇 마디 나누었지만 나는 폐를 끼치기 싫다. 그분은 할일이 너무 많다. 오늘 역사를 배웠지만 집중하기 어렵다. 이제 저녁으로 크롭카카*를 만들어야 한다. 내가 쓴 「돼지고기의 노래」가 〈큐리렌〉에 실렸다. 비루한 행들에 많은 공을 들였다. 크리스마스 단편소설이 크리스마스이브에 〈칼스쿠가 티드닝〉에 실렸다! 만세…….

나이가 들면 들수록 삶이 점점 버거워진다. 생각을 많이 하기 시작했다. 전에는 그럴 시간이 없었다. "이 가장무도회에서 나는 어떤 역할을 맡고 있는 것일까?" 알기 어려울뿐더러 절대로 알아내지도 못할 것이다. 비겁하게 도망쳐서 나만의 세계에 살기 때문이다. 시간이 흘러가게 두는 편이 가장 편안하다. 허송세월과 버거움, 슬픔. 나는 늘 피곤하다. 아이들이 생활의 경제적 어려움을 감당할 준비가 좀더 되어 있었다면 나는 요양원에 갈 수 있었을 텐데. 농담이 아니다. 참 좋았을 것이다.

*돼지고기, 베이컨, 양파를 다져 속을 채운 남부 스웨덴식 만두

1967년 2월 1일

오늘 밤에는 미래가 두렵다. 공장이 하나둘씩 차례로 문을 닫는다(전부 더 큰 곳으로 옮겨야 한다). 자동화와 컴퓨터가 없는 곳이 없다. 잘살 수 있으리라는 희망을 품고 복지국가 스웨덴으로 이제 막 이주해온 외국인이 딱하지만 이곳 역시 다른 곳 못지않게 사정이 좋지 않다는 현실을 이제 알아야 한다. 부포슈에서는 매일 임시 휴업 조치가 이루어진다……. 소련과 중국의 분쟁, 여느 때와 마찬가지로 자행되는 베트남 학살……. 아, 전 세계를 통치하는 좋은 독재자가 나타날 수 있다면. 적어도 모든 사람이 똑같이 나빠지게 전 세계에 일종의 평등화를 가져올 수 있다면. 자연자원이 곧 바닥나면 아무도 잘살 수 없다. 물론 새로운 독재자는 모든 전쟁을 통제할 수 있을 것이다. 대신 전쟁 물자에 쓰이는 돈은 사막지대를 경작하는 데 사용되어야 할 것이다. 오늘 밤 나는 두렵다.

올해 다행히 소득 신고가 끝났다. 구스타브 란츠 씨가 나를 도와주었다. 구스타브 씨가 내 빚과 자산을 계산하는 동안 나는 돌아가신 아버지를 생각하며 앉아 있었다. 아버지는 한 해 한 해 많은 사람의 소득 신고를 해주었다. 아버지는 훌륭한 계산 전문가로 여겨졌다. 왜 나는 아버지의 지성을 하나도 물려받지 못했을까? 여러 번 초등학교 교과서를 기초삼아 산수 공부를 시작할 생각을 했지만 아직 아무것도 하지 못했다. 나는 그럴 시간이 없다.

구스타브 씨가 신고해주는 동안 보이안이 아주 맛있는 돼지고기 팬케이크를 만들었고 우리 셋이 먹었다. 잔치하는 기분이었다. 보이안은 차로 나를 집까지 데려다주었다. 신고가 끝나서 날아갈 듯한 기분이다.

주문이 많아 여력이 되는 한 천을 짜야 한다. 얀은 집에 있지만 금요일에 멀리 떠난다. 저 위쪽 옐리바레에서 임시직을 구했다. 울라는 아프고 라슈는 일자리를 구하며 기다리고 있다.

## 금요일

오늘 저녁 〈포쿠스〉*에서 '교통사고자'를 보았다. 많은 사람이 차에 치이거나 미친 듯이 운전을 한 탓에 다쳐서 누워 있다. 모든 후천적 장애인의 딱한 친척들. 지금 의료 서비스는 훨씬 더 많은 것을 지원할 만큼 충분하지 않다. 그래서 일부 사람은 특수치료를 받을 수 없는 요양원에 입원한다. 〈포쿠스〉는 일부 환자가 얼마나 심한 욕창으로 고생하는지 보여주었다. 나는 그들이 마치 전쟁에 나갔던 사람들 같다고 생각한다.

오래전 나는 룬드**의 학자 여섯 명에게 교통 문제에 대한 제안서를 보냈다. 나는 그들이 그런 것을 이해할 능력이 있다고 믿었다. 나는 그 제안서에서 모든 개인 차량의 소유를 금지해야 한다고 했다(불필요한 차량 운전은 다 우스꽝스럽다!). 택시, 기차, 배, 버스는 국가 소유여야 한다. 가지고 놀 개인 차량을 원하는 사람은 원하는 대로 실컷 운전할 수 있는 자동차 경주 트랙에 주차하면 된다……. 학자들은 텔레비전에서 그 문제를 다룰 수 없다고 답했다. 정치적 문제라고 했다.

그런데 차를 몰고 아내와 같이 여행 가는 스벤손 씨***보다 더 우스꽝스러운 광경이 또 있을까!

*당시 스웨덴 공영 라디오 방송국의 텔레비전 시사 프로그램
**스웨덴 남부의 대학도시이자 대학교 이름
***스웨덴인을 상징하는 이름

## 1967년 2월

오늘 저녁 〈포쿠스〉는 스트레스 문제를 제기했다…….

그렇다. 더이상 힘이 없다. 사유의 세상과 '보통'의 세상 모두 만사가 너무 복잡하다. 무엇보다도 몇 년 전부터 일터에 대한 걱정이 있었다. 고용에 관해서는 아무도 안전하지 못하다. 영원히 '지속될' 것이라 믿었던 일자리가 축소되고 있다. 노동자들은 '해고'당할 처지에 놓여 있다.

오늘날 청년들은 많은 것을 할 수 있어야 한다. 일자리를 얻으려면 온갖 종류의 학위가 있어야 한다. 청년들은 살기가 점점 더 어려워진다. 국제적으로 따라잡기 위해서는 다양한 언어를 배워야 한다.

나는 텔레비전 영화를 보며 동시에 글을 쓴다. 브리지트 바르도가 주연이다. 이전에는 바르도를 영화에서 본 적이 없다. 하지만 볼 것이 없어서 마찬가지였다고 생각한다—이제 곧 영화가 끝난다. 내일 아침 일찍 일어나려면 일찍 자야 한다—오늘 밤 라슈센슈트룀은 브릿의 집에서 묵을 것이다. 둘은 커피에 곁들일 빵을 구웠다. 막 그들에게 갔을 때 큰 봉지 하나에 빵을 받았다. 내 생각에는 브릿이 브리지트 바르도보다 훨씬 더 예쁘다.

마흔아홉 살이 되었다. 다음에는 쉰 살이 되겠지.

군과 스티그가 예테보리에서 미모사와 튤립을 보냈다. 브릿과 라슈는 케이크, 꽃, 향수, 양말, 핸드크림 등을 선물로 주었다. 브릿은 부포슈에서 퇴근한 뒤 자전거를 타고 케이크를 사러 갔다. 눈보라가 휘몰아쳐 거리가 매우 혼잡했다. 울라는 목이 아프다. 주문받았던 카펫을 다 짜서 이제 피곤하다. 잘 자요!

글을 쓴 지 꽤 오래되었다. 한동안 날씨가 좋았지만 얼음처럼 차가운 한기가 다시 내륙으로 밀려들어왔다. 방금 고양이에게 문을 열어주었지만 고양이는 나갈 생각이 없어 보였다. 계단은 눈으로 뒤덮여 있었다. 라슈는 레브오센 스포츠팀과 같이 레트빅에 가는 길이다. 라슈가 따뜻한 신발을 신었기를 바라고 있다. 라슈가 길을 나섰을 때 그 아이의 모습을 보지 못했다.

'경미한 신장 결석'으로 병가를 냈다. 지난번처럼 힘들지 않게 제때 약을 먹었다. 옆구리 한쪽에 통증이 느껴지자마자 병원을 가는 것이 최선이다. 이제 목욕하고 자야지……. 그렇다, 누가 말했듯이 인생은 마흔부터 시작이다(하지만 모든 길은 로마로 통한다!).

## 1967년 5월 20일

글을 쓸 때 아주 좋은 종이를 낭비하는 것 같아 아깝다는 생각이 들었는데, 그럼에도 불구하고 이따금씩 계속 글을 쓸 것 같다. 이야기를 쓸 수 있는 종이가 있어서 다행이다. 학교에서는 사람다운 가치를 느낄 수 있으므로 '학교'가 계속 존재하는 한 좋다.

10대 아이들의 엄마로 사는 것은 참으로 문제다. 엄마도 사람으로 존재할 테지만 보이거나 들리지는 않을 것이다. 나는 아이들을 잘 못 키운 것 같다. 우리 아이들 양육에 대해서 말이 많겠지. 나는 아이들을 잘 키우지 못했으니까.

아이가 없어야 했다. 나는 쌀쌀맞은 사람인데다 우리 아이들이 돈을 잘 버는 자리에 있었으면 하고 바라기 때문에 아마 나는 대단한 유물론자일 것이다. 곧 아무것도 하고 싶지 않다.

아침에 허리가 쑤셨다. 허리가 밥줄이다보니 허리가 아플 때마다 겁이 난다. 허리가 안 좋을 때는 성질이 완전히 더러워진다. 오늘 울라와 얀에게 많이 도와주지 않는다고 야단쳤다. 얀과 울라 모두 자리를 피했다. 사는 것이 그렇다.

## 지상에서의 나의 순간

나 혼자만을 위해 노래하고 그림을 그리리라,
아무 말 없이 고요히,
그리고 세상의 가장 낮은 존재를 해치지 않으리라.

_ 칼 유나스 루베 알름크비스트, 『들장미의 서書』

1967년 6월 1일

우리는 학교에서 마지막 수업을 들었다.

울레 쉴함마르 선생님이 내가 쓴 글 하나를 읽어주었다(잘 썼다고 했다). 다섯 학기를 다녔다니. 초등학교를 졸업했을 때와 같은 기분이었다(분위기!).

황화구륜초, 자작나무 잎, 라일락 가지 하나, 매발톱꽃 한 송이를 꺾었다. 우리집 뜰에는 매발톱꽃과 자작나무 잎만 있다. 다른 것은 류트와 베가에게 받았다. 울레 선생님은 꽃을 보자 얼굴이 환해졌다. 미하네크 씨는 내가 몇 마디 할 것이라고 생각했다. 나는 나이가 가장 많은 학생이었다. "울레 선생님, 선생님은 꽃을 볼 거예요." 나는 큰 소리로 말을 할 수 없다. 마지막 수업을 마치자 선생님은 잠시 자리를 떠났다. 그러고는 이내 커피가 가득 담긴 쟁반을 들고 돌아왔다. 우리는 교실 한가운데에 책상들을 네모나게 모아놓았다. 마지막 수업의 마지막 시간에 우리 수업 동기들은 그곳에 앉아 커피를 마셨다. 기억에 남을 저녁이 될 것이다. 밖에는 우아하게 꽃이 핀 과일나무가 있었다. 중년이 되면 졸업이 조금은 서글프게 다가올 것이다.

1967년 6월 4일

비가 내리고 있다. 창밖에는 갈매기들이 떼를 지어 이리저리 날아다닌다—어느 순간 잔디밭이 온통 갈매기 천지인 듯하더니 갈매기들은 순식간에 은회색 구름처럼 하늘 높은 곳을 향해, 경작지를 향해 날아가버렸다. 브릿과 베리트가 어제 잔디 깎는 일을 도와주었다……. 오늘도 뉴스를 듣지 않았다. 이스라엘의 '보통' 사람들은 이런 일요일 아침의 상황을 어떻게 느끼는지 깊이 생각한다. 그곳 사람들 모두 처지가 딱하다. 국경 전체가 적들에게 둘러싸여 있다. 모든 아랍 국가 사이에 소국 이스라엘이 끼어 있다. 그들은 어디로 가야 할 것인가(아랍인의 나라이지 않은가)? 소유권. 그것이 항상 무엇을 비참하게 만들었는지 생각해보자.

오늘 저 아래에서는 느낌이 어떨지 궁금하다.

1967년 6월 5일 월요일

라디오 뉴스를 듣지 않았다……. 하지만 류트와 내가 상점에 갔던 오전에 계산대에서 군이 전쟁이 났다고 말했다. 그 말을 믿고 싶지 않았다. 선전용 이야기일 수 있다…….

사실이다! 지중해 지역에서 전쟁이 시작되었다. 현재 4시간째 진행중이다. 아직 이스라엘과의 직접 접촉은 없다.

카이로 라디오 방송국은 이스라엘이 공격했다고 보도한다. 시리아가 이스라엘을 공격하여 하이파의 유전시설을 폭격했다는 전신이 방금 들어왔다. 유전시설이 불길에 휩싸여 있었다. 젠장……. 타스 통신사는 이스라엘이 공격했다고 보도한다. 시리아의 공격에 대해서는 아무 말이 없다. 지금 아랍 국가들은 모두 하나가 되어 팔레스타인을 되찾기 원한다(성전이 시작되었다).

아랍인들은 20년 전 이스라엘이 건국되고 고향에서 쫓겨났을 때부터 이 순간을 기다려왔다. 국제연합은 오늘 2시에 회의를 열 것이다.

## 1967년 6월 6일

전쟁중이다. 국제연합은 아무것도 할 수 없다. 이스라엘은 가자 지구를 점령했고 지금 수에즈운하를 향해 진격중이다. 칼스쿠가에서는 오늘 9시에 폭발이 있었다. 집이 조금 흔들렸고 숲 뒤에서 짙은 연기가 피어올랐다. 비에르크분에 있는 공장 한 곳이 폭발했다. 중상을 입은 사람은 없었다.

내일은 베가의 딕이 공학 학위를 받는다. 12크루나 주고 편지지를 샀다(비싸지만 멋지다)……. 저녁에는 얀을 생각한다. 얀은 영국으로 가는 중이다. 오늘 예테보리에서 배로 떠났다. 이곳은 비가 오고 춥다. 자갈을 사서 뜰에 뿌리다시피 했다. 그후 우리는 지붕 기와를 장만했다. 울라가 집에 오면 기와를 올려줄 수 있기를.

1967년 6월 7일

울라에게서 편지가 왔다. 울라는 아마도 (살그렌스카병원에서) 세탁 일을 얻을 것이다. 6시부터 텔레비전 앞에 앉아 있었다. 이스라엘이 요르단의 도시 두 곳을 점령했다. 처음에는 예루살렘의 구시가지를, 이후에는 요르단에서 가장 가까운 도시 두 곳을 점거했다. 엘아흐미르도 이스라엘이 점령했다. 요르단은 국제연합에 공격 중지를 요청했다. 소련은 이스라엘이 병력을 철수해야 한다는 내용을 국제연합에 전달했다. 아마도 오늘 저녁에 휴전이 될 것이다……. 그곳에 있는 사람들 모두 가엾다. 다친 사람들도. 『트레블링카』와 1940년대 유럽의 유대인 박해에 대한 또다른 책을 읽었다. 그때 나는 신혼이었다. 세상에 무슨 일이 일어나고 있는지 전혀 알지 못했다……. 그때 아버지는 세상이 얼마나 미쳐 돌아가는지를 이해했는지 궁금하다. 아버지는 늘 뉴스를 들었고 매일 신문을 읽어서 잘 알고 있었다. 하지만 그때나 지금이나 비슷하다. 아무도 전쟁에 대해 말하지 않았다. 아버지와 어머니, 우리 형제자매는 시사에 대해 많은 이야기를 나누지 않았다. 나와 우리 아이들도 그렇다. 아이들은 집에 있을 때 주로 음악을 듣는다. 이제 에리히 마리아 레마르크의 『서부 전선 이상 없다』를 읽을 것이다. 이전에는 레마르크가 쓴 연애소설만 읽었다.

## 목요일

오전에 덤불 울타리를 청소했다. 그러고 나서 뉴스를 들었다. 오늘 〈가족 거울〉*은 지중해 문제에 대해 이야기했다. 하이파의 이스라엘인들과 나눈 개인적 대화를 들을 수 있었다. 이야기를 한 여성은 4월에 하이파에 있었다. 그녀는 스웨덴국제개발협력청과 일부 여성단체가 설립한 대학교를 방문했다. 아프리카 나라에서 온 장학생들은 그곳에서 공부를 하거나 수업을 들을 수 있다. 그들은 가능한 한 많은 것을 배우고 자국으로 돌아가기를 바랐다. 그 여성은 이스라엘의 '업무방식'이 신생 아프리카 국가에 잘 맞을 것이라고 말했다. 이스라엘 역시 영零에서부터 시작했다……. 오늘날 그곳은 어떤가? 하이파는 지난 화요일 불길에 휩싸였다. 시리아는 싸울 것이라고 포고했다.

우리는 〈가족 거울〉에서 예루살렘의 아랍인 구역에 대해서도 들을 수 있었다. 녹음은 4월에 이루어졌다(지금 이스라엘은 그 구역을 점령했다). 이스라엘은 어제와 오늘 대규모 병력을 이끌고 통곡의 벽으로 진격했다. 아니, 나는 아랍인 구역에 관해 이야기하려고 했다. (4월에 한) 테이프 녹음에서 젊은 핀란드 여성의 목소리를 들을 수 있었다. 현재 아랍인과 결혼한 사람이었다. 아주 명랑했다. 변호사 공부를 했고 달라나 지방의 무라에서 지방법원 서기로 처음 일자리를 얻었다. 예루살렘에 단체여행을 갔다가 그곳에서 아랍인 남편을 만났다. 그녀는 지금 그곳에 살고 있고 부

*스웨덴 공영 라디오 방송국의 시사 교양 프로그램

부에게는 어린 아들이 있었다. 그녀는 고국에서 멀리 떠나온 것을 후회하지 않았다. 남반구와 북반구 사람들 사이에 '다리'가 필요하다고 생각했기 때문이다. 그녀가 유일하게 성가시게 생각했던 부분은 일부 사람이 여성 변호사로서의 이력에 관심을 집중한 점이었다(소수의 사람이 그렇다. 그녀는 그들이 지금 자기에게 조금 실망했다고 믿었다). 지금 그녀는 할머니의 시대처럼 기계 장비 없이 (나처럼) 단순하게 살고 있다고 말했다. 그녀는 아랍인들이 매우 친절하며 손님을 환대한다고 이야기했다. 오늘 어떻게 지내는지 궁금하다. 이 젊은 핀란드 여성이…….

1967년 6월 9일

날짜를 썼을 때 내일이 돌아가신 어머니의 생신임을 기억했다…….

어머니……. 21년 전 어머니와 저는 이 방에 앉아 있었어요. 우리는 이곳 창가에 앉아 보온병에 담긴 커피를 마셨어요. 우리는 나들이를 갔지요. 잉리드가 어렸던 우리 아이들을 돌봐주었어요(라슈는 아직 태어나지도 않았지요). 우리는 이곳에서 우리가 이사할 집을 보았어요. 오래전이었네요…….

오늘 나는 창가에 혼자 앉아 있다. 지금 어머니가 살아 있었다면 어머니와 나는 이스라엘 이야기를 할 수 있었을 텐데. 어머니는 유대인을 좋아했다.

이제 글을 쓸 수 있다. 브릿과 라슈는 뉴스를 듣지 않고 이웃 아주머니들은 남편들과의 내전에 대해서만 떠들 뿐이다(나는 다 기억할 수 있다).

이스라엘은 지금 카이로까지 밀고들어왔다. 가말 압델 나세르는 끝났다. 그는 사임할 생각이다……. 밤 12시다. 방송국은 노르셰핑 공항에 기자를 파견했다. 우리는 귀국하는 국제연합 평화유지군을 볼 수 있었다. 평화유지군 부대의 소령은 지금 돌아와서 면목이 없다고 말했다……. 부대는 대사들이 지내는 호텔에 주둔해 있었고 가까이에서 전투를 보지 못했다. 내일 오는 순찰대는 전선 한가운데 가자지구의 모래밭에 파고들어 있었다.

## 1967년 6월 13일

라슈는 일하러 갔다. 그 아이는 일찍 일어나는 데 능하다. 이따금 정해진 시간은 멋지다. 조금은 정리 정돈이 된다. 울라는 저주받은 영혼처럼 칼스쿠가와 칼스타드, 예테보리 사이를 히치하이킹으로 다닌다. 울라는 겨울에 민중고등학교에 갈 것이다. 아마도 브라게스쿨란민중고등학교일 터다. 울라는 대학으로부터 스웨덴예술공예디자인대학에 보낸 지원서가 너무 늦게 접수되었다는 연락을 받았다(울라는 겨우내 시간이 있었다).

매일매일 나는 언론에서 대부분의 과목에서 최우수 성적을 받은 청소년들의 기사를 읽는다. 그런 경쟁자가 될 것이다. 안절부절못하게 된다. 나는 우리 아이들이 아름답게 불리는 것처럼 재능이 있다고 생각하는데, 불안한 마음은 감출 수 없다. 아마도 아이들은 나처럼 저임금노동자가 되겠지…….

안니와 군브릿, 라슈(안니의 라슈)가 막 이곳에서 라세의 여름 별장으로 갔다. 우리는 이스라엘, 아랍 국가를 잊어버렸다. 우리는 카린의 여름 별장에 있었다. 30년 전으로 돌아간 것 같았다. 평온하고, 고요하고……. 우리는 집에 오는 길에 은방울꽃을 꺾어왔다.

이제 다시 평일이다. 울라를 깨워야 하지만 소용없다는 것을 안다. 어쨌든 울라는 계속 누워 있다. 토요일 저녁에 아이들이 춤추러 간 동안 나는 잔디를 깎았다. 요즘 춤보다 잔디 깎는 일이 더 재미있다고 생각한다. 취향은 시간이 지나면서 변한다……. 마치 배가 몹시 고픈 것처럼 뱃속이 요동친다.

1967년 6월 14일

울라는 히치하이킹으로 예테보리에 갔다. 일자리를 얻기를 바란다. 브릿은 휴가를 보내고 주 3일만 일해야 한다. 주물공장은 지금 할일이 많지 않다……. 브릿이 공부를 해서 지금 교사였다면 어떻게 되었을까. 초등학교를 졸업했을 때 브릿은 아주 좋은 성적을 받았다. 브릿의 장래가 이렇게 되어 불행하다. 공부했다는 이유로 좋은 자리를 꿰찬 '어리석은' 사람들이 아주 많다. 브릿은 어리석지 않다. 브릿은 교사직이 제격이었다.

## 1967년 6월 15일

오늘 정오에는 섭씨 33도가 넘었다. 5시가 되자 소나기가 내렸다. 브릿과 라슈는 퇴근했을 때 비에 흠뻑 젖어 있었다. 라슈는 낮 동안 도로에서 일을 하다 햇빛에 화상을 입을 뻔했다. 브릿 역시 크레인에서 몸이 좋지 못했다. 두 아이 모두 각자의 일을 잘 한다.

오늘 물을 마실 때마다 시나이 사막의 아랍인들을 생각했다. 그들은 사막의 열기 속에서 진군한다(그들은 이스라엘의 포로가 되기를 원하지 않는다). 그들은 물을 구하려고 살인을 한다……. 텔레비전은 사막의 길을 따라 얼마나 많은 사망자가 있는지 보여주었다.

그곳에 있는 사람들 모두 가엾다. 우리는 이스라엘의 키부츠 한 곳을 볼 수 있었다. 키부츠는 파괴되었다. 어린이들과 청소년들이 정리하고 있었다. 격렬한 전투가 이어지는 동안 그들은 닷새 동안 방공호에 있었다. 키부츠는 시리아와 맞닿은 국경에 있었다. 국제적십자사와 국제연합 구호 및 재건 기구가 있어서 참 다행이다.

얀이 아일랜드에서 찍은 사진을 한 장 보내왔다. 우리가 어제 잔디밭에 앉아 있었을 때 (몇몇 동네 아주머니 중) 한 아주머니가 지중해전쟁에 대해 이렇게 말했다. "그런 것은 절대로 읽지 않아요. 너무 무서워요." 다른 아주머니가 말했다. "말할 게 없을 거예요. 이스라엘에서 있었던 전쟁은 일주일 만에 끝났어요."

대부분의 스웨덴인에게 가장 큰 문제는 휴가를 무릅쓰고 갈 것인가다. 군사 쿠데타 후 그리스로 휴가를 갔던 일부 사람은 집으로 돌아올 때 이렇게 말한다. "그리스는 참 좋아요." 관광객으로 그곳에 있을 때 그들은 비정상적인 것을 전혀 알아차리지 못한다.

추기追記. 나는 스웨덴 왕국에서 일어났던 쿠데타에 대해 썼다. 우리가 자동차 우측통행을 채택한 그날에 대해. 우측통행은 아직 실행되지 않고 있다. 이상하게도 나는 우측통행이 좋다고 생각했다.

어제는 또 완전히 의미 없는 날이었다. 먼저 청소를 하러 갔었고, 그후 요리를 했으며, 다시 요리와 청소를 했다. 어쨌든 아파트에 살았다면 어땠을까.

1967년 6월 21일

얀과 울라의 생일 전날이다. 얀은 아일랜드에, 울라는 예테보리에 있다. 아침 일찍 꽃을 꺾어 요양원에 갔다. 그곳에 가면 재미있지만 요양원에서 일할 힘은 없을 것 같다. 어떻게 '여자들'은 항상 더러워진 것을 바꿀 힘이 있을까. 끊임없이. 물론 일하는 사람과 아픈 사람 모두 훌륭한 사람들이다. 그들에게 힘이 있다는 것이……. 무엇이든지 사라져가는 것을 보는 일은 괴롭다.

밤 11시지만 아직도 밝다. 1년 내내 그랬다면 어땠을까.

## 하지제

하지제 전야에 자주 그렇듯이 비가 내렸다. 구름은 아직도 폭우를 머금고 있다. 스웨덴 하지제. 늘 이렇게 날씨가 나쁘지는 않겠지만.

나는 어머니가 살아 있었을 때 어느 해 하지제를 기억한다. 우리는 꽃으로 장식된 작은 기둥 하나에 올라갔다. 어머니와 나는 그곳에 앉아 하지제 분위기를 조성하려고 했다.

나는 코시긴의 딸 생김새를 알고 있다. 그녀가 텔레비전에 나왔다. 글래스버러*를 담은 장면에. 정상회담이다. 린든의 아내와 딸도 참석했다. 글래스버러주립대학 총장 관사의 여주인은 우리 이웃 아주머니를 닮았다. 대형 텔레비전 프로그램에서는 미래의 실업에 대해 아무런 언급도 하지 않았다. 나는 제1차세계대전 이후만큼이나 나빠질 것이라고 믿는다.

오늘 감자를 찔 것이다. 라슈가 집에 있다. 나는 주말 내내 샌드위치로 끼니를 때웠다.

*1967년 미소 정상회담이 열린 미국 뉴저지주의 도시

## 1967년 7월 2일

국제연합은 어떻게 이 일을 해결할까. 불가능하다. 양국 난민들은 고생하고 있다. 국제적십자사와 다른 관련 기구들은 감당하지 못하고 있다. 어떤 곳에서는 열 명이 담요 한 장을 나누어 쓴다. 지중해 지역도 밤에는 춥다. 추위와 굶주림에 시달릴 때는 적어도 전용 담요가 있어야 견딜 수 있다. 라슈와 나는 오늘 으깬 뿌리채소를 먹었다. 20인분은 먹은 것처럼 배가 부르다. 오늘 넌더리가 나는 느낌이다.

어제 〈칼스쿠가 티드닝〉에 짧은 글을 하나 실었다. 복지 스웨덴에 대해서. 복지사회에서 사회복지대상자로 사는 동시에 세상의 굶주림을 생각하는 것이 어떤 느낌인지를. 아니, 오늘은 글을 쓸 수 없다.

요르단에서는 난민들이 증가하고 있다. 이엠* 대표는 구호 사업을 계속하려면 돈이 많이 필요하다고 말했다. 예루살렘 구시가지는 재앙을 입었다. 은행은 문을 닫았다. 아무도 일을 할 수 없고 집도 구할 수 없다. 오늘 그곳은 섭씨 30도다. 난민수용소에는 햇빛을 가릴 만한 것이 아무것도 없다. 노인들과 아기들이 더위에 목숨을 잃는다(예루살렘 구시가지에 살았던 젊은 핀란드 여성의 근황이 궁금하다. 아직 살아 있을까?).

오늘 모이스 촘베**가 사형선고를 받았다……. 소파에 가서 누울 것이다. 잠을 청했지만 이내 포기했다. 생각이 꼬리에 꼬리

*IM : Individuell Människohjälp, 스웨덴의 국제 빈곤 퇴치 비정부기구
**콩고 분쟁(1960-65)의 원인을 제공한 콩고민주공화국의 정치인

를 묻다. 생각이 이어져 적어도 세 번은 머리에 지진이 난 것 같다. 지금 다시 식탁에 앉아 있다. 얀의 트랜지스터라디오를 켰다. 지금 같은 그런 음악을 낮에는 듣고 싶지 않지만 잠이 오지 않을 때는 어떤 음악이든 좋다. 페르 뮈르베리가 〈모든 것이 당신이었네〉나 그와 비슷한 노래를 부른다.

자전거를 타고 요양원 바깥에 있는 한 무리의 나무를 지날 때 3층 창문 너머로 어머니의 얼굴이 보이는 상상을 한다. 우리는 저 창을 사이에 두고 서로 손인사를 했다. 어머니는 저 작은 구석방에서 아주 오래 살았다. 하지만 어느 날 내가 갔을 때 어머니는 다른 방으로 옮겨졌다. 여동생은 전날 저녁에 어머니에게 폐소공포증이 생겼다는 사실을 알려주었다. 어머니는 침대에서 벌떡 일어나 두려움에 소리를 질렀고 벽에 걸린 액자를 가리켰다. 액자에는 예수가 그려져 있었다. 평생 예수와 하느님에게 기도했던 어머니. 그날 저녁 어머니는 액자 속 인물이 누구인지 알아보지 못했다. 어머니는 7호실로 옮겨졌다. 그 방은 어머니의 마지막 거처가 되었다. 어머니는 고통이 끝나기 전까지 많은 낮과 밤을 보냈다. 7호실에는 스타케 여사가 지내고 있었다. 어머니에게 좋은 룸메이트가 생겼다. 스타케 여사는 매일매일 어머니가 화장실에 가는 것을 수없이 도왔다. 스타케 여사는 아직 그 방에서 지낸다. 오늘 요양원에 갔을 때 스타케 여사는 사람들과 함께 주스를 마시고 있었다. 우리가 앉아 있던 오락실은 아주 멋졌다. 때로는 침대에서 두세 걸음 걷는 것도 좋을 수 있다. 안나 역시 오락실의 주스 탁자에 함께 있었다. 이제는 어머니가 돌아가신 지 오래되었지만 안나와 스타케 여사 모두 어머니를 기억하고 있었다. 안나는 어머니가 좋아했던 '시편' 23편을 매일 읽는다고 말했다. 사랑스러운 안나.

안나는 내가 2월 23일에 쉰 살이 된다는 사실을 꼼꼼하게 확인한다. 오늘 브릿과 페테르가 스톡홀름으로 간다. 유고슬라비아인인 페테르는 그곳에서 일자리를 찾을 것이다. 칼스쿠가에서 페테르는 취업 허가 없이는 아무 일도 구할 수 없다. 아마도 스톡홀름에서는 더 좋게 성공할 것이다. 모든 사람은 일할 '권리'를 가져야 한다.

페테르를 만났을 때 브릿은 '친구들'로부터 들은 약간의 수다거리가 생겼다. 3년 동안 결혼생활을 했던 핀란드 청년과 이혼한 뒤 브릿은 "다음에는 스웨덴 남자를 잡으라"는 말을 끊임없이 들어야 했다.

이제 브릿은 *'유고슬라비아인'*을 만났다.

하지만 브릿은 다른 의견을 들을 때 다행히도 자기 의견을 말할 수 있다. 브릿은 항상 "내가 좋아하는 스웨덴 남자를 아직 만나본 적이 없어"라고 답했다. 지금 나는 페테르가 하루빨리 일자리를 구해 둘 사이에 큰 문제가 생기지 않기를 바란다.

## 1967년 7월 14일

텔레비전과 1라디오를 동시에 들으려니 정신이 없다. 이런 고약한 장난을 받아들인 일은 여러 번 있었다. 정신을 차려야 한다. 어쨌든 스트레스가 심하다. 〈문화 15분〉*에서 이바르 루-유한손**을 인터뷰했다. 한 동독인 남자가 루-유한손의 작품을 연구하여 박사학위를 받았다. 나는 그것을 이해하지 못한다. 한 사람이 쓴 책을 읽는 데 15년이 걸려야 하나? 한 글자 한 글자 읽는다면 그럴 것 같다. 루-유한손은 아직 그 논문을 읽을 시간이 없었다고 말했다. 프로그램 후반부에서는 독일인 케테 콜비츠에 대해 다루었다. 콜비츠는 마흔다섯 살에 세상을 떠났다. 지금 스톡홀름에서는 콜비츠 작품 전시회가 열리고 있다. 콜비츠는 평생 가난, 전쟁, 불행과 맞서 싸웠다. 콜비츠는 독일에서 '가난한 의사'와 결혼했다. 그녀는 세계대전을 두 차례나 겪었다. 제1차세계대전 때는 아들을 잃었다. 빌헬름 2세는 가난과 곤경을 그리는 콜비츠를 싫어했다. 그녀는 〈직조공〉이라는 작품으로 상을 받았다. 빌헬름 2세는 이를 좋아하지 않았다. 나치가 정권을 장악했을 때 콜비츠는 탄압을 받았다. 콜비츠의 예술은 금지되었다. 콜비츠의 마지막 글은 전쟁으로 인해 평생 고통받았다는 내용이었다. 그녀는 불행과 곤경만을 그렸다. 콜비츠는 1945년 4월에 사망하여 평화를 경험할 수 없었다. 일생 동안 곤경과 멸망만 경험한 사람들이 많이 있다.

*스웨덴 공영 라디오 방송국의 문화 교양 프로그램

**스웨덴의 대표적 노동문학 작가

오늘 전화로 페테르를 위한 일자리를 찾아보았다. 답은 이미 알고 있었다. "스웨덴은 스웨덴인에게"라고 칼스쿠가 호텔의 지하 식당 지배인이 말했다. 일자리가 귀해지면 모두가 끔찍하게 내셔널리스트가 된다. 우리는 어레브루주립병원 인사담당자에게도 편지를 썼다. 병원은 급식담당원 구인 광고를 냈다. 아니면 휘트오센의 식당에서 시작할 수도 있을 것이다. 그곳 식당관리자가 설거지 자리를 주겠다고 거의 약속했다. 식사 포함하여 일당 20크루나였다.

말을 가져오면 천국을 주리라. 그러니까 일자리를 가져오면 말이다.*

*다급한 상황에서 도움을 청할 때 인용하는 셰익스피어의 희곡 『리처드 3세』의 대사를 바탕으로 쓴 표현

## 1967년 7월 16일 토요일 저녁

새벽 4시 청소를 하러 나가려고 할 때 문 앞에서 울라를 만났다. 울라는 예테보리에서 왔다. 칼스타드에 군과 스티그를 내려주었다. 운전 후 추위에 떨며 지쳐 있었다. 눕기 전에 차를 마셨다. 월요일 아침에 다시 예테보리에 있을 것이다. 지금 트럭으로 화물을 나른다. 나는 아직 얀의 트랜지스터라디오를 가지고 있다. 라디오가 있어 재미있다. 불행한 일만 일어나더라도 뉴스를 듣고 싶다. 한스 그란크비스트(홍콩)가 홍콩이 완전히 봉기 상태에 휩싸여 있다고 알린다. 반나 베크만이 수에즈 지역에서 전쟁이 다시 일어나는 것이 사실이라고 말한다. 아랍인들은 공격과 침략을 한 이스라엘을 비난하고 그에 대한 정반대의 비난도 있다. 국제연합 총회는 결의안에서 이스라엘에게 전쟁 이전의 상황으로 병력 철수를 요청했다. 오늘 국제연합 감시단이 수에즈 지역에 파견될 것이다. 아마도 감시단은 제 역할을 수행할 수 있을 것이다. 누가 누구를 공격하는지에 대한 더 나은 제도가 될 것이다. 뉴욕은 완전히 봉기 상태다. 비엔 알란데르가 모든 상점이 흑인들에게 강탈되었다고 말한다. 텔레비전 속 영상은 우리에게 알란데르의 말이 과장이 아님을 보여준다.

텔레비전에서 볼 수 있다, 볼 수 있다, 볼 수 있다……. 알란데르는 흑인들이 마오쩌둥을 읽기 시작했다고 말했다. 린든 베인스 존슨은 힘들어지겠는데. 아마 존슨에게는 베트남에서 '공산주의자'를 소탕하는 일이 산적해 있을 것이다(존슨은 마오쩌둥을 읽어야 했다. 마틴 루서 킹의 '비폭력'은 효용이 없다).

흑인들은 더이상 참을 힘이 없다. 그들은 스스로 문제를 해결해야 한다. 그래서 콩고 봉기가 있다. 1963년과 비슷하게 곳곳이 혼란스럽다. 병사들은 자신들이 어느 편에 있는지를 어떻게 알 수 있을까. 백인들은 아프리카와 아메리카에(그리고 다른 곳에) 엄청나게 해를 끼쳤다. 피해를 복구하기에는 너무 늦다. 자본주의 체제가 있는 한 그들은 전쟁 산업에서 돈을 벌어야 한다.

미국은 세계 천연자원의 거의 60퍼센트를 소유하고 통제하지만 세계 인구의 6퍼센트에 불과하다. 이 잔인한 약탈체제를 보호하기 위해 미국은 견줄 만한 것이 없는 전쟁기계를 만들어냈다. 미국은 세계를 지배하기 위해 3000곳의 군사기지를 보유하고 있다.

소련의 지도자들은 미국에 마그네슘을 판매한다. 소이탄 형태로 베트남에 떨어지는 마그네슘을. 미국과 소련은 평화로운 공존에 합의했다.

6000만 명 이상이 군수 산업에 종사하고 있다.

800만 명 이상이 미국 국방부에 의존하고 있다.

라슈가 이제 휴가에서 집으로 돌아왔다. 5개국을 히치하이킹으로 다녔기에 꽤 지쳐 있다. 라슈는 지금 자고 있다. 얀은 밖에 나가서 무언가 일을 할 것이다. 얀은 내 자전거를 빌릴 수 있었다. 나는 집에서 청소했다. 늘 너더분하다. 한숨을 돌릴 틈조차 없다……. 오늘 신문에서 어느 부인에 대해 읽었다. 그녀는 직접 집을 지었다. 나는 아무것도 할 수 없다. 집은 점점 더 부서지고 있고 지하실에는 습기가 차지만 나는 파이프 하나조차 놓을 수 없다.

전에는 '가장 고된 일'을 먼저 했다. 지금은 미루고 또 미룬다. 홍콩에서의 폭동, 뉴욕에서의 봉기, 수에즈 지역에서의 전투, 여느 때와 마찬가지인 베트남에서의 폭격.

많은 사람이 휴가를 가는 철이라 사람들은 여기저기서 유람 여행 이야기를 듣는다. 지인인 어느 부인은 북극점에 갔지만 아무 일도 일어나지 않았다고 불평했다. 그사이에 그녀는 1년에 한 번 해외에 간다. 나는 그 부인이 삶에서 매일매일 꺼낼 추억을 가질 수 있다고 생각한다……. 나는 여행을 많이 하지 못하지만 절대 지루하지 않다. 시간은 나에게서 빠르게 달아난다…….

## 1967년 6월 26일

오늘은 평생 많은 일을 한 핀란드 노부인에 대한 라디오 프로그램을 들었다. 어떻게 노부인의 삶이 의미가 있는 일로 가득했는지를 들었을 때 놀랐다. 노부인은 농업에 종사했고 국회에도 있었다. 그녀는 자신이 살았던 마을에서 농업협동조합을 세웠다. 나는 내 나름의 노력이 점점 더 부끄럽게 느껴진다. 나는 스스로에게 유용한 더 많은 것을 하지 않았다. 아이들이 큰 지금, 정치 활동에 참여할 시간이 있지만 나는 진취적이지 않을뿐더러 어떤 단체에서 일할 수 있을 것 같지도 않다. 나는 아마도 청소부로 계속 살 것이다. 청소하는 일이 정말 좋다. (늘 일을 하면서 투덜거리기는 하지만) 꽤 독립적이고 옆에서 폭발하는 반장도 없다. 압력계도 없다.

살아갈 수 있도록 급여는 좀더 많기는 해야 하지만 그런 점이 모든 것을 상쇄한다.

마그다 언니가 어제 쉰여덟 살이 되었다. 이번 생일에는 편지를 쓰지 못했다. 언니도 내 생일에 똑같이 그럴 것 같다.

오늘 나는 잔디밭에 누워 호숫가에 있는 것처럼 놀았다. 이따금 집에 들어가 욕조에 몸을 담갔다.

지금 라슈와 나는 커피를 마셨다. 울라는 예테보리에서 왔고 내가 롤빵을 구워서 기뻐했다. 결제해야 하는 청구서가 많다. 더 이상은 불가능하다. 급여가 더 많은 다른 일을 구해야 한다. 사회복지과에도 가고 싶지 않다. 새벽 4시에 그곳에 가서 청소한다. '죄인의 의자'에 앉아 구걸하느니 그곳에서 청소하는 편이 더 낫다.

가난하다는 것은 가슴속에 항상 큰 응어리가 맺혀 있는 것이나 다름없다. 담배를 피우거나 다른 식으로 낭비할 때 늘 양심의 가책을 느끼는 것이다.

## 1967년 6월 29일

얀은 일자리를 구하지 못했다. 울라는 트럭 운전을 한다. 브릿은 스톡홀름에 남아 있다.

지금 비가 내리는데, 가뭄이 심해 필요하다. 닐스 에릭 베렌츠*가 이번 주 〈비〉에 일기를 썼다. 청소부보다 그런 사람에게는 조금 다른 경험이 될 것이다. 별명을 수집하는 '이 남자'에게서 편지를 받은 적 있다. 더 많은 별명이 나에게 떠오른다면 이 남자는 더 많은 별명을 원할 것이다. 조금 예사롭지 않은 일을 하면 굉장히 재미있다. 얀은 웁살라로 여행을 가기로 결심했다. 얀은 방학 동안 실직 상태로 지내는 것을 불편해한다. 얀은 웁살라의 울레르오케르병원에 일자리를 구했다. 얀과 나는 오늘 오랫동안 식탁에 앉아 있었다. 우리는 서로 의사소통을 하려고 했지만 그것이 참 어렵다. 생각들은 흩어져 날아가고, 아마도 나는 결코 '논리적으로' 말하는 법을 배우지 못할 것이다.

*스웨덴 방송인

## 8월 1일 화요일

드디어 저녁이다. 페테르와 브릿은 어레브루로 가서 페테르가 할 일을 찾고 있었다. 이날은 참을 수 없이 더웠다. 페테르는 초조해 했다. 천천히 일자리를 찾으면서 아무 곳에서도 필요 없다는 말을 듣는 일은 반갑지 않다. 페테르와 브릿이 집에 와서 바로 잠자리에 들었을 때 페테르는 몹시 지쳐 있었다. 브릿은 하루가 어땠는지 이야기하려고 내려왔다. 두 아이는 어레브루주립병원 일자리에 작은 희망을 가졌다. 어제 페테르가 식사를 대접했다. 수프였다. 색이 고왔고, 맛이 좋았으며, 저렴하기까지 했다. 몇몇 사람은 아주 맛이 좋은 음식을 만들 수 있다고 상상해보라. 페테르는 요리사가 되어야 했다.

## 1967년 8월 4일

내일 라슈는 열일곱 살이 된다.

내가 단편소설 「파랑새」로 75크루나를 받는다는 내용이 담긴 편지가 우편으로 왔다. 타자기로 원고를 작성했다면 원고료를 더 받았을 것이라고 했다. 놀랐다. 매일 원고료를 받지는 못한다.

추기. 프랑스의 원자폭탄은 히로시마에 '떨어진' 원자폭탄보다 25배나 더 크다.

1967년 8월 8일

페테르와 같이 청소했다. 페테르는 일을 잘한다. 나는 도움을 받아 좋고 페테르는 몇 크루나를 벌 수 있어 위로가 된다. 여름마다 하던 추가 일을 구하지 못한 나는 참으로 어리석다. 나는 살림이 어려운 이웃 아주머니 한 분에게 벌이가 가장 괜찮은 청소 일을 소개해주었다. 페테르와 얀 모두, 그리고 라슈가 일이 없는 지금 그 일을 했다면 좋았을 텐데. 선행은 사람을 참으로 후회하게 만든다. 이 사회에서는 자기만, 그리고 자기 것만 생각해야 한다.

베트남
홍콩
뉴욕
콩고
이스라엘
이집트
시리아
요르단

1967년 여름에 조용하고 차분하게 휴가를 보낼 수 있는 여덟 곳.
그리고 요즘에는 아무런 거리가 없다. 그렇지 않은가.

## 1967년 8월 26일

밤에 얀이 집에 왔다. 울라는 아침에 칼스타드에 갔다. 브릿과 페테르는 오늘 〈칼스쿠가 티드닝〉을 배달했다. 말코손바닥사슴이 조금 무섭기는 해도 베리트와 나는 뢰타모센에 내려가서 월귤을 딸 것이다—내일 아침 일찍 나는 랑힐드와 월귤을 딸 것이다.

울라는 비싱스외에 있는 학교 한 곳에 입학할 것이다. 얀은 대학생 향우회에서 돈을 조금 빌려보려고 웁살라에 간다. 얀은 지금 큼직한 판지 상자에 자기 물건들을 정리하고 있다.

울라는 예테보리에서 트럭 운전을 하여 번 돈으로 빚을 갚았다. 울라에게는 남은 돈이 없다. "엄마는 내가 백만장자가 될 거라고 믿었어요?" 울라가 나에게 말했다. 울라는 여름 동안 프로젝터와 카메라, 차를 샀다.

베이징 소요 사태. 고문을 당한 영국 외교관들. 주중 영국대사관 화재. 뉴스가 전했다. 모든 소름 끼치는 전문 보도 후 이제 라디오는 문학 프로그램으로 바뀌었다. 한 교수가 학생 두 명과 토의중이다. 그 세 사람은 에릭 린데그렌의 시 「얼어붙은 이」에 대해 논한다……. 아, 그래 학인들은 참 행복하군. 건장한 세 남자가 앉아 시의 각 단어가 무엇을 뜻하는지 곰곰이 생각한다. 그 세 사람은 이렇게도 해석하고, 저렇게도 해석한다. 바로 지금 그들은 그 시가 오르페우스의 시와 상통한다고 말한다. 아마도 곧 그 시가 요크모크요케*의 〈귀여운 군힐드〉와 비슷하다는 해석을 할지도 모른다.

여러분은 아무것도 이해하지 못해요.

이웃 사람들, 일가친척, 직장 동료로 이루어진 내 인간관계 안에 있는 누구와 이야기를 나누든 그들은 어느 정도 변화 속에서 멈춘 듯하다. 그들은 학교에 다녔던 이래 세상이 변했다는 사실을 이해하지 못한다. 실로 조금도 이해하지 못한다(자신들이 감당할 수 있는 것 이상으로는 믿지 않는다. 예를 들어 텔레비전이 국회 영상을 보여주고 회의장 의석들이 비어 있다면 그들은 국회의원들이 일하지 않는다고 여긴다. 하지만 아마 국회의원들이 일을 가장 많이 할 것이다). 그들은 국회의원들이 의석에 앉아 있을 때 비로소 일을 한다고 생각한다. 내 친구들은 다른 나라 '사람들'이 우리 스웨덴인들과 똑같이 살 권리가 있다고 믿지 않는다. "스웨덴은 항상 무엇을 도와야 하는 것인가"라고 말한다. "우리가 힘들어지면 아무도 우리를 돕지 않아." 그들은 그런 말도 한다. 그들은 조금도 이해하지 못한다.

*1960~1970년대에 큰 인기를 누린 스웨덴의 싱어송라이터

## 1967년 8월 31일

헤타와 나는 소낙비를 맞으며 자전거를 타고 요양원에 갔다. 그 후 나는 자전거 페달을 밟아 학교로 향했다. 엘란드 교장 선생님이 5시에 약속을 잡아놓았다. 조금 늦었지만 그분은 절대로 언짢아하지 않는다. 그분은 내가 원한다면 대학 공부를 할 수 있다고 말했다. 공부를 하는 데 내 머리는 나쁘지 않다. 주간에 학교를 다니면 좋을 텐데. 어찌할지 생각해보아야 한다. 공부와는 상관없이 다른 일을 하기에는 나이가 너무 많지만 그래도 학교는 다닐 수 있겠지.

## 1967년 9월 3일

이날은 역사가 된다. 우리는 우측통행을 시작했다. 오전 9시에. 늦잠을 잤다. 식탁에 앉아 막 커피를 마실 때 노란 트럭 한 대가 도로 우측으로 달렸다. 그에 대해 이야기를 많이 들었는데도 그 광경을 보니 이상했다. 어젯밤에는 렌나트 휠란드가 진행하는 우측통행 실행 생중계 방송을 보았다. 우리는 마지막 전차가 차고로 들어가는 광경을 볼 수 있었다. 스톡홀름 거리에서는 더이상 전차를 볼 수 없을 것이다. 저 네모난 사면체는 이번 주 〈칼스쿠가 티드닝〉의 뉴스거리이기도 했다. 가을바람이 멈추지 않는다. 일요일인데도 청소하러 내려갈 것이다. 도로 우측으로 자전거를 타야 한다.

지금 해가 나온다. 잠옷을 벗어 던지고 스웨덴 최초의 우측통행 제정일을 기념하며 옷을 입는다(그렇다. 아마 칼 12세 시대에는 우측통행을 했겠지만 그때 나는 세상에 없었다).

얀은 웁살라 투슈가탄에 산다. 얀에게 침대보와 '순록 모피'를 보냈다. 15크루나에 소포를 보냈다.

페테르의 일자리로 라게슈탐 여사에게 전화했다. 여사는 약속하다시피 했다. 통화중에 나는 서서 계속 스웨덴의 노동 상황, 침체하는 경기에 대한 보도를 들어야 했다.

(여름 내내 전화 통화는 레퍼토리가 똑같다.)

라게슈탐 여사는 전에 언급했던 것처럼 일당 20크루나로는 페테르를 고용하지 못할 것이다. 머지않아 노동조합이 그곳에 설립될 것이다. 그러면 여사는 추가 연금을 더해 급여를 더 지불해야 한다. "더군다나 지금 젊은 부인을 고용했는데, 그 부인은 번개처럼 빨라요." "사람은 더 필요 없어요."

봄에 여사는 이렇게 말했다. "만일 페테르가 스톡홀름에서 일자리를 구하지 못하면 이곳에서 시작할 수 있어요." "나는 유럽의 남쪽 사람들을 좋아해요. 지갑에 2, 3크루나가 있을 때 그들은 스웨덴인들처럼 거만하지 않거든요."

취업 허가를 받지 못한 사람은 아무런 일자리를 얻지 못한다는 사실은 완전히 잘못되었는데, 일자리 없이는 취업 허가를 받지 못하기 때문이다. 지금 이곳에서 외국인을 위한 취업길은 꽉 막혀 있다.

## 1967년 9월 7일

오늘 떨리는 손으로 (심판의 날처럼) 펜을 잡는다. 좋은 일이 있었다. 페테르에게 일자리가 생길 것이다. 나는 처음부터 시작한다……. 잡지 〈비〉에는 매호 지면에 "이 주의 일기"를 쓰는 사람이 있다. 언제나 특정 부류의 사람들이 쓴다. 오직 지위 높은 귀족만이. 사회의 엘리트가. 나는 저 '일기들'을 읽고 있는데, 무의식적으로 노동자가 신문과 잡지를 통해 발언하는 일은 드물다고 생각한다. 요행수를 바라며 한 주 동안 겪은 일을 글로 써서 〈비〉에 보냈다. 잡지 편집자에게서 내 글을 싣고 싶다는 편지를 받았을 때 나의 놀라움을 헤아려보라. 심지어 돈까지 받을 터였다. 50크루나가 우편환으로 송달되었다. 어제 아침 우체국 국장에게 전갈이 왔다. 국장은 내 일기를 읽고 페테르의 일자리를 주선해주고자 했다. 그날 우리는 집에서 무척 기뻐했다. 묻지도 따지지도 않고 다른 사람의 근심에 공감한 체신공무원에게 명예를. 그러므로 일기는 필요 없는 것이 아니었다…….

텔레비전에서 잉에에드 그란룬드*가 루마니아에서 보낸 휴가 이야기를 했다. 그란룬드는 그곳을 여러 차례 갔다. 처음 간 것은 1956년이었다. 어느 날 그녀는 묵고 있던 호텔에서 멀리 떨어진 곳에서 길을 잃었다. 그때 그란룬드는 호텔로 쉽게 돌아가려고 택시 한 대를 향해 걸어갔다. 그녀가 차에 갔을 때 택시 기사는 책을 읽고 있었다. 그란룬드는 호기심이 생겨 택시 기사에게

*스웨덴의 작가이자 번역가

무슨 책을 읽고 있는지 물었다. "셰익스피어입니다." 택시 기사가 말했다. "저는 셰익스피어를 읽는 스웨덴 택시 기사를 총으로 잡아서 박제하여 북유럽박물관에 전시하고 싶어요." 그란룬드가 말했다. 내 생각에는 오만한 말이었다. '우리' 택시 기사들이 셰익스피어도 읽지 않는다고 그녀는 어떻게 저리도 확신할 수 있는 것일까? 우리 저임금노동자 대부분은 고전 읽기 교육을 받지는 못했지만 알아서 책을 읽는 사람은 많을 것이다. 나는 그 점을 입증할 수 있다.

## 1967년 9월 14일

아, 스베틀라나 스탈린처럼 용기가 있었다면. 모든 것에서 벗어났을 것이다. 내가 한 모든 실패에 진절머리가 난다. 주로 엄마로 사는 것에 그렇다. 내가 우리 아이들 엄마가 아니었다면 나는 천 배도 넘게 이 아이들을 더 좋아했을 것이다. 그러면 지금 우리 사이에 있는 이 무서운 부모 자식 간의 격의 없이 아이들과 이야기를 나눌 수 있었을 것이다. 엄마와 아이 사이에 진짜 참된 관계는 왜 그리도 어려운 것일까. 이 관계는 양쪽 모두에게 일종의 의존 상태가 된다. 엄마는 책임을 느낀다. 아이는 엄마에게 일종의 기대감을 느낀다. 벗어나고 싶다……. 스베틀라나처럼.

이제 다시 평상시와 같다. 우리 세 식구는 내 급여로만 살고 있다. 울라와 라슈, 그리고 나. 브릿은 늘 돈 문제는 스스로 해결했다. 우리는 스톡홀름에 있는 국립외국인위원회에서의 페테르의 취업 허가 통보를 기다리고 있다.

## 시간이 있는 이는 아무도 없다

아무도 귀를 기울일 시간이 없기에 나는 말을 쏟아낸다.
내 방 벽 앞에서. 벽은 얄궂게도 미소를 짓지 않는다.
벽은 아무런 다정한 조언도 해주지 않는다.
벽은 무덤처럼 말이 없다.
하지만 벽은 있다.

## 1967년 9월 16일 토요일

연자매는 당신의 목에 걸려 있으리라—아마 내 목에도 항상 걸려 있겠지. 짊어져야 하는 극심하게 무거운 짐……. 그 짐이 너무 무거워서 숨을 들이쉬어야 할 때 심호흡을 해야 한다. '연자매'를 뚫고 지나가기 어렵기 때문에 내 한숨은 길고 고통스럽게 느껴진다. 그래도 나는 끊임없이 한숨을 쉰다. 두 눈에서는 거의 물만 나온다(악어의 눈물일지도 모른다). 나이가 들면 눈물을 줄줄 흘리며 운다. 눈물이 젊었을 때 같지 않다.

어제 알프 알베리의 『철학의 역사』를 조금 읽었다. 오늘은 아무것도 읽을 수가 없다. 오랫동안 방해받지 않고 조용히 있을 수도 없다. 1시간 동안 앉아서 아름다운 글귀를 읽고 있고 다음 시간은 다시 설거지통(아니면 양동이)에 머리를 박아야 한다. 현실은 걱정, 걱정, 걱정……. 아이들의 미래 걱정(만일 미래가 있다면). 매일 살림 걱정. 라디오에서 한 경제학자가 내년 스웨덴인의 평균 소득은 4만 크루나로 추산된다고 말했다. 스웨덴인들 틈에 섞여 있는 저임금노동자들을 포함하지 않는다면.

## 일요일

오늘은 문밖에 나가지 않았다. 양배추 푸딩 큰 것 두 개를 만들었다. 릴메타, 랑나르, 브릿, 페테르를 저녁식사에 초대했다. 음식은 넉넉했고 맛있었다. 우리는 릴메타와 랑나르에게 커다란 사과 한 상자를 받았다. 우리는 이웃에게도 사과를 받았다(우리집 나무들은 죽었다). 우리집 나무들이 살아 있을 때보다 더 많은 사과가 있다……. 밤에 나는 내가 스베틀라나처럼 책을 냈다면 어떠했을지 곰곰이 생각했다. 스베틀라나는 『어느 친구에게 보내는 편지 스무 통』을 썼다. 내 친구는 누구일까—어떤 출판사가 내 책을 출간해줄 일을 상상하는 그런 어리석음을.

화요일에 나는 울라, 페테르와 함께 방 네 개짜리 아파트 한 곳을 청소할 것이다.

## 수요일 저녁

우리는 방 네 개짜리 아파트 청소를 했다……. 몇 년 전에는 혼자서 이사 청소를 했다. 이제는 더이상 그렇게 많은 일을 할 힘이 없다. 우리는 청소를 아침 7시에 시작하여 오후 4시에 끝냈다. 이제 우리에게 돌아올 일은 칭찬 아니면 책망뿐이다. 청소부로 사는 데는 늘 양심의 가책이 따른다. 잊을 수 있는 보금자리가 늘 있다. 청소는 조금의 가치도 인정받지 못하는데도 상상할 수 있는 가장 고된 일 중 하나다. 울라는 집에 갈 힘이 없다시피 할 정도로 지쳐 있었다. 일하지 않는데도 돈이 있는 사람들이 있고 늘 일을 하는데도 돈이 없는 사람들이 있다(체제가 잘못되었다).

## 1967년 9월 17일 일요일

울라는 착해서 조금 전에 '버섯 숲'까지 차로 데려다주겠다고 했지만 나는 미쳐서 집에 있다. 내 생각에 나들이는 미리 계획되어야 한다. 왜냐하면 즐거움을 너무 급작스럽게 느끼기보다는 나들이를 기다리는 설렘의 즐거움이 있기 때문이다. 어제는 빌베리를 따러 갔다. 숲에서 집으로 돌아왔을 때 울라는 이웃 아주머니가 근처 작은 숲에서 살구버섯을 찾은 일을 말했다. 당장 그 숲으로 달려갔다. 살구버섯을 발견할 리는 없었지만 믿을 수 없을 만큼 경치가 아름다워 급히 나온 일을 후회하지 않았다.

월요일

울라는 청소하러 갔다. 어제는 『얀네 둔데르』라는 책을 읽었다. 작가 이름은 엘프레드 쿰이었다. 그 작가에 대해 들어본 적이 없었다. 이 책은 소작농 병사의 운명을 그리고 있다. 숲길, 마을의 거리, 작은 농장, 사람들이 눈앞에 그려질 정도로 마을의 생활이 생생하게 묘사되어 있었다. 농민들의 인색함은 아이러니하지만 재미있는 방식으로 표현되었다. 자연도 멋지게 묘사되었다. 브릿의 책장에서 우연히 손에 잡힌 책이었다. 쿰의 책을 더 많이 읽으리라.

지금 내 쓰레기통이 비워지는 소리가 들린다. 그 안에 깨진 벽돌을 넣었기 때문에 조금 두렵다.

## 보호 관리

베가와 나는 보호 관리원 교육과정을 신청했다. 베가가 그 생각을 했다. 나는 학교를 졸업했기 때문에 관리원이 되기 위한 강의를 들을 시간이 있을 것이다……. 우리는 사전에 계획된 이수과정을 공부한다. 강의와 일부 사회 문제에 관한 대화가 될 것이다. 이전에 신청했던 소비자협동조합 동아리 모임이 관리원 교육과정과 같은 날이어서 첫번째 모임에 참석할 시간만 있다. 유감이다. 나는 내 스스로를 보살필 수 있게 배울 필요가 있었다. 일종의 지원이 필요한 상황에 처한 느낌이 든다.

목사님에게 가는 길이다. 나는 오랫동안 힘든 시간을 보냈다. 이제 목사님이 내 걱정거리를 덜어주고 나를 도와줄 것이다(그러기를 바란다). 거의 가수면 상태로 걸어가고 있으며 도착하면 무엇부터 이야기를 시작해야 할지 모르겠다…….

이 방문이 무의미할 것이라는 예감이 든다. 100명의 목사님에게 내 '지옥 같음'을 허심탄회하게 털어놓아도 나아지지 않으리라는 생각이 든다. 누군가를 도울 수 있는 사람은 아무도 없다. 내 스스로 그 일에 대해 아무것도 할 수 없을 때 내가 잘 지낼 수 있게 해줄 수 있는 사람은 아무도 없다. 강한 사람은 알아서 살지만 강하지 못한 사람은 그러지 못한다. 그것이 그렇다. 강한 사람만이 살아남는다. 그리고 잘 살아간다.

교육학 책을 대충 훑어보았지만 어떤 조언도 얻지 못할 것임을 알고 있다. 내 스스로가 나의 불행에서 빠져나와야 한다. 목사님은 그저 내 말에 귀를 기울이고 앉아 있을 것이다. 이따금 내가 내 문제를 좀더 명확히 볼 수 있도록 무언가를 말할 것이다. 내 의지가 결정적일 것이다. 사람의 의지력은 위대하다고 한다. 하지만 나는 아무런 의지가 없다. 목사님이 나에게 조언을 해준다면 좋을 텐데. 목사님은 나에게 전화를 걸어야 할 것이다. 내가 아는 한 그것은 그날 내가 원하는 유일한 것일 터다. 나는 직접 전화를 걸 힘이 없는 이 통화에 매달렸다. 이는 내가 그분에게 부탁하는 유일한 것이다. 매우 지쳤지만 목사님이 전화해주면 모든 것이 나아질 텐데—목사님, 아폴론처럼 수려하고, 창백하며, 단호하지만 나에게는 친절한 분.

집으로 돌아갈 때 다시 목사님을 생각한다. 그분은 어쨌든 나에게 조언을 해주었다. "더 나빠지면 다시 오세요."

목사님……. 저는 목사님에게 다시 가지 못해요. 지금 도움이 필요해요. 지금 힘들게 지내고 있어요. 다시 가지 못해요. 연자매가 무거운 것은 지금이에요.

목사님은 전화해줄 시간이 없었다. 며칠 후 내가 청소한 계단에서 우리가 같이 있었을 때 목사님은 내가 어떻게 지내는지 물을 겨를이 없었다.

급여를 받을 때 곤란해질지도 모르겠지만 남아 있는 휴가를 쓸 것이다. 불행히도 휴가비는 이미 바닥났다. 울라가 다시 일 없이 지내기 때문에 라슈가 며칠 더 일하고 나면 실직자는 둘이 될 것이다. 칼스쿠가에는 일자리가 없다. 그건 그렇고 현재 도시 상황은 나쁘다. 칼스쿠가보다 더 큰 도시 말이다. 라디오에서 쿰라와 어레브루의 신발공장들이 전부 합병된다고 들었다. 더 큰 편성 단위들. 합리화. 유일하게 옳은 일은 언어 습득 후 해외에서 취업하는 것이다. 오늘 밤은 춥다. 청소부 감축에 대해서는 아직 들은 바가 없지만 우리는 앞으로 더 낮은 임금을 받을 것이다.

고임금소득자는 점점 더 많이 벌고 저임금소득자는 점점 더 적게 번다(따라서 상쇄된다).

1967년 9월 29일

기나긴 9월이 곧 끝난다. 올여름은 길지 않은 달이 없었다. 우리는 페테르의 취업 허가를 기다리고 있었으니까. 어쩌면 올겨울도 확실하지 않을 수 있다.

## 10월 1일

연자매가 남아 있다.

숨을 쉬기 어렵다. 앉아서 숲을 바라보고 있지만 그곳에 갈 힘이 없다. 청소하러 내려가야 한다.

아, 인쇄기시대 이전에 태어났더라면. 내가 아는 가장 재미있는 일은 글을 쓰는 것이다. 할말이 없어도 잠시 쉬는 시간이 생기면 나는 얼른 종이와 펜을 잡는다.

(내 생각에는) 어느 부서장이 책을 한 권 썼다. 그는 책에서 정부를 비판한다. 부서장은 매달 6000크루나를 받는데, 이 정부에서 그는 세금을 아주 많이 내야 한다. 누구든 자기 자신을 가장 많이 생각한다. 아니, 대신 나는 골드코스트의 노예무역에 대해 읽을 것이다. 운 좋게 책이 있다. 그렇지 않았다면 무엇을 했을지 궁금하다.

## 1967년 10월 4일

저녁 7시다. 좋은 일이 생겼다. 하지만 확정되기 전까지는 모르는 법이다. 라슈가 알델회사*에서 일자리를 구했다. 얼마나 오래일지는 모르지만 일이 이어지는 한은 괜찮다. 라슈는 오늘 연삭기에 붙어서 비행기에 들어갈 부품을 연마했다. 라슈가 연마한 부품이 들어갈 비행기는 운이 좋을 것이다. 라슈는 아주 멋진 아이다. 페테르는 우체국에서 일을 시작할 수 있다. 모든 것이 명백하다. 마침내 페테르는 취업 허가를 받는다…….

오늘같이 좋은 날에 있는 안 좋은 일은 예테보리에서 군과 스티그가 (세균을 위해) 관리를 받고 있는 것이다. 군은 파라티푸스에 걸려 앓고 있던 이웃 아주머니의 빨래를 해주었다. 지금 시 보건과와 전화 연결이 되었다. 여보세요.

오늘 바르브루 카라부다의 『장미 언덕』**을 읽었다. 튀르키예의 가난과는 대조적으로 스웨덴의 철도청은 운영 버스를 바꿀 것임을 나는 말할 수 있다. 버스들은 한층 더 멋있어질 것이다. 표준을 준수해야 한다. 모든 버스에는 에어컨과 화장실이 설치되어 있다. 세상에나.

*칼스쿠가의 모터 엔진 제작사
**1960년대 튀르키예에 대한 논픽션

## 갇히다

나는 피투성이 두 손으로
모든 편견을 할퀸다
울타리 옆에는 또 울타리

아무도 울타리를 없애는 일에 관심이 없다
울타리는 그곳에 있을 뿐
사람들은 더욱더 높이 만든다
울타리는 주위마다 있다

왜 아무도 바깥에서 오지 않는가?
왜 나는 울타리 안에 머물러 있는가?
왜 이 모든 울타리가 있는가?

_ 습작

꼬맹이 시키가 오늘 세상을 떠났다. 큰 트럭에 치였다—그 차는 영구차처럼 보였다. 다행히도 그 일이 있었을 때 나는 브릿의 곁에 있었고 그 아이는 혼자가 아니었다. 트럭을 운전한 남자는 슬퍼했다. 최근 개를 잃은 운전사는 동물을 잃은 느낌이 어떤지 알고 있다고 브릿에게 말했다…….

울라는 지난봄에 수술을 받았는데도 여전히 목이 아프다.

내일은 첫번째 대림절待臨節이다. 브릿은 창에 자기 '별'을 달았다. 이제 우리는 커피를 마실 것이다. 울라는 전당포에 다시 맡겨두었던 카메라를 찾아오려고 나갔다.

스웨덴은 개발도상국 원조로 주는 것보다 두 배 이상의 초콜릿을 먹는다고 라디오 방송이 전했다.

## 12월 20일

잠시 평온하다. 울라가 나를 위해 청소를 해준다. 얀은 오늘 저녁 웁살라에서 온다. 오늘 아침 나는 라슈와 울라 둘 다 데리고 출근했다. 울라는 크리스티네함의 항구 일자리를 약속받았다. 하역 작업……. 울라는 이곳에서 차로 떠난 지 3시간 뒤에 다시 돌아왔다. 크리스티네함으로 향하는 길에서 울라 일행이 탄 차가 고장이 났던 것이다. 도착했을 때는 다른 사람들이 일자리를 받았다. 울라, 그리고 울라와 같이 갔던 젊은 남자들은 다시 칼스쿠가로 돌아와야 했다. 울라가 부포슈에 남아 있었다면 어떻게 되었을까. 저녁에 야간학교에서 공부할 수 있었을 것이다. 먹을거리와 옷을 살 돈이 있었을 것이다. 가난한 사람은 매일 일해야 하고 그렇지 않으면 살아가기 힘들다. 오늘 1라디오 프로그램 〈긴급 사안〉에 스웨덴 교회 고위 성직자 잉에마르 스트룀이 출연하여 이렇게 말했다. "이곳 스웨덴에서 합리화의 물결에 뒤처진 사람들과 함께 이 일을 해결하지 못한다면, 개발도상국에 가서도 그곳의 모든 비효율적인 노동력만으로는 그쪽 문제를 해결하지 못할 것입니다."

스트룀은 사람들이 기술의 속도를 따라가지 못하는 음울한 시대를 예견했다.

## 1967년 크리스마스 러시

내년에는 크리스마스 러시에 휩쓸리지 않을 것이다.

올해도 평소처럼 성녀 안나 축일에 시작되었다. 나는 루테피스크*를 잿물에 담가 불렸을 때 그것을 의식하지 못했다. '돈이 훨씬 덜 들 거야'라고 생각했다. 그래도 크리스마스 연휴 중 며칠 동안은 루테피스크를 먹지 않는가—만일 루테피스크만 해놓았다면 말이다. 크리스마스 연휴 동안 루테피스크를 먹으며 잘 버텨냈다. 하지만 12월 12일에 다시 바닥이 났다. 그때 사프란, 건포도, 밀가루, 설탕을 사서 사프란 빵을 많이 구웠다. 사프란 빵은 맛있게 잘 만들어졌다. 그런 다음 모든 것이 속속 이어졌다. (크리스마스이브 전날 저녁 전까지 아무 생각 없이) 말했던 대로 다락방에서 크리스마스 커튼, 크리스마스 촛대, 낡고 빛바랜 사탕 모양 종이 장식이 들어 있는 상자, 크리스마스 자수 그림 벽걸이를 가지고 내려왔다. 신혼 시절에 셰발 아주머니가 가르쳐준 요덴쿠크**를 구웠다. 나는 마카룬도 구웠다(틀로 찍어내는 대신 반죽을 말아 과자 모양으로 잘라서 만들어 빨리 끝났다).

2크루나로 큰 봉지 하나만큼 살 수 있을 때는 진저브레드 비스킷을 굽지 않는다. 크리스마스 정찬이 초록색이 되도록 큰다닥냉이를 쟁반에 얹어놓았다. 나는 오렌지와 견과류, 돼지고기 소시지를 샀다. 작은 쉴타*** 네 개를 만들었다(이미 먹어치웠다).

*바람에 말린 흰살 생선이나 소금에 절여 말린 대구로 만든 북유럽 전통 요리로 처음에는 깨끗한 물로, 나중에는 잿물로 불려 만든다.

**네덜란드에서 유래한 크고 납작한 원형 비스킷

***스웨덴식 편육

22크루나로 크리스마스 햄을 샀다. 베트남에서는 전쟁이 격렬하게 이어지고 있고 세상 사람들의 절반 이상이 굶주리고 있지만 나는 1967년 크리스마스에 이 모든 일을 했다. 이 모든 것을 자동적으로, 그리고 의식儀式에 따라 했다……. 의식에 따라오지 않는 유일한 것은 크리스마스 평화다. 그 평화를 전혀 맛본 적이 없었다.

## 크리스마스이브

얀은 이미 이번 주 초에 왔다. 라슈와 페테르, 브릿은 일주일을 쉬었다. 울라는 한가하다. 군과 스티그는 목요일 늦게 칼스타드에 있을 것이며 크리스마스 당일에는 이곳에 올 것이다. 오늘 우리는 루테피스크를 먹을 것이다. 날씨는 궂고 섭씨 영하 7도지만 체감온도는 섭씨 영하 27도 같다. 바람에 날려 눈 더미가 커다랗게 쌓이고 아무도 자발적으로 밖에 나가지 않는다. 나는 이번 한 번만은 멋진 옷을 입을 것이다. 피곤하다. 집안일은 물론 직장에서도 청소일이 무척 많다. 일터 두세 군데에서 꽃과 초콜릿을 받았다. 요양원에 갈 시간이 생기기를 기다리고 있다. 요양원은 가는 것이 재미있는 유일한 곳이다.

예민한 날인 크리스마스이브는 지나갔는데, 아무 탈 없이 보냈다……. 우리는 살아남았다. 10시에 네스만 여사가 (도서관에서) 왔다. 네스만 여사는 새들에게 크리스마스 음식을 주려고 가족과 함께 여름 별장으로 가는 길이었다. 네스만 여사는 나에게 큼직한 선물 꾸러미 하나를 건넸다. 꾸러미에는 멋진 외투가 한 벌 들어 있었다. 네스만 여사는 아주 좋은 분이었고 외투는 멋있었다.

브릿은 비가탄에 있는 몇몇 아이 집에서 산타클로스 노릇을 했고, 우리는 커피와 크리스마스 글뢰그*을 마셨고, 크리스마스 음식을 먹었다. 산타클로스 분장을 하지 않았는데도 우리가 준 '선물'에 모두 기뻐했다. 나를 제외한 모두가……. 크리스마스 선물로 전화와 왕에 대한 책을 받았다. 그럼, 그럼, 크리스마스 선물을 주기란 어렵다.

이번만큼은 우리 모두 집에 있었다. 군과 나는 좀더 깊은 대화를 시도했는데, 먹을 것을 다 먹고 나서의 대화는 자극적이었다. 스티그, 군과 이야기를 나누는 것은 큰 기쁨이다—그들은 브릿과 잠시 어울렸다. 브릿은 피곤해했다. 브릿은 음식을 아주 멋지게 준비했다. 오랫동안 가지고 싶었던 책을 군과 스티그에게 받았다. 얀 뮈달의 『중국 마을 보고서』였다. 이미 읽기 시작했다.

*데운 포도주에 아몬드와 건포도를 넣어 마시는 스웨덴의 연말 음료

## 1968년 새해 첫날

정신 나간 일기로 올해를 시작하지 않겠다고 결심했다. 지금 무의식적으로 종이와 펜을 다시 집어들었다. 식탁에 앉아 있다. 올해 첫날에 찔끔 울었다. 기분 전환을 하려고 커피를 마셨지만 아무 소용이 없었다. 오늘 어떻게 하면 오래 살 수 있을까를 깊이 생각했다. 지금 뢰텐스 스케이트장을 바라보며 앉아 있다(요새는 우리 아이 중 아무도 저곳에서 스케이트를 타지 않는다). 아이들은 아침 일찍 일어날 필요가 없을 때 오랫동안 늦잠을 잔다. 아이들이 매일매일 늦게 일어날 때 힘들다. 아이들이 스카우트 시절처럼 일어나서 신선한 공기를 쐬러 나가면 좋으련만. 나 혼자 나갈 수도 있지만 음식을 챙겨주어야 할 때는 앉아서 다음 끼니때를 기다릴 뿐이다. 집안일을 할 때는 절대로 한가하지 않다. 공동주택에 살고 싶은 내 꿈은 결코 이루어지지 않을 것이다. 멋지고 좋은 모든 것에 쓸 돈이 있어야 한다.

어제 우리 아들 셋이 막 이사온 우리 이웃과 교통사고를 냈다. (이 동네는 그 사람을 진심으로 맞이했다.) 아이들은 추운 차에 시동을 걸었고 집으로 오는 길에 사고가 났다. 군은 부엌에서 세 아이를 기다리며 앉아 있었다. 이제 추가 비용이 조금 들 것이다. 심하게 다친 사람은 아무도 없었지만 교통사고로 주말 분위기는 사라졌다. 홀름크비스트 씨는 군과 스티그를 차에 태워 칼스타드로 데리고 갔다. 스티그는 저녁에 알스테르 장원에서 공연할 것이다—망할 차들 같으니.

춥다, 춥다, 춥다.

군과 스티그는 예테보리로 돌아갔다. 그들은 정오에 칼스타드에서 출발했다. 울라는 칼스타드에서 히치하이킹을 해서 5시에 집에 왔다. 라슈는 밖의 도로 작업 현장에서 일하고 있다. 세 아들 중 교통사고로 다친 아이는 아무도 없었다. 얀은 말름베리엣에 있다. 그 아이는 그곳에 좋은 친구들이 있다고 말한다. 모든 것은 여느 때와 똑같다. 슬프다—스티그는 아직 위궤양으로 고생한다. 스티그가 낫기를 바라고 또 바란다. 몇 해를 바라고 또 바랐던가.

## 1968년 1월 14일

추위는 조금 누그러져 이제 섭씨 영하 10도다. 전에는 한 달 내내 엄청나게 추웠다. 어제 쉰 살 생일 기념 커피를 미리 대접했다. 축하인사는 사절한다고 알릴 것이다. 텔레비전의 여러 프로그램에서는 공장 폐업에 대해 방영했고 이내 '사람들'을 불쌍히 여기는 감정에 무뎌져야 했다. 하지만 그럴 때마다 불안하고 두렵다. 불과 몇 해 전만 해도 노동시장은 소리를 지르며 사람을 찾아다녔다. 외국인들은 활짝 벌린 품에 안겼고 지키지 못할 약속을 받았다. 이제는 상황이 다르다. 오늘 신문에는 오스카슈함의 외국인들에 대한 기사가 실렸다. 황마공장에는 여러 '민족'(대부분 그리스인)이 고용되어 있다. 그들은 스웨덴의 번영과는 동떨어진 거리에 살고 있다. 지금 공장은 절반의 인력에게 해고를 예고했다. 그 노동자 대부분은 정치적인 이유로 귀국할 수 없어서 상황은 절망적이다……. 한 기자는 이렇게 썼다. 스웨덴은 그들을 도울 책임이 있다. 그들을 필요로 했을 때 우리는 그들을 이곳으로 데려왔다. 이제 우리는 그들을 외면할 수만은 없다.

## 1968년 1월 18일

울라와 나는 오늘 아침에 도착해서 청소했다. 우리는 실내 세 군데에 깨끗한 커튼을 달았다. 집에서 커튼을 빨아왔다. 사방이 눈으로 뒤덮인 곳에서 자전거를 타기는 어렵다. 겨울에 자전거를 탈 때면 말름스텐 서커스단의 곡예사가 된 듯한 기분이다. 넘어지지 않게 균형을 제대로 잡아야 한다.

> 1913년에 동남아시아의 1인당 국민소득은 325크루나에 달했다.
> 1959년에는 335크루나로 올랐다. 같은 기간 동안 동남아시아의 세계소득 비중은 6.6퍼센트에서 3.6퍼센트로 떨어졌다.
> 하지만 그 대신 인구가 매우 급격히 증가했다.
>
> _ 예란 팔름

## 1968년 1월 18일 토요일

바람이 매섭게 부는 날씨. 집안 전체가 으스스하다. 다들 나가 있는데, 이상한 느낌이 든다. 그렇지 않으면 나는 고독을 즐긴다. 하지만 그것은 '누군가'가 언제든지 올 수 있다는 것을 알고 있기 때문이리라. 오늘 밤 나는 아무도 오지 않음을 알고 있다. 얀은 유메오에 있다. 스티그는 스톡홀름에, 울라는 예테보리에, 라슈는 칼스타드에서 열리는 콘퍼런스에, 브릿은 댄스파티에 갔다.

울프 투렌이 진행하는 〈14일마다〉와 얀 말름크비스트가 나오는 쇼를 보았다. 도쿄에서 대학생과 군대 사이의 대치 상황이 거의 전시戰時임을 사람들은 잊고 있다. 세계의 청년들을 도와주시옵소서. 지금 당장 도쿄의 청년들을 도와주시옵소서. 베트남의 민족해방전선 전사들을 도와주시옵고 남아프리카공화국과 미국의 흑인들을 도와주시옵소서. 오늘 저녁에 드리는 저녁기도 내용이다. 도와주시옵소서, 도와주시옵소서. 지금 라디오에서는 도거뱅크에 내리는 비와 화이트뱅크의 거센 강풍에 대해 전한다……. 잘 자요.

## 1968년 1월 22일

16년 전 오늘 할아버지의 장례식을 치렀다. 잉에르와 우노는 전날 밤 이곳에 있었다. 차가 도착했을 때 우리는 가까스로 옷을 입을 수 있었다. 우리는 묘지에 갈 터였다. 나는 그때 우리가 네 대의 차를 이용했음을 기억한다. 우리는 급히 떠났다—우리는 이미 스트레스를 받았다…….

장례식이 진행되는 동안 릴메타가 우리 아이들을 돌봐주었다. 릴메타는 스티그가 열세 살 생일을 맞은 그다음날 생일에 쓸 스펀지케이크를 만들었다. 아주 오래전인데도 정말 최근 같다.

지난 일요일 프라하 학생이 화상으로 사망했다. 전에는 스스로 목숨을 끊은 청년들이 지금처럼 많지는 않았을 것이다. 일부 나라에서는 세상의 굶주림, 핵의 위협, 고문에 맞서 청년들이 젊은 목숨을 잃는다.

## 1968년 1월 26일 금요일

이제 끝장이다. 미국은 북한 인근에 정찰선을 파견하고 있었는데, 북한에 나포되었다. 미국이 가장 큰 원자력 항공모함 '엔터프라이즈'를 그곳으로 보냈는데도 북한은 정찰선을 풀어주지 않고 있다. 미국은 그렇게 하면 북한이 푸에블로라고 하는 그 정찰선을 풀어줄 것이라고 믿었겠지. 지금은 긴박한 상황이다. 나는 1953년 한국 위기를 잊지 않고 있다. 이번에 이미 큰 전쟁이 벌어졌다고 생각한다.

눈이 휘몰아친다. 오늘 밤 제설차가 와서 우리 동네 거리를 두 번이나 치웠다. 오늘 아침에는 자전거를 탈 수 있었다. 제설차가 눈을 치우며 전진할 때 일부 거리는 얼음처럼 빛난다. 이제 거리에는 모래를 뿌리지 않는다. 소금을 뿌린다. 겨울은 힘든 계절이다. 이곳에 앉아 겨울이 얼마나 힘든지에 대해 말하고 있다. 밤마다 따뜻한 집에서 편안한 침대에 누워 잘 수 있는 내가.

## 1968년 1월 27일 일요일

『아라비아 펠릭스』를 읽었다.

아, 이런 책이 있다니. 프레데릭 5세에게 재정 지원을 받은 탐험 이야기다. 탐험대는 아라비아반도를 좀더 자세히 연구하기 위해 그곳으로 갈 터였다. 탐험대원 여섯 명 중 한 명이 살아서 귀향했다. 덴마크인* 카르스텐 니부어였다. 그후 그는 35년 동안 살았다. 탐험대는 지금까지 칭송받지 못했다. 사람들은 이제야 6년간의 탐험기간 동안 탐험대가 얼마나 많은 노력을 기울였는지를 알게 된다. 스웨덴인 페테르 포슈콜이 동참했다. 하지만 포슈콜은 아라비아반도에서 말라리아로 죽었다. 사실 오늘은 글을 쓸 시간이 없지만 저 멋진 책의 기억을 마음에 새기고 싶다. 탐험은 18세기에 시작되었다. 여정은 지금처럼 빠르게 진행되지 못했다.

*원래는 독일인이지만 작가의 실수인 듯하다.

## 1968년 1월 30일

드디어 월급날. 체납 세금을 너무 많이 떼지 말기를. 울라는 어제부터 서적 판매원 일을 시작했다. 그 아이는 한 사람에게 전화 통화를 60번 했을 것이다. 내 생각에 울라는 달변이다. 하지만 오늘 받은 대답들로 판단해야 한다면 아마 책을 판매하기는 어려울 것이다. 사람들은 대부분 〈칼스쿠가 티드닝〉을 읽을 시간이 없다고 답했다(손실 없음). 아니, 사실은 대부분의 사람은 아마도 자기 차를 타고 빙빙, 빙빙, 빙빙 돈다.

저녁에 우리는 콘숨 슈퍼마켓에서 다시 강좌를 듣기 시작한다. 배워야 할 훨씬 더 재미있는 것이 많이 있을 때 그런 강좌를 듣게 되다니. 대신 수학 수업을 들었어야 했는데, 더 재미있다고 생각해서가 아니라 계산하는 법을 거의 잊어버려서 그렇다.

청소할 곳이 한 군데 더 생겼다. 점점 더 숲속의 노파처럼 되어가고 있다. 땔나무를 줍던 노파. "내가 그 일을 할 힘이 있다면 그 일을 할 힘이 있는 거지"라고 노파는 쓰러질 때까지 말했다.

아, 『아라비아 펠릭스』를 읽고 나니 너무 허전하다.

## 1968년 1월 31일

오늘 나는 자살 특공대의 가련한 병사들을 생각했다. 민족해방전선 병사들을. 그들은 모두 살해되었다(그들은 그렇게 될 것을 미리 알고 있었다). 어쨌든 그들은 사이공*의 미국대사관을 6시간 동안 점거했다. 오늘 새벽에 있었던 일이다. 미국은 지금 비무장지대 군사분계선에서 최대 병력을 보유하고 있다. 이제 그들은 민족해방전선 병사가 그곳에 남아 있는지 확인하기 위해 사이공으로 파견될 것이다.

얀이 전화했다. 얀은 냄비 하나와 다른 잡동사니를 보내주기를 원한다. 울라는 야간학교에 갔다. 베트남의 불행은 계속된다. 사이공에서는 민간인 1000명이 살해되었다—민족해방전선은 미국의 가장 중요한 지점인 다낭을 통제하다시피 하고 있다. 미국이 네이팜탄을 다시 투하하고 있다고 지금 뉴스에서 보도한다. 헤들룬드 말처럼 미국은 가장 큰 재원을 가지고 있을 것이다.

존슨 대통령은 "북베트남이 침략을 멈추기 전까지 우리는 폭격을 멈추지 않을 것"이라고 말한다.

아네 투렌이 뉴욕 거리에서 사람들을 인터뷰했다. 대부분 존슨의 정책을 혐오했다. 하지만 스웨덴에는 존슨의 정책을 지지하는 사람이 한 명 있다. 바로 레비 페트루스**다.

*지금의 호찌민

**스웨덴 기독교민주당 정치인

## 1968년 2월 7일

새벽 2시. 이번 주에 청소하는 센트룸고덴에서 1시간 전에 왔다.

우리는 변기를 새로 샀다. 350크루나. 설치비까지 포함하여 510크루나였다. 그래서 우리는 오랫동안 없었던 샤워 호스도 샀다. 목욕할 때 이제 막 사용을 시작했다.

얀이 유메오에서 전화했다. 그곳에서는 모든 것이 좋았다. 오늘 저녁에는 공주가 된 느낌이다. 파티에서 즐길 사마린*을 한 잔 탔다. 오늘 베트남에서는 아무도 공주가 된 느낌이 들지 못할 것이다.

*물에 타서 복용하는 제산제

1968년 2월 9일

이런 날이 또 있을까. 센트룸고덴에 일찍 가서 청소했다. 오전 10시까지 계속했다. 그러고 나서 (해진 옷을 입고 있었지만) 집에 가는 길에 크룬할렌에서 장을 보았다. 팀소스쿠겐 숲을 지나 집에 가는 길은 휴가여행 같았다. 자전거를 적당히 빠르게 탈 수 있다. 주위를 둘러볼 시간이 있다. 그후 헤타의 집으로 내려가 우리는 콘숨 슈퍼마켓의 야간학교 강좌의 문제들을 풀었다……. 그런 다음 집에서 요리하고 다시 청소하러……. 아니, 나는 잠이 든다.

이제 토요일이다. 마침내 작은 평화. 어제는 힘든 하루였다. 아직 머리가 어지럽다. 내일, 베가의 조카딸이 센트룸고덴에 함께 갈 것이다. 도움을 받아서 좋다. 변기가 설치되었다. 이제 현관문을 바꿀 돈을 모으기 시작할 것이다. 우리집 현관문은 너무 낡아빠졌다.

## 1968년 2월 13일

곧 쉰 살이 된다. 라디오에서 〈말린의 책 소개〉를 들었다. 셸 순드베리는 『혼란스러운 시민』이라는 책을 썼다. 그 책을 꼭 읽어야 한다.

『버진』의 주인공은 우편함 옆에 서서 불필요한 것들을 삽으로 떠낸다고 생각한다……. 그것이 이 책의 내용이었다. 스티그 칼손이 이 책을 평했다. 나 역시 불필요한 것들은 쉬지 않고 퍼낸다고 생각한다. 잘 자요.

> 그대들이 인간 중 가장 무거운 고난의 짐을 진 누군가를 안다면
> 내 고통은 그의 고통과 비슷할 것이오.
>
> _ 호메로스

제길, 만일 대부분의 사람이 직업을 청소부로 상상한다면 그렇게 말할 것이다. 저 말은 기분이 나쁘다. 먼지와 더러운 구정물 냄새가 느껴지다시피 한다. 아픈 허리와 튼 손도 생각한다. 이 일은 저임금 직업군에 속한다. 아마도 온갖 힘든 작업은 다 할 것이다. 청소부가 되기 위해서는 교육이 필요하지 않다고 생각한다. 너무 고된 일이라 누구라도 끝낼 수가 없다……. 건강해야 한다. 온몸이 부서진다(닳아빠진 허리와 부어터진 손, 아픈 무릎의 대가는 누가 치를까?)

더이상의 수고를 들이지 않고 좀더 쉬운 청소 작업은 할 수 있다. 하지만 이 일로 먹고살아야 한다면 더 쉬운 작업과 더 힘든 작업 모두 맡아야 한다. 허리를 곧게 펴고 일해야 한다. 해야 할 모든 일을 해내기 위해 한 가지 일에 집중하기란 결코 쉽지 않다. 진절머리가 나도 이 일은 중요하다고 여긴다……. 만일 모든 것이 깨끗하게 유지되지 않는다면 황폐해진다. 환경미화원들이 일주일 동안 파업했을 때 뉴욕의 모습이 어떨지 생각해보라. 아무도 쓰레기를 치우지 않는다면 도시는 이내 파괴된다.

생일을 맞기 전에 마지막으로 오늘 아침 직장에서 청소를 했다. 14일 동안 휴가를 보냈다. 집에서 청소를 해야 하지만 집 청소는 '인형의 집 청소'라고 부른다.

어제 우리는 동아리 모임을 가졌다. 자본의 문제들…….

군과 스티그가 어제 왔다. 둘은 잠시 밖에서 햇볕을 쬐며 걷는다. 뉴스를 잠깐 들었지만 그것으로 충분했다. 워싱턴 주재 러시아대사관에서 폭탄이 터졌다. 며칠 전에는 파리 주재 유고슬라비아대사관에서 폭탄이 터졌다(존슨이 대신 폭탄을 맞지 않아 아쉽다). 이제 2, 3일 동안은 존슨 생각을 하지 않을 것이다. 그 생각을 하면 생일을 맞을 힘이 없기 때문이다……. 스티그는 내 호칭에 대해 좋은 제안을 했다. 청소부 대신 청소학사. 호칭은 중요한 법인데, 나는 대학에서 받은 학점이 있지 않은가……. 이제 싱크대로 가서 감자 껍질을 까고 생선을 손질하여 요리하는 일 등을 해야 한다.

베트남의 옛 왕조 수도 후에는 땅만큼이나 평평해졌다.

군과 스티그는 머핀을 굽는다. 얀은 내일 생일에 뜯어볼 편지를 보냈다. 하지만 지금 편지를 개봉했다. 얀, 좋은 시를 써주어서 고맙구나. 네가 바람을 타고 내 이마를 쓰다듬는 것에 대한 것이네—얀, 고맙구나. 이 이상한 삶. 때때로 세계영혼,* 그리고 우리가 이끄는 존재보다 더 아름다운 존재가 있다고 느끼는 순간으로 가득차 있다.

지금 전쟁으로 폐허가 된 나라와 평온한 자본주의 나라에서는 바람에 많은 속삭임이 실려 있다……. 모든 시간은 상처를 준다는 말이 라디오에서 방금 나왔다. 이는 진실이다. 얼마나 많은 상처를 입고, 얼마나 많은 시간을 살 힘이 우리에게 있는 것일까.

*세계 전체를 살아 있는 것으로 생각하여 이것을 지배하고, 통제하고, 질서를 관리하는 근본적인 통일 원리

게릴라 병력은 지금 사이공에서 100킬로미터 정도 떨어진 곳에 있다. 대규모 공격에 대비한 상태로—게릴라 병사들이 성공하기를, 미국인들을 자기 나라로 돌려보낼 수 있기를(양쪽 병사 모두 불쌍하다).

1968년 2월 24일

나는 나이를 '다 먹었다.' 칼 12세, 구스타브 에릭손 바사, 성녀 비르기타와 다른 많은 사람이 이곳에 와서 나를 여왕에 앉혔다. 왕관은 나폴레옹이 황제에 즉위했을 때 튀일리궁에서 사용했던 쿠션에 놓여 있었다.

베트남이 불타는 동안 나는 쉰 살이 되었다.

베트남에서 미국 병력이 단계적으로 계속 확대되고 있다. 그곳에는 미군이 52만 5000명이 있다. 도살장 공급을 위해 예비군이 준비하고 있다. 민족해방전선은 사이공 주재 미국대사관에 자살 특공대를 보냈다. 미군 병사들은 곳곳에서 특공대를 색출했다. 6시간 후 특공대는 사라졌다. 영원히. 모든 것이 여느 때와 똑같이 계속된다. 이곳 역시. '우리는 생일을 맞는다.' 하루는 한 집에서, 다음날은 다른 집에서. 나는 축하를 받을 것이다. 재미없는 일이다. 어느 곳이든. 우리가 삼키는 과자 부스러기마다 쓴 맛이 난다. 우리는 더이상 생일을 맞을 수도, 전쟁을 할 수도 없다—오늘 존슨은 도망가야 했다. 존슨은 댈러스 방문중이었다. 그곳 분위기는 긴장되었다. 소년, 존슨은 더이상 안전하게 다니지 못한다네. 존슨은 어디에 있든 경호대 전체를 거느리고 다녔다. 이제 쫓기는 느낌이 어떤지 존슨은 알게 된다. 곧 머지않아

총에 맞겠지만 슬프게도 매파들은 많이 있다.

이제 돌아와 아들들 밥을 해주었다. 앞서 오늘 마무리 파티를 했다. 축하해주는 사람들 무리를 마구 헤치고 갔다. 그래야 하듯이 왕족들이 첫번째다. 생일이면 우리집은 정말 왕실 같았다. 세 왕의 모임. 칼 12세와 구스타브 바사, 칼 9세. 모든 것의 정수는 아마도 나폴레옹이 함께했다는 점일 것이다. 술바리스베겐에 온 황제…….

세 왕이 집에 들어왔을 때 그들은 정말 편안해 보였다. 그들이 길에서 천천히 엄숙하게 걸어왔을 때 역사적으로 보였다. 수려했다. 행렬 맨 앞에는 영웅 왕이 있었다. 하와와 아담은 사과와 뱀 뒤에 바짝 붙어 있었다. 겨울 저녁이 추위에 푸르렀어도 추워하지 않았기에 그들은 내면의 거룩한 열정으로 가득차 있던 것이 분명했다. 멀리서 손에 도끼를 든 엥엘브렉트가 보였다. 그런 다음 성녀 비르기타가 왔는데, 성녀의 후광에서 나오는 광채가 겨울밤을 밝혔다. 나는 계단에 가만히 서 있었다. 역사적 손님들을 기다렸던 적이 한번도 없었다. 칼 12세가 계단에 서 있던 나에게 날랜 걸음으로 다가왔다. 칼 12세가 나를 여왕의 자리에 앉히는 동안 나는 손님들을 눈으로 좇았다. 크리스티나여왕이 나에게 미소를 지었다. 최근에 여왕은 어떤 철학자(아마도 데카르트)와 대화를 나누었을 것이다. 지금 여왕은 우리집 계단에 서 있다. 이상했다. 칼 9세(회색 외투 차림)가 바사왕을 뒤따라왔고, 그러고 나서 삼각 모자를 쓴 나폴레옹이 왔다. 물론 그중 가장 아름다운 이는 매력 왕 구스타브 3세였다. 구스타브 3세는 너무 매력적이어서 저항할 수 없었다. 그야말로 잡다한 무리였다.

집에 유명인사가 아주 많이 왔다. 왕족들이 거만하다는 말은 더이상 하지 않을 것이다. 아름다운 왕실 광대가 우아하게 시를 낭송하여 눈물을 흘렸다—칼 12세가 이 모든 것을 아주 사소한 부분까지 계획했다. 칼 12세가 러시아에 갔을 때와는 달랐다. 의상 대부분을 준비했으며 횃불 행렬을 한 사람들은 도착한 순서대로 나에게 읽어준 가장 아름다운 시를 썼다. 춥고 역사적인 겨울밤에 칼 12세는 매우 아름다웠고 목소리는 매우 엄숙했다.

투덜거리는 청소부를 축하하기 위한 희생들.

*칼 12세* : 노천 핫도그 매점에 앉아 있다. 6개월이라는 시간 동안 나의 쉰 살 생일 축하 행사를 계획했다.

*하와* : 어린 두 자식을 돌봐줄 보모를 구했다.

*아담* : 자기 아버지가 아프셨지만 나를 축하해주었다.

*성녀 비르기타* : 슈퍼마켓에 서서 일하는데, 힘들게 일하고 쉬었어야 했는데도 축하해주었다.

*엥엘브렉트* : 보통 어레브루주립병원에서 일하지만 2월 23일 전 오랫동안 그의 영혼을 칼스쿠가 행사 준비 작업에 바쳤다…….

*칼 9세* : 모든 칭송의 시를 말끔한 글씨로 썼다(잘했어요).

*크리스티나여왕* : 막 이사를 했지만(로마로 하지는 않았다) 이번 방문에 시간을 냈다.

*궁정 광대* : 보통 즐거움을 주려고 여러 나라 방방곡곡을 다니며 기쁨을 전한다. 오늘 저녁에는 자기 이모에게 시간을 쏟았다.

*구스타브 바사* : 이전에 아이스하키 경기를 단 한 경기도 놓친 적이 없었다. 23일에는 놓쳤다.

*나폴레옹 보나파르트* : 유럽의 왕국 대부분을 통치했더라도 오늘 저녁에는 술바리스베겐을 향해 자기 병력을 종대로 몰고 올 시간을 냈다.

*구스타브 3세* : "구스타브 3세 시대에는 광휘가 있다. 세련된 분위기—교만—당신이 원하는 것. 하지만 구스타브가 존재하지 않았다면 우리가 어떻게 보고, 어떻게 불평하며, 어떻게 서 있을지."

울라는 독재자 어머니의 거대한 사진을 벽에 걸었다. 울라는 저녁 내내 사진을 찍었다.

군, 브릿, 스티그, 라슈, 페테르는 이 훌륭한 손님들을 위해 연회용 식탁을 준비했다.

여동생 군은 사랑스러운 작은 가방을 뜨개질로 떴다. 가방 안에는 이들 모두가 주는 돈이 들어 있었다. 페테르에게는 손목시계를 받았다. 얀은 유메오에서 전보와 시를 보냈다.

크리스마스 선물로 전화를 받아서 어찌나 엉망진창인지. 저임금 여성노동자에게는 너무나도 비싼 것들이다.

지금 부포슈와 비에르크분은 4시 30분. 대부분의 도시 사람은 긴 근무일을 보냈다(내 노동시간은 남아 있다).

베가가 집에서 만든 감자 소시지를 막 가지고 왔다. 베가는 정말 훌륭한 사람이다. 온갖 불행의 한가운데에 뿌리를 단단히 내린 채 서 있다. 절대로 용기를 잃지 않는다.

러시아인들이 러요시 4와 러요시 5* 사이를 걷는다는 것 외에 세계 전선에는 특별한 일이 일어나지 않았다. 곧 매일 있을 일이다. 그것은 "우주 유영을 포함한 유인 우주선 도킹"이라고 한다. 인공위성들은 각각 하루 간격으로 발사된다. 하나에는 우주비행사 한 사람이 타며, 다른 하나에는 우주 비행사 세 사람이 탄다. 그런 다음 네 사람은 함께 우주로 날아간다. 한쪽에서 다른 쪽으로 갈 수 있도록 해치가 우주선 양쪽에서 열린다. 최초의 우주 군사기지가 곧 완성될 것이다.

존슨은 이틀 안에 대통령직에서 물러날 것이다. 존슨은 박수를 보내는 상원 앞에서 역겨운 고별 연설을 했다. 존슨은 미국이 베트남에 평화를 가져오기 위한 노력에 대해 말했다. 미국의 목적이 무엇인지 알고 있을 때 들으면 혐오감이 생긴다. 존슨은 "100년 후에 사람들은 우리가 평화를 보장했다고 이야기할 것"이라고 말했다. 또한 북베트남이 얼마나 공격적이며 4년 전에 남베트남을 어떻게 침공하기 시작했는지도 이야기했다(자기 나라에서!). 존슨에 따르면 북베트남은 그곳에 있을 권리가 없으며 그곳에는 미국 장군들이 있어야 한다.

*1969년 1월 도킹과 우주 유영에 성공한 소련 유인 우주선 소유즈 4호와 소유즈 5호에 대한 작가의 오기

1968년 주현절 다음날

집에서 텔레비전과 같이 살아가기가 점점 더 어려워진다.

암만 외곽에 있는 요르단 난민수용소에서 촬영한 프로그램을 통해 9만 5000명이 허름한 천막에서 지내고 있다는 사실을 알게 된다. 이스라엘이 1948년에 세워진 이래 일부 사람은 그곳에서 살아왔다. 하지만 대부분은 1967년 6일전쟁 후에 난민수용소로 왔다. 천막 입구에 앉아 있는 한 여성을 인터뷰했다. 여성은 바람이 불 때 천막 안이 얼마나 추운지 이야기했다. 지금은 땅바닥도 젖어 있다. 여름에는 뜨겁고 습한 열기 때문에 천막에서 지내기가 힘들다…….

일부 나라에서는 너무 많이 먹어서 죽고 옛 공작들처럼 사치스럽게 산다. 일부 나라에서는 집은 물론 먹을 것도 없다(아마 천국과 지옥은 있을 것이다). 저 아래 상황은 6일전쟁 전만큼이나 긴장 상태다. 레바논의 베이루트에는 지금 어둠이 깔려 있다. 지난주 이스라엘의 공격으로 공항이 폭격을 당했던 레바논은 몹시 두려움에 떨고 있다.

하느님을 믿으라. 그분은 당신의 머리털 하나도 상하게 하지 않는다. 이 말은 성경의 한 구절이라고 나는 믿는다.*

추운 겨울 아침. 라슈를 출근시키는 일이 두렵다. 라슈는 하루 종일 밖에 있을 것이다. 23일 꽃 배달 후 여전히 살림은 균형

*루가의 복음서 21장 18절

이 잡히지 않고 있다. 꽃값을 지불한 돈이 있었다면……. 진달래만 남아 있다. 헤타는 동아리에서 마련한 생일 축하 꽃값으로 간과 돼지고기를 샀다. 그녀는 간과 돼지고기를 주면서 "이상한 선물"이라고 했다. 나는 "받을 수 있는 가장 좋은 선물"이라고 말했다.

오늘 브릿과 함께 자전거를 타고 요양원에 갈 예정인데, 큼직한 진달래 한 송이를 가지고 가려 한다. 축하 카드와 시도 써서 갈 생각이다. 우리는 시를 요양원 아주머니 두서너 명에게 읽어줄 것이다. 그분들은 생일이 삶에서 갖는 의미를 이해한다. 그리고 그분들에게 아름다운 파티 가방을 보여줄 것이다. 내 생일의 즐거운 분위기를 그분들과 함께 나눌 수 있어서 즐겁다…….

## 2월 28일

오늘 밤은 느낌이 좋다. 더이상의 파티는 없다. 오늘 〈시대의 거울〉에서는 홍보를 했다. 세슈틴 아네르와 몇몇 신사가 한 권의 책에 대해 토론했다. 현대 산업국가는 '불필요한' 잉여 인간을 구제하기 위해 전쟁을 해야 하는가라는 주제였다. 자본주의 이윤체제는 전쟁은 물론 전쟁 산업이 있어야 함을 우리는 잘 알고 있다…….

오늘 평화조약이 얼마나 많은지 책에서 찾아보았다. 셀 수 없이 많다. 하지만 평화조약은 더이상 아무 목적도 수행하지 않는다. 누구도 판단할 수 없다. 너무 큰 범죄들을 저질러왔다. 잔챙이 범죄자들만 재판을 받는다……. 모든 것이 너무 늦었다…….

바나 베크만은 오늘 카이로를 떠났다. 다른 도시에서 보도했다. 그녀는 매우 위태로운 상황이라고 전했다.

드디어 표트르 크로폿킨에 대해 읽을 것이다. 생일 기념으로 직접 책을 샀지만 책을 보게 되었을 때 울라가 책값을 내고 싶어 했다. 크로폿킨, 몇 년 동안 읽었던 책에서 언급되었던 사람. 이 책을 갖게 되어 정말 기쁘다.

한 뉴스 프로그램에서는 민족해방전선이 포기해야 할 것이라고 말했다. 미국은 엄청난 병력을 파병한다. 웨스트모얼랜드는 베트남에 12만 5000명의 추가 병력을 원한다. 이전에는 그곳에 52만 5000명의 병력을 보유하고 있었다. 왕조의 수도 후에에서는 3000명이 네이팜탄에 목숨을 잃었다.

3월 2일

우리는 화산 가녘에 살고 있다. 마음을 놓을 수가 없다. 지금 많은 아시아인이 케냐를 떠나 영국으로 간다. 지난 목요일 영국에서는 더이상 이주민을 받지 않는다는 법이 발효되었다. 영국으로 탈출하는 데 성공한 사람들이 빈민가에 정착하게 되었을 때였다.

로마에서는 학생 봉기가 일어났다. 그리스에서는 공무원 500명이 해고되었다. 스웨덴에서는 우측통행 전환 6개월을 기념한다. 셸드가 지금 라디오에서 이야기하고 있다. 라슈는 어레브루에서 사회민주당 청년위원회와 같이 총선 순회 유세 '뜬기'에 참여중이다. 팔메가 그곳에서 연설할 것이다. 울라는 필립스타드에 있다. 텔레비전에서는 곧 달달한 새 프로그램을 방송할 것이다.

3월의 낮은 가을 낮보다 더 잿빛이며 끔찍할 수 있다. 이번 주에 우리는 그런 낮들을 보냈다. 바람이 울부짖고 비가 퍼붓듯이 쏟아진다. 오늘 저녁에는 청소를 하고 나왔을 때 걷고 있던 브릿과 페테르를 만났다. 그 아이들과 이야기하는 동안 줄곧 그들에게 알려줄 재미있는 것이 있다고 생각했다. 집에 돌아오기 전까지 그것이 무엇인지 기억나지 않았다. 내가 읽었고 지금까지 나를 채우고 있는 몇 권의 책이었다. 우리가 도서관에서 책을 무료로 빌릴 수 있다는 점은 축복이다. 어제는 대출 희망 도서의 제목을 적은 쪽지를 제출했다. 도서관은 이미 오늘 저녁에 희망 도서 열 권 중 다섯 권을 가져다놓았다(빠른 서비스). 그중 세 권은 막심 고리키의 책이다. 눈이 있는 한, 그리고 책이 있는 한 모든 우울증을 치료할 수 있다고 믿는다.

기적이 일어났다. 최근에는 지옥 같았다. 외부, 내부에서 압박했지만 약간의 '결핍 불안'이 해소되었다고 이제는 말할 수 있다. 어느 날 밤 느꼈다. 이제는 더이상 견딜 수 없음을. 단 하루도 더는. 머리도 너무 아파서 뇌출혈이 일어났다고 믿다시피 했다.

너무 일찍 세상을 떠난 서른여섯 살 부인을 생각했다. 그녀는 한동안 심한 두통에 시달렸다. 그래서 나는 다섯 아이를 생각했고 최근에 위험 보장 보험에 돈을 내서 기뻤다. 어쨌든 내가 죽으면 아이들은 2000크루나를 받을 것이다—그날 밤 나는 불쌍하고 가엾은 사람이었으며 죽고 싶기도 했고, 죽고 싶지 않기도 했다. 초등학교 이래로 한번도 하지 않은 양손 깍지를 하고 허공에 대고 말했다……. 미안합니다—나는 누구에게 그 말을 했는지 알지 못한다. 나는 대단한 모독자이기 때문이다. 의심자가 아니라 모독자. 미안하다는 말을 하고 나면 차분해진다. 내 안의 혼돈이 고요해졌다. 나는 오늘 차분하다.

아무것도 아닌 나 자신
폭풍 속에서 길을 잃은 나 자신
죽거나 산 채로 내던져진다
미래가 힘겨운 운명.

_ 카린 보이에

1968년 3월 17일

오늘 크로폿킨을 다 읽었다. 아주 멋진 삶을 살았고 굉장히 명석했던 사람이다. 그 어떤 것도 크로폿킨을 꺾지 못했다. 감옥에 갇혀 있을 때조차도 크로폿킨은 매년 목적의식을 가지고 일했다. 그는 언제나 '노동자들의' 최선을 생각했다. 오늘날 크로폿킨 같은 사람이 있을까. 그래, 있다……. 호찌민과 마오쩌둥, 피델 카스트로. 버트런드 러셀과 벤저민 스폭 그리고 더 많은 사람…….

크로폿킨 공 만세.

1968년 3월 21일

난생처음 고용청에 갔다. 재교육을 받을 수 있다. "비빌 언덕도 하나 없으면 큰 사람이 될 수 없다"라는 속담이 있다. 아마도 나는 청소부로 남겠지. 내 구조를 바꿀 힘이 없다.

살면서 단 하루도 굶주린 적 없던 내가 암울한 가난에 지쳤다니. 가난해서 너무나도 우울하다, 너무나도 불행하다.

## 1968년 3월 29일 월급날

한 달 동안 쓸 생활비 181크루나. 나는 베스테르 씨처럼 말한다. "아무도 나만큼 급여를 적게 받지 않고, 나만큼 오래 급여를 기다려야 하지도 않아." 베스테르 씨는 연금생활자다.

고용청을 들른 후 다시 일상으로 돌아왔다. 아마도 중년의 교육에 대한 말은 모두 멋지게 들릴 것이다. 다만 유일한 오류는 그것이 불가능하다는 사실이다.

브릿은 이번 주에 두통을 심하게 앓았다. 어쩌면 일터에서 마시는 일산화탄소 영향 때문일지도 모른다.

마틴손이 말하는 바와 같이 다음은 사실이다. 가난한 사람은 너무 많은 것을 걱정한다. 살아남기 위해 매일 전쟁을 치러야 하며, 특별한 무엇인가로 인해 근심이 생기면 "가난한 사람은 그것을 확대하며 아무런 탈출구도 찾지 못한다." "만일 한 끼 식사를 거르면 가난한 사람은 곧 굶주릴 것이라고 믿는다" 등.

사내 녀석들은 고래고래 악을 쓰는 팝음악을 들으며 지하실에서 탁구를 친다. 어제 나는 한 사람과 삶에 대해 이야기를 나누었다……. '또다른 존재'를 믿지 않더라도 나는 일종의 세계영혼에 대한 희망을 포기하고 싶지는 않다. 만일 '이보다 더 나은 것'에 대한 모든 희망을 포기한다면 살아갈 힘이 없다. 견뎌낼 수 있는 일종의 작은 불꽃이 있어야 한다.

점점 더 나는 다른 언어를 할 수 있기를 바란다. 페르 베스트베리의 『엔슈트와 밈미』를 읽었을 때 독일어를 할 줄 몰라서 너무 슬펐다. 이 책의 주인공 엔슈트의 어머니는 독일인이었으며 모든 편지를 독일어로 썼다. 아들은 어머니에게 스웨덴어로 글을 써달라고 부탁했지만(그녀는 이곳으로 이주하여 스웨덴어를 배웠다) 어머니는 모국어로 표현을 더 잘한다고 생각했다. 지금 이들, 도리스, 엔슈트, 밈미, 유나스, 세실리아는 죽었지만 그들은 책을 통해 살아 있다.

## 1968년 4월 2일

도대체 어떻게 견뎌야 하는 것일까—나는 그것을 이해하지 못한다—읽고 있는 책이 있는 한 나는 괜찮다고 생각하지만 그런 다음은…… 그런 다음은……. 막심 고리키의 『나의 대학』을 방금 읽었다. 이제 오늘 읽을 책이 없다—이 삶에서 견딜 수 있는 유일한 것은 같은 생각을 하고 같은 경험을 한 사람들이 있음을 아는 일이다. 고통과 절멸 앞에서의 같은 공포, 같은 무의미를 경험한. 그때는 혼자가 아니다. 문학 덕분에. 세계영혼…….

미국에서 인종 폭동(돈에 대한 권력)이 맹렬히 계속되는 동안 우리는 유럽 최고의 유행가에 투표하고 있다…….

스페인이 랄랄라 노래로 우승했다. 사회복지과에서 수리공들이 작업하고 간 자리를 청소했다. 너무 피곤하다…….

모처럼 가장 좋은 날씨. 내가 기억하는 부활절은 춥지 않았던 때가 거의 없었다. 아이들이 어렸을 때가 생각난다. 아이들이 부활절 마녀로 꾸미고 뛰어다닐 때 나는 아이들이 감기에 걸릴까 두려웠다.

오늘은 새벽 3시에 일어났다. 자전거를 타고 청소하러 갈 때도 어두웠다. 창문 네 개를 닦았다. 힘든 청소 업무의 작은 시작. 거리를 향해 나 있는 창문은 저녁에 올라가면 너무 힘들어서 오늘 아침에 처리했다.

오늘 좋은 책을 읽기 시작하여 우울할 필요가 없다. 정기 도서 할인 행사에서 두세 권을 샀다. 밤에 잠을 잘 수 없어서 할인 행사에서 사온 책 중 하나를 찾으러 옷장으로 갔다. 페르 베스트베리는 티베트 국경에 이르는 히말라야 주변 지역을 다룬 이 책을 썼다. 지금 생일 선물로 군과 스티그에게서 받았던 훌륭한 티베트 책에 나오는 민족과 똑같은 민족을 만난다.

직장에서 수리 작업을 하고 나면 피곤하다. 잠시 잠을 자보려고 했지만 피곤할 때는 머릿속에서 똑딱 소리가 더욱 심하게 들린다. 때리는 소리가 크게 들린다. 그때는 가만히 누워 있을 수 없다. '사고'가 난 지 3년이 지났는데, 아직도 머릿속에서 통증이 느껴진다. 내 오래된 의학 서적에 나와 있듯이 "뇌는 전신과 같다"라는 말은 아마 맞을 것이다. 만일 체계에 최소한의 방해라도 받게 되면 전선들은 떨릴 것이다. 이를 바로잡기란 어렵다.

오늘 저녁에는 세상을 떠난 많은 사람을 생각했다. 그들의 뇌는 더이상 존재하지 않는다—이상하다.

부 베리만, 군나르 에켈뢰브, 얀 프리데고드—곧 누가 살아 있는지, 누가 죽었는지 추적할 수 없을 것이다. 그들은 하나로 합쳐진다.

아이들이 생일에 집에 왔을 때 나는 삶에 대해 아이들과 이야기하는 것을 잊었다. 그러니까 내가 세상을 떠났을 때 아이들이 슬퍼하지 않기를 바란다. 만일 아이들이 슬퍼한다면 나는 정말 슬프리라. 마찬가지로 아이들이 나를 위해 했어야 했는데, 잊어버린 것 같다고 생각하는 일에 대해 양심의 가책을 느낀다면 절대로 누군가를 위해 양심의 가책을 느끼지 않아야 한다……. 죽음……. 해방자……. 일부 사람은 죽음의 공포를 느낀다(아마도 노화에 대한 두려움일 것이다). 서양에서는 노화를 좋아하라는 가르침을 받지 않았다. 우리는 노년층을 구경거리로 만드는 법을 배워야 했을 지경이었다. 중국에서는 그 반대다……. 유럽과 미국에는 영원한 청춘 숭배가 존재한다. 나는 늘 나이든 사람들을 좋아했으며, 가는 것이 재미있는 유일한 곳은 요양원이다. 그곳이 편하다. 그곳은 집처럼 편하다.

## 아무도 어둠 속에서는 완전히 움직이지 못한다

해가 들지 않는 저 아래 멀리 어둠 속
부채 꼬리 금붕어가
수면으로 떠오르며
다시 움직인다.
나와 같이.
수면 위에서의 짧은 순간들이
어둠 속 바닥에 사는
저 살아보려는 영혼에
영양분을 공급한다.

_ 습작

## 1968년 4월 1일

존슨이 폭격을 중단할 것이라고 발표했을 때 사람들은 라디오에서 오늘 아침 만우절 농담을 방송했다고 믿었을 것이다.

존슨은 다음 대통령 선거에 출마하지 않을 것이다. 그는 오늘 대국민 연설을 할 것이다. 아주 많은 사람이 존슨의 정책에 반대한다는 사실이 아마 효과가 있을 것이다.

이야기를 나눌 사람이 있다면 어떨까. 가끔 청소 도중 쉴 때 전화기 옆에 앉아 '누군가'에게 전화할 수 있을지 곰곰이 생각한다. 아니, 에디트 쇠데르그란의 말처럼 시간이 있는 사람은 아무도 없다. 학교장 한 분이 내가 이야기하고 싶으면 전화해도 된다고 했지만 그럴 엄두가 나지 않는다. 그분은 대부분의 지식인처럼 경력이 충분하다. 가톨릭 신자가 되는 것이 괜찮을 때가 있을 것이다. 고해성사를 할 수 있다는 것……. 아니, 가톨릭 신자가 되고 싶지 않다……. 우주를 날아다니는 한 마리 새가 되고 싶다.

이제 1시간이 지났다. 나는 다시 숨을 쉴 수 있다. 우울증이 진행되는 동안 불가능하다고 느껴지더라도 모든 우울증에서 벗어날 수 있다. 오늘 나를 더 낫게 만든 것은 해였다(해가 났다). 양동이를 들고 달려나가서 널어야 할 빨래를 가지고 보일러실로 내려갔다. 동시에 테트라팩 압착담당자라는 새로운 직업 실습을 했다. 이 직업은 기름보일러 설치 후 생겼다. 테트라팩과 다른 종이상자를 같이 발로 밟는다. 전에는 쓰레기를 모조리 보일러에 넣고 태웠다.

해가 여전히 하늘에 있다. 한때 사람이 해를 숭배했다는 사실은 놀라운 일이 아닐 것이다. 라—태양의 신. 사람이 생각해낼 수 있는 가장 훌륭한 신. 라—우리 같은 미물에게 유일한 기쁨의 원천.

지금은 일요일 아침이다. 울라는 요양원에 있는 안나에게 갈 것이다. 커피를 마시며 자작나무에 앉아 있는 새들을 보고 있었다. 오늘 아침 라슈가 늦잠을 잘 때 울라는 시끄러운 소리로 플루트를 연주했다. 그 아이는 소리를 낮춰야 했다.

우리는 저녁으로 감자경단을 먹을 것이다. 나는 사람들이 바닥날 모든 식량을 찾아보아야 한다고 생각한다.

카린과 시그리드는 어제 잠시 이곳에 있었다. 시그리드가 시각장애인인데도 그들은 뒤를 돌아보는 데 능숙하다. 시그리드는 훌륭하다. 그녀가 사는 옷과 뜨개질하는 아름다운 털실의 색깔들. 이제 나는 가장 잘 부르는 노래를 부를 것이다. "아, 정말 멋진 아침, 아, 정말 멋진 하루."

라슈는 지난 금요일 직장 급여 인상을 요청했다. 회사는 스콘스카 시멘트가 사방에 긴축 경영을 지시했다고 답하여 라슈는 시급 4크루나를 받으며 계속 일해야 한다.

## 1968년 4월

방금 깁손 슈퍼마켓에서 왔다. 깁손 이후 그곳 주인이 얼마나 많이 바뀌었든 나는 그곳을 그렇게 부른다.

침울한 날, 아니 정확히 말하면 침울한 주다. 상점을 맡아온 스티그 얀손은 이번 주에 점포를 정리한다. 젠장, 참 슬프다.

스티그와 그의 상점이 그리울 것이다. 스티그는 사업가인 동시에 심리학자였다. 저 작은 상점에 가는 날마다 마음이 더 행복해졌다. 슬픈 것은 이곳마저 자동차 운행이 망쳐놓았다는 점이다(나는 자동차를 점점 더 싫어하게 된다). 대부분의 사람은 크룬할렌, 아니면 더 먼 대형 슈퍼마켓에 간다. 대부분은 우유를 사러만 저 작은 상점에 간다. 토요일에는 고기를 사러 오는 손님도 몇몇 있다. 저 작은 상점에서 장을 볼 때 손님들은 질 좋고 깨끗한 고기를 산다. 최근에 스티그는 마지막 남아 있던 감자 자루를 들고 왔다. 그는 추가 비용 없이 차로 물건을 집까지 배달해준다. 스티그와 베리트, 군이 맡아왔던 저 작은 상점이 그리울 것이다.

1968년 4월 9일

오래된 습관으로 깁손 슈퍼마켓에 갔다. 이제 상점은 확실히 문을 닫았다. 스티그는 할스베리에서 일자리를 구했다. 베리트와 아이들은 살던 곳에서 오랫동안 살고 있다. 문을 닫은 줄 알면서도 그곳에 갔다. 베리트의 집으로 올라갔고 그녀는 지금 텅 빈 우울한 상점으로 나와 함께 들어갔다. 좀약을 사려고 했는데, 마멀레이드가 남아 있었다. 30년 동안 장사를 하다가 갑자기 문을 닫았다는 사실을 알면서도 상점으로 들어가는 기분이 이상했다.

이제 좀약을 가지고 다락방으로 돌아가서 장갑과 양말에 뿌릴 것이다. 그러고 나서 무엇을 버릴지 정리해볼 것이다. 하지만 무언가를 버려야 할 때 한번 더 쓸 수 있는 것이 많다는 점이 나의 큰 문제다. 온전하고 깨끗하기만 하면 어딘가에 사용할 수 있다고 생각한다. 따라서 나는 망가질 때까지 쓰고 버리는 시대에 어울리지 않는다. 아마 더 이전 시대에 훨씬 어울렸을 것이다. 나는 자동차와 플라스틱, 그리고 이 시대가 그것으로 우리를 질식시킬 모든 불필요한 잡동사니를 혐오한다.

## 1968년 성금요일

23년 전 아버지가 돌아가셨다. 어제 아버지와 어머니의 사진을 넣을 액자를 샀다. 이제 두 분은 호찌민, 카스트로, 체 게바라, 마오쩌둥이 앞서 걸린 소파 위 벽에 걸려 있다. 라슈는 어제 예테보리에 갔다. 라슈가 떠난 뒤 허전하다. 요즘 내 상태가 어떤지 나는 알지 못한다. 나는 낙관적이었던 적이 없지만 어쨌든 살아갈 수 있다고 생각했을 것이다. 하지만 더이상은 그렇게 생각하지 않는다. 건강해도 숨을 쉬기 힘들다. 점점 더 나빠진다. 나 자신의 사소한 문제와 더불어 세상에서 일어나는 모든 일이 불안하기만 하다. 간밤에 눈앞에서 웬 청년의 얼굴 이미지를 보았다. 그의 얼굴은 고통으로 얼룩져 있었다. 〈악튜엘트〉가 시위에 나선 독일 청년들의 모습을 보여주었을 때 텔레비전 화면에 어린 소년이 언뜻 보였다. 얼굴에서 세상의 고난을 엿볼 수 있었다. 청년들은 전 세계적으로 사회가 거의 썩었음을 알고 있다. 기다리는 것이 무엇인지 청년들이 알게 된다면 결말은 어떻게 될까?

이제 다시 살아가려고 노력, 노력, 노력할 것이다. 하지만 단지 먹고, 자고, 청소하고, 먹고, 자고, 청소하고, 이야기를 나눌 사람이 없다면 인간은 아마도 살아가지 못할 것이다. 아무도 자신과 자기가 가진 것 외에는 무엇도 신경쓰지 않는다. 그런 것이고, 그렇게 되는 것이며, 교회 설교단과 국회에서 얼마나 좋은 말이 많이 쏟아지던가? 인간은 가장 사악한 존재다.

## 1968년 4월

우리는 학교에서 성경 이야기 하나를 글로도 읽고 선생님의 이야기로도 들어야 했다. 바로 "일곱 해의 흉년과 일곱 해의 대풍"이었다. 마른 소들이 정말 지독히도 불쌍하다고 생각했던 것을 기억한다. 그 소들이 어떻게 살아갈 수 있었는지 이해되지 않았다. 가죽과 뼈만 남았기 때문이다. 최근 2년 동안 가끔 그 이야기를 생각했다—스웨덴에서는 아마 흉년으로 시작했을 것이다. 사람들은 높은 미국식 표준이 영원할 수 없음을 깨달았다. 그렇다. 스웨덴에서는 오랫동안 풍요로운 생활을 하며 지내고 있다. 요즘은 상점에 들어가면 소름이 끼친다. 넘치는 상품에 치여 사는 듯하다. 영향을 받지 않으려면 개개인 각자가 무척 확고해야 한다.

우리 앞에 어려운 시절이 있다.

오늘 부포슈가 다시 감축을 예고한다. 교육을 받지 못한 사람이 먼저 나간다. (시에서 일하는) 우리 청소부들에게 작업 주임이 새로 생겼다. 새 주임은 시에 가능한 한 많은 돈을 절약해주기 위해 임명되었다. "그건 합리적입니까?" 내가 시간 근무 보고를 제출할 때 주임이 나에게 물었다. "그건 합리적입니까"라고 주임이 말했다. "힘든 작업은 모두 평상시에 수행해야 합니다." 젠장, 더럽게 돌아가겠네. 그럼 1시간 후에 우리는 다시 석기시대 같은 흙바닥에 있을 것이라고 말할 수 있다. 아마 많은 직업이 합리화로 사라지겠지만 청소부는 매우 중요해서 남아 있어야 한다. 나는 왜 우리가 우리 청소 반장과 일을 계속할 수 없었는지 이해할 수 없다. 청소 반장은 우리 '청소부'의 신뢰를 받고 있었다. 이는 청소 반장이 자기 부하 직원들에게 받을 수 있는 가장 좋은 찬사다.

## 1968년 4월 18일

아, 그런 날이다. 온몸이 피로로 떨린다. 하루 종일 몇 가지 일에 대해 글을 조금 쓸 수 있기를 간절히 바랐지만 일을 마쳤을 때 너무 피곤하여 생각하지 못했다. 청소일이 모두 남아 있었기 때문에 새벽 3시에 일어났다. 어제저녁에는 스물다섯 살 생일잔치가 열린 브릿의 집에 있었다. 지금은 10시다. 그렇게 19시간 동안 계속 힘들게 일한 셈이다. 먼저 시에서 청소한 다음 큰 빨래를 했다. 그후 아이들에게 줄 음식을 만들었고 다시 일하러 갔다. 지금 막 집에 도착했다. 라슈와 나는 슬펐다. 우리 둘 다 간밤에 길에서 교통사고를 당한 라슈의 동료들을 생각했기 때문이다. 그중 한 소년이 죽었다. 다른 소년은 크게 다쳤다. 오늘 저녁 청소하러 가는 동안 두 청년의 가족을 끊임없이 생각했다. 눈부신 봄날 사망 통지를 받는 가련하고 가련한 사람들. 만일 노인이라면 죽음은 해방이지만 청년이 죽으면 모든 것은 굉장히 비극적이다—나는 몇 마디 말로 라슈를 위로하려고 했지만 서툴렀던 탓에 그 아이는 더 슬퍼했다. 라슈는 나에게 소리를 질렀고 나는 라슈에게 소리를 질렀다. 우리는 라슈의 학교교육을 두고 다투었다. 라슈는 자기가 사장이 될 때까지 내가 만족하지 못한다고 주장했는데, 그때 나는 굉장히 화가 났다.

라슈는 어떤 종류의, 어떤 직업군에 대한 말을 받아들이지 못하는 그런 시기에 있다. 라슈는 잠이 들었다. 나를 야속해하며,

친구 한 명을 앗아간 삶을 야속해하며. 모든 일에 넌더리가 난다. 내일 아침 일찍 출근해야 한다. 고요와 안정 속에서는 아무런 글도 쓸 수 없다. 그래서 빨래를 다림질하고 옛 노래들을 받아 적어보려고 할 것이다. 다음주 금요일 북유럽박물관에서 한 여성이 녹음기를 가지고 이곳으로 온다. 나는 〈염소 울레〉와 〈임금님의 여행〉을 부를 것이다. 라슈가 슬퍼하는 바로 지금은 아니지만 그런 일을 하면 재미있다.

잘 자요.

심하게 '오한'이 든 후 몸이 나아졌다. 아직 눈이 아프고, 머리가 욱신거리며, 손이 부어 있다. 지난 일요일에는 자전거를 타고 호수를 돌았다. 미리 즐겼던 산책이다. 하지만 끔찍했다. 맞바람이 쳤고 진눈깨비가 내렸다. 복권 경품으로 자전거 한 대를 받을 수 있었는데, 이는 나에게 에너지였다. 세 명의 이웃도 함께 있었다. 우리는 카논가탄에서 출발한 즐거운 4인조였다. 추운 날씨를 걱정하는 사람은 아무도 없었다. 보통 자전거를 타면 더워진다. 데게르포슈에 도착할 때까지는 괜찮았다. 이후 비가 눈처럼 더 차가워졌고 바람은 태풍처럼 거세졌다. 끔찍한 추위였다. 진눈깨비 때문에 길이 거의 보이지 않았다. 기분이 섭씨 0도로 떨어졌다. 손발이 얼음처럼 차가웠다. 집까지 남은 마지막 길은 힘들었다. 아이고, 우리는 돌아오는 데 성공했지만 첫 스카우트 하이킹을 간 열세 살 작은 소년은 그 일요일에 목숨을 잃었다.

오늘은 베트남전쟁, 난민 문제, 실업을 완전히 잊어버릴 만큼 참 다사다난한 날이었다. 그곳에서는 재미있는 일에 참여하는 것이 얼마나 위험한지 알 수 있다. 그때 사람은 자기와 자기가 하는 흥미로운 일에 대해 점점 더 많이 생각한다. 유디트와 나는 후세를 위해 기록보존소에 보존될 노래를 불렀다. 너무 멋지게 들리는 말이네.

북유럽박물관의 메타 람스텐이 이곳에 왔다. 그녀는 3시에 왔다. 모든 일이 제대로 잘 되기를 바랐기 때문에 커피를 대접하기 위해, 그리고 많은 사람이 이곳에 올 경우를 대비하기 위해 일찍 일어나 롤빵을 구웠다. 우리는 먼저 차를 타고 유디트에게 갔다. 유디트는 〈페테르 씨〉와 다른 노래 두세 곡을 불렀다. 그리고 나는 〈염소 울레〉와 〈임금님의 여행〉을 불렀다. 나는 노래를 너무 크게 불러 줄곧 숨이 찼다. 메타 람스텐이 "괜찮아요"라고 말했다. 우리가 집에 도착했을 때 울라가 계단에 앉아 스웨덴 공영 라디오 방송국에서 전화가 왔다고 외쳤다. 방송국에서는 나를 촬영하기 위해 영상기자를 이곳으로 보낼 것이다. 우리가 노래를 부르고 있던 바로 이날, 라디오 방송국에서 전화한 것이 이상했다. 방송국은 텔레비전에 방영될 〈우리와 우리의 대중매체〉라는 프로그램에 대해 전화했다. 모든 것이 동시에 일어난다. 메타 람스텐은 아름다운 노래에 대한 사례로 유디트와 나에게 책을 보낼 것이다. 이제 라디오 프로그램을 들을 것이다. 헤르만손이 전화를 받는다.

바로 지금 알프 마틴은 영국에 위험한 문제들이 있다고 말한다. 영국 토박이들은 많은 케냐인이 영국으로 이주해온다고 불만을 토한다(그들은 어디로 가야 하는가?).

## 1968년 4월 28일

끝으로 갈수록 점점 더 분주해진다. 시간은 텔레비전의 〈악튜엘트〉 뉴스 프로그램 영상만큼이나 빨리 지나간다. 오늘은 일을 나가지 못했다. 진지하게 말하면 그래도 상관없다. 내일 아침 3시에 일어난다면 일하러 갈 시간이 있다. 오늘 라디오 방송국을 대표하여 영상기자가 이곳에 와서 나를 촬영했다. 사진을 찍는 비용이 얼마인지 생각해보라. 그리고 〈라디오의 목소리들〉에 작게나마 내 촬영분이 들어간다. 내가 두세 줄 썼다는 이유만으로. 공연한 법석이라 해도 지나친 말은 아닐 법하다.

간절히 기다렸던 급여가 오늘 들어왔는데, 한 달 동안 280크루나였다. 신규 납부 세금, 미납 세금, 선급금은 제했다.

어제는 더운 여름날이었지만 오늘은 다시 겨울이다. 나는 욕실에 서서 샤워 호스를 칭찬했다. 20년 동안 없이 지냈다. 쌍둥이가 어렸을 때 고장을 냈다. 지금 우리는 변기와 함께 샤워 호스를 샀다. 오랫동안 없었던 물건을 얼마나 가치 있게 여기는지 생각해보라. 교훈은 이렇다. 너무 편하면 절대로 좋은지 알 수 없다. 그러면 아무것도 아쉬운 것이 없기 때문이다.

## 토요일 저녁

아이고, 나는 그렇게 말하다시피 한다. 월요일 저녁 8시에 텔레비전 프로그램에 나올 것이다. 방송국 사람들이 라디오 질문을 위해 나를 촬영했다고 생각했는데, 간밤에 나는 그들이 텔레비전에서 이야기한 것에 내가 답했다는 사실을 기억했다. 내 모습이 너무 우스꽝스럽게 보이지 않기를 바랄 뿐이다. 이제 잠자리에 들고 내일 아침 일찍 시내에서 유리창을 닦을 것이다.

울라가 딱하다. 첫째, 그 아이는 아프다. 몸 상태가 좋지 않다. 간밤에 내가 그랬던 것처럼 몸이 좋지 못하다면 울라는 가엾다. 전에 피로로 기절한 적이 있던 것 같지는 않지만 간밤에 두번이나 눈앞이 아득해지면서 쓰러졌다. 한번은 현관에서, 또 한번은 화장실에서. 욕조 가장자리와 화장실 의자 사이에 머리를 두고 누워 있는 채 깨어났다. 발한과 오한이 번갈아 났다. 잠옷이 식은땀으로 흠뻑 젖었다. 내 두 다리는 나를 지탱하지 못했다. 침대로 기어가야 했다. 몸 상태가 얼마나 나빠질 수 있을지 상상해보라. 오늘은 몸이 나아졌지만 조금 떨린다. 페테르가 우체국에서 바로 이곳으로 왔고 장을 봐와서 나는 외출하지 않아도 된다. 오늘 저녁 가수들은 봄을 노래하지만 나는 집에 있다.

아니, 나는 텔레비전 출연에 대해 말할 것이다. 내가 프로그램에 나온다는 이야기를 사흘 동안 한 뒤 영상이 연이어 나오는데도 평소의 내 모습을 찾아볼 수 없어 조금 실망했다. 방송국 사람들이 미리 알려주고 나서 아무것도 나오지 않아 너무 짜증스럽다. 내가 나올 것이라고 많은 사람에게 말했던 울라가 딱하다. 심지어 그 아이는 예테보리에 있는 군과 스티그에게 전화까지 했다. 얀은 프로그램 방영 전에 전화했다. 그 아이도 텔레비전을 볼 것이다. 브릿과 라슈와 페테르와 나는 말없이 기다리며 앉아 있었다. 하지만 아무것도 나오지 않았다.

자전거를 타고 청소하러 갔다.

지금은 다시 구토하기를 기다리며 앉아 있다. 청소를 끝내고 와서 샌드위치를 먹고 차를 마셨다……. 단 하루도 음식 없이 지내는 일에 익숙하지 않아서 아플 때도 먹는다…….

## 1968년 5월 2일

오늘은 조금 좋아졌다. 일터에 일찍 가서 계단을 맡았다. 몸이야 나아졌지만 보이는 것처럼 전쟁이 일어날 지경인데, 어떻게 기분이 좋을 수 있겠는가. 반나 베크만의 보도로 세계대전이 얼마나 임박했는지 깨닫는다. 아랍 전역은 이스라엘과의 전쟁을 준비중이다……. 어떤 길을 갈 것인가……. 유럽에서 문화대혁명은 절대로 시작되지 못할 것이다. 대신 단번에 우리는 절멸될 것이다.

'사회복지과'에서 청소를 하던 오늘 아침, 사회복지사가 올 때까지 기다리기로 했다. 시 당국이 집을 살 수 있는지 물어볼 생각이었다. 늘 그렇듯이 비겁한 나는 직원이 오기 전에 집에 왔다. 나는 내 문제에 대해 다른 사람과 말할 '엄두'를 내지 못한다. 그저 하루의 걱정이 다음날의 고뇌로 이어지게 둘 뿐이다.

3월 급여 180크루나.

4월 급여 280크루나.

하지만 튀르키예에서는 시골 사람이 한 해에 270크루나를 버니까 불평을 해서는 안 되겠지.

다 너무 늦었다는 공포 속에서
앞날을 어제의 부채 분할 상환에
사용할 필요 없이
앞날을 소유하는 것.

절대로 초조하게 자문하지 않는 것
만일 지금과는 정반대로 흘러갔다면
한 사람의 인생이 무엇이 되었는지…….

_ 잉에예드 그란룬드

확실히 가난한 사람들은 스웨덴에서 잘 살고 있지만 그래도 여전히 고임금소득자와 저임금소득자 사이의 차이는 너무 크다. 스웨덴에서 사회보호대상자가 되려면 양심 없이 태어나야 한다. 사회복지과에 가는 일을 짜증나고 창피하다고 생각하지 않을 것이다. '인권' 조항도 외워야 한다. 그러고 나면 아마 더 쉬울 것이다.

오늘 얀에게 편지를 썼다. 다른 곳에 있을 때 '아이들'과 편지를 주고받으면 정말 재미있다. 얀에게 보내는 편지에 내 피로와 인류에 대한 혐오를 이야기했다. 엄마(나 말이다)로 사는 데 넌더리가 나며 내가 불편하지 않은 삶을 이끌어가지 못하는 무능력을 느낀다고. 얄마르 베리만은 자기 책에서 자주 인간 의지의 무능력을 묘사했다……. 사람은 강하더라도 평범한 경우가 자주 있다. 나는 강하지는 않지만 때때로 내 삶의 문제를 조금은 처리하고 싶은데, 아무것도 하지 못할 것이다…….

"모든 것은 그대로 될 것이다." 마틴손의 『클록리케로 가는 길』에 나오는 떠돌이 철학자 중 한 명의 말이다.

방금 〈가족 거울〉을 들었다. 어레브루주의 실업 여성 인터뷰.

그들은 실업보험청에서 일주일에 135크루나 내지는 200크루나를 받았다. 지금 다시 부러워졌다. 일하지 않고 돈을 받고 있다고 상상해보라. 게다가 비과세로. 천국일 것이다. 오늘은 초과노동을 할 것이다. 어휴, 참 울적하네. 허리를 똑바로 펴야지. 그리고 고개도 똑바로 들어야지. 실업자였다면 좋았을 텐데.

스티그가 예테보리에서 전화했다. 스티그는 라슈와 테루스가 배를 타고 독일의 킬에 갔다고 말했다. 그 아이들이 처음으로 가는 외국 히치하이킹 휴가를 잘 갔다 오기를.

닥터 비오티를 만날 시간을 잡아놓았다. 조기퇴직연금에 관해 물어볼 것이다. 쓰러질 때까지 허리를 구부려보았자 소용이 없다. 우리는 복지사회에 살고 있지 않은가. 그렇다면 쉰 살이 되었을 때 노예노동을 면할 수 있어야 한다.

어제 라디오에서 팔름셰나의 〈긴급 사항〉을 들었다. 팔름셰나를 듣고 나면 세상의 청년들이 저항하는 것이 얼마나 중요한지 깨닫는다. 만일 아무런 변화가 일어나지 않는다면 우리의 행성 지구에서는 시간이 얼마 남지 않았다. 아주 많은 독성물질이 바다로 방출되기 때문에 공기는 고갈될 것이다. 산소를 만들어주는 녹조류가 독성물질에 파괴된다. 민물 역시 충분하지 못하다. 얇은 지층(15센티미터)은 많은 곳에서 삼림 벌채와 밀림 황폐화로 파괴된다. 그러면 암석층만 남게 된다. 과학자들은 1945년 히로시마 원자폭탄 투하 이래 이 사실을 알고 있었다—나는 미국이 처음으로 원자폭탄을 실험했던 1944년에 이미 예감했다. 그날의 기억이 뚜렷하다. 신문에서 원자폭탄 실험 뉴스를 보았다. 일부 과학자가 실험할 때 땅이 갈라질 것이라고 예측했다. 지각에 커다란 균열이 생긴다고 했다. 실험이 있던 그날 저녁 나는 호에스베(HSB) 주택협동조합의 신축 임대주택에 사는 한 아주머니에게 어머니와 같이 초대받았다. 우리는 그분이 얼마나 멋지게 그 집을 얻었는지 볼 요량이었다. 실험이 있기 조금 전에 나는 몸이 좋지 못하다고 말했다. 나는 택시를 타고 집에 왔다. 땅에 금이 갈 때 아이들과 있고 싶었다. 그날 저녁 내내 불안했다.

텔레비전을 보았다. 웁살라에서 세계교회협의회 총회가 열렸다. 여행하지 못할 때 세상의 거의 모든 나라 사람을 보니 재미있다. 만일 그들이 교회에서 할 수 있는 무언가가 있다면. 그들은 새로운 무언가를 해야 한다는 각오를 다짐한다—케네스 카운다*가 귀빈이었다. 프로그램을 보는 동안 오늘 저녁에 참가자 모두 비아프라**를 생각하지 않았는지 궁금했다. 그곳에서는 매일 2000명이 굶주림으로 목숨을 잃는다. 스웨덴은 왜 비아프라를 인정하지 않는 것일까. 토슈텐 닐손***은 이렇게 말한다. "만일 우리가 비아프라를 인정하지 않는다면 더 많은 도움을 줄 수 있습니다. 만일 우리가 비아프라를 인정한다면 나이지리아와의 외교관계가 단절될 것이며, 그렇게 되면 우리는 아무런 도움을 줄 수 없습니다." 정치란 어렵다.

*잠비아 초대 대통령

**1967년 나이지리아 남동부의 군사정권에 대한 반발로 수립된 미승인국가. 군사정권과의 전쟁에서 패배하여 1970년 멸망했다.

***당시 스웨덴 외무장관

3000명이 교회 안에 있었다. 그중 750명이 언론인이었다. 많은 청년이 특별 초청되었다. 그렇다. 대규모였다. 그들이 지금 무언가를 할 수 있다면.

지난밤에는 새벽 1시에 잠에서 깼다. 많은 생각이 스쳐지나갔다. 그때 도서관에서 빌려와 읽지 않은 책이 있었던 것이 기억났다. 악셀 산데무세의 『늑대인간』으로 시작했다. 이 책은 읽는데 진도가 나가지 않았다. 스반테 퍼슈테르의 『계급 투쟁』을 잡았다. 나는 이것이 내 취향이라고 생각했지만 (제목 때문에) 불가능했다. 이 책 역시 진도가 나가지 않았다. 잠시 누워서 아픈 곳은 없는지 생각했다. 이전에도 비슷한 일을 겪었는지 알지 못한다. 내가 읽는 책들의 스타일이 어떻든 즉각 행동을 취한다. 잠을 자보려고 했다. 하지만 잠이 오지 않았다. 잠시 전화를 생각했지만 전화할 사람이 없었다. 알베르 카뮈는 죽었어도 누군가는 그를 축복하기를. 『페스트』를 읽기 시작했을 때 머리가 다시 회전했다. 마음이 편해졌고 아침에 자전거로 출근할 때 정말 좋았다. 책이 없었다면 어떻게 살아갈 수 있었을까. 궁금하다.

오늘 집에 309크루나, 그리고 전기와 수도 사용료로 235크루나를 낼 것이다. 휴가비가 빨리도 사라진다. 어디론가 여행을 떠날 생각이 있어서 그런 것은 아니지만 그래도……. 지금은 혼자 있을 때 먹을 것을 많이 사지 않는다. 남은 음식을 조금 먹는다. 오늘 라슈에게서 카드를 받았다. 테루스와 그 아이가 건강할 수 있기를. 그러면 그 아이들도 괜찮을 것이다. 너무 큰 고생 없이 여행이 이어지기를 바란다. 젊어서 마오쩌둥의 작고 빨간 어록을 여행 식량으로 삼으며 미지의 목적지를 향해 여행하면 분명 멋질 것이다.

## 1968년 5월 10일 금요일

가장 큰 곤경에 처했을 때 등. 아, 모든 불행한 일이 오늘 저녁에 나에게 일어난 일과 얽혀 있다면……. 최근 나는 경제에 대해 더 많은 걱정을 했다. 미납 세금 납부, 울라의 실업 등등. 오늘 밤에 일이 생겼다……. 청소일을 하고 있었다. 사무실 중 한 곳에서 한 여성이 앉아서 일하고 있었다. 우리는 야간학교 때부터 서로 아는 사이였다. 우리는 독서 이야기를 했다. 좋은 책에 대한 이야기를 서로 주고받았다. 그녀는 우리 아이들이 직장에서 어떻게 지내는지, 미납 세금은 얼마나 많이 남았는지 물었다. 나는 그녀에게서 빛깔 고운 사과를 한 알 받았는데, 50크루나 지폐를 받은 셈이나 마찬가지였다. 그녀는 "저 대신 하느님께 감사하세요"라고 말했다.

## 1968년 5월 14일 화요일

〈마구간에 말 12필이 있는 죄수〉.

퇴근하고 집에 돌아왔을 때 막 시작한 프로그램. 라디오를 켰더니 운 좋게 프로그램에 나오는 죄수가 나폴레옹이었다. 참 재미있는 프로그램이었다. 다음주 화요일에는 더 많은 이야기를 할 것이다. 즐겁게 해주는 것을 들을 때 참 행복하다. 매일 역사적 불행이 일어나는 지금, 역사적인 일에 즐거워하는 것이 어리석게 들릴지도 모른다. 유럽의 대부분 나라에서는 학생 봉기가 이어지고 있다. 프랑스에서는 노동자들이 학생들을 지지했다. *그렇다. 아마도 경제적 차원의 세계혁명이 필요할 것이다. 각 나라의 문화 중 최고를 지킬 수 있다면 좋을 텐데.*

카이로에서 제작한 프로그램을 텔레비전에서 보았다. 두 자매의 다른 생활방식. 한 사람은 법률가교육을 받았고, 다른 한 사람은 암컷으로서 오직 아이를 낳기 위해 태어났다.

1968년 5월 15일

이제야 큰 빨래가 끝났다. 어휴, 너무 많이 한데 모아놓았다. 하지만 크리스마스 이후로 많은 사건이 일어났다. 쉰 살 생일, 직장에서의 봄철 대청소, 급작스러운 무일푼 신세. 휴가비를 가불한 지금에서야 세탁실을 쓸 형편이 되었다. 줄곧 직접 빨래를 했는데도 빨래하는 데 27크루나가 들었다. 사실 내가 가지고 있는 리넨 직물들은 매우 낡아서 압착 롤러 다림질 기계의 열을 견디지 못하다시피 하지만 직물을 주름 없이 제대로 반듯하게 펴면 좋다. 이제 요리해야 해서 멋진 사무직 여성처럼 앉아 있을 시간이 없지만 펜을 쥐고 있으면 엄청나게 재미있다. 바람은 잠잠해졌고 제대로 된 휴가를 보낼 경제적 여유가 있으면 좋겠다. 청소 걱정, 돈 걱정 없이 하는 숲 산책. 하지만 그렇게 되면 나는 대신 다른 일에 우는소리를 했을 것이다. 어쨌든 멋진 자전거를 타고 출근한다. 시내로 가는 작은 길목마다 신선한 냄새가 난다. 멋진 냄새가 난다. 세상 그 어떤 향수 냄새도 그렇게는 향기롭지 못하다. 안녕.

하리 마틴손은 『탈출구』에서 가난한 사람이 비통해하고 이따금 공격적이 되는 이유에 대해 썼다. 그는 이를 '결핍의 불안'이라고 한다. 인생의 약속과 이상이 늘 공허하게 무無로 사라지는 것에 대한 수천 년의 실망으로부터 물려받은 것이다. 확실히 가난한 사람은 부자보다 시기심이 더 많은데, 가난한 사람은 가장 간단한 일 앞에서도 결핍의 불안이 많기 때문이다. 그리고 자주 이런 결핍 때문에 가난한 사람은 자기에게 없는 모든 것을 과대평가하고 무한히 많은 것을 과소평가한다. 이는 가난의 가장 깊은 비극이다. 결핍의 불안은 결핍 자체보다 더 나빠진다. 사람을 과도하게 긴장하게 하고 불행하게 만든다. 어느 날 먹을 것이 없는 바로 그 순간 삼켰던 모든 우울이 올라오고, 그때는 두 가지 요리의 음식이 아니라 온 세상이 없는 듯하다. 마틴손은 그렇게 썼다.

이런 구조 변화를 따라가기란 어렵다. 아, 사람들이 이 단어를 얼마나 싫어하던가. 우리 저임금소득자에게는 아마 최악일 것이다. 교육을 받았든, 못 받았든 자신을 아주 보잘것없는 사람이라고 느낀다.

내 삶에 영향을 미치는 악화 중에는 우편 서비스가 있다. 지금은 우체국에서 우편 배달을 하루 한번 한다. 보잘것없는 이가 너무 많은 것을 생각하지만 오후 배달이 끝났을 때 '하루가 잿빛이 되었다.' 우리는 늘 사람들을 기다린다. 무언가 일어나기를 기다리고 기다린다. 우편함에 가는 것보다 더 재미있는 일이 있을까. 이전에는 오전에 배달되지 않은 것은 나중에 오겠거니 생각했다. 이제 그런 희망은 갖지 않는다. 이날은 오전부터 벌써 추워진다.

한낮에 낮잠을 잠깐 자고 막 일어났다. 요즘 너무 빨리 지친다. 연초부터 하루에 돈이 얼마나 있었는지 계산했다(많지 않았다). 드디어 미납 세금을 완납했고 잠시 급여를 더 많이 받는다.

야간학교 학기가 끝났음을 신문에서 본다. 학교에 계속 갈 힘이 있던 사람들에게는 샘이 나지만 1000학기를 다녔다면 다른 일은 할 수 없었을 것이다. 부어서 손은 크고, 지나치게 긴장하여 눈은 축축하며, 해진 옷을 입은 사람을 고용하고 싶어하는 이는 아무도 없다. 훌륭한 우리 사회에서는 없다. 집과 바깥에서의 청소부 사절, 이것이 미래의 전망이다.

가끔 나는 나만큼 두려워하는 사람이 있는지 궁금하다. '모든 것이' 두렵다. 무언가를 제대로 할 수 있다는 생각이 들지 않는다. 요리할 때면 누군가 와서 나의 행동이 얼마나 서툰지 볼까 두렵다. 청소할 때도 마찬가지다. 혼자 있으면 일이 잘 되지만, 누군가 가까이 오면 초조해진다. 먹고, 자고, 담배 피우는 것 외에는 제대로 할 수 있는 일이 아무것도 없다. 그런 일자리는 하나도 얻지 못한다. 젠장, 참 우울하다.

5월 22일 목요일 밤. 새벽 2시다. 하루는 고요하고 조심스럽게 오기 시작한다. 오랫동안 이럴 것이라고 생각할 때 멋진 느낌이 사람을 채운다.

요즘 잠을 쉽게 잔다. 누워서 쉴 때 생각들이 유리처럼 맑아진다. 지난밤 마치 인간 껍질에서 탈피한 듯한 느낌이 드는 일이 있었다. 완전히 자유로웠고 내가 조금 위에 있는 듯 모든 피조물을 응시했다. 굉장히 좋은 느낌이었다. 매우 의미 있고 고요한 느낌이었다. 동시에 평범한 자아의 느낌이 어떤지를 기억했다. 오늘 다시 보통의 껍질 속에 있다.

그런 파티에 가본 적이 있다. 이런, 먹고 마실 것이 너무 많았다. 다행히도 손님 중 아무도 화를 내지 않았다. 모든 것이 차분하게 이어졌다. 술이 많다는 것을 알았다면 가지 않았을 것이다. 나는 술을 진탕 마시는 파티를 혐오한다. 분별 있는 말이 한마디도 나오지 않는다고 생각한다. 기분을 망치고 있다고 아무도 생각하지 못하도록 좌우로 과시할 수 있는 고약한 웃음만 띠는데, 그런 생각이 들면 말싸움이 일어나기 때문이다. 저녁 내내 프랑스 학생들 생각만 했고 몇 시간 동안 얼굴에 흥미 없는 웃음을 짓고 가만히 앉아 있으려니 고약했다. 이제 웃음을 거두었다. 잠시 책을 읽으려고 누울 것이다. 선하신 '하느님', 파리의 학생들을 도와주시옵소서.

## 주님 승천 대축일

오후 3시다. 청소했고, 빵을 구웠고, 요리했다. 지난밤에 읽기 시작한 책을 계속 읽을 것이다. 바로 내가 간절히 바랐던 그런 책이다. 네스만 여사는 내가 어제 무엇을 빌리고 싶었는지 확실히 알았다. 그녀는 나에게 『라 카시타』를 주었다. 어제 파티 후에 그 책이 필요하다. 그건 그렇고 아르헨티나에 관한 책을 더 많이 빌릴 것이다. 내가 아는 것이 아주 적은 나라.

> "성숙은 자아에 대한 유대감보다 더 높은 유대감을 의식하게 되는 것을 뜻한다."
>
> _ 삭제

## 1968년 5월 22일

얀이 방금 유메오에서 전화했다. 얀은 오늘 필기시험을 볼 것이다. 다음 주에는 구술시험. 얀의 행운을 빈다. 얀은 지금까지 잘 해냈다.

## 1968년 5월 28일

필기시험과 구술시험 모두 끝냈다고 얀이 전화했다. 실습시간은 1시간밖에 남지 않았다. 내일 올해 처음으로 많은 급여를 받는다. 최근 넉 달은 힘들었다. 더이상 청소할 힘이 없을 때 더 나빠지겠지. 매일 1시간 동안 출근할 마음이 나지 않았다. 그럭저럭 살아갈 정도로 돈을 벌었다면 더 재미있었을 텐데. 이제 수입은 점점 줄어들고 있고 점점 더 지칠수록 나이가 듦을 아는 일은 공포다. 학교의 모나는 매우 명랑하다. 모나는 더 나은 일자리를 얻으려면 공부를 더 해야 한다는 말을 나에게 두번이나 했다.

부자 나라 스웨덴에서는 오늘날 네 명 중 한 명이 차를 소유하고 있다. 1970년에는 두 명 중 한 명이 차를 소유할 것이라고 사람들은 믿는다.

## 1968년 성령강림절 전야 전날

오늘 얀을 기다렸다. 3시경에 얀이 시내에 왔지만 바로 주립병원으로 가야 한다는 사실을 알게 되었다. 얀은 7시에 병원에서 왔다. 협심증 또는 그런 비슷한 병이었다. 얀은 학기 말에 쪼들렸다. "이제 엄마가 저를 돌봐줘야 해요!" 얀이 말했다. 물론 나야 그러고 싶지만 심장이 아픈데도 나가서 공을 차는 환자를 돌보기란 쉽지 않다. 이곳에 앉아서 기다린다. 밤 11시인데 얀은 아직도 밖에 있다. 저녁 동안 살림을 곰곰이 생각했다. 전화기 옆에 앉아 칼스쿠가의 유지에게 전화를 걸어 돈을 빌려달라고 부탁할 작정이었다. 아니, 이런 바보를 보았나. 그런 생각은 엄두가 나지 않는다(어떻게 갚을 수 있겠는가?). 감히 한번도 말을 꺼낼 엄두를 내지 못할 정도로 권력자들에게 존경심을 가지는 일을 상상해보라. 지금 얀이 제대로 쉰다면 아마 쉬고 나서 여름에 일을 구할 수 있을 것이다. 아니면 내가 말을 꺼낼 엄두가 날 누군가를 찾을 수 있을 것이다……. 무기한 대출에 대해…….

오늘 밤 〈포쿠스〉 프로그램에서는 프랑스에서 일어난 봉기를 보여주었다. 거리의 화재, 전복된 자동차, 시위하는 사람들.

하지만 오늘 에릭 린데그렌이 세상을 떠났다.

울로프 라게르크란츠는 텔레비전에서 린데그렌의 첫 시집에 혼돈을 언급한 시가 있다고 말했다. 린데그렌은 본인 세대의 삶(제1차세계대전과 제2차세계대전 사이의 시기)이 얼마나 불확실했는지에 대해 시를 썼다. 그렇다면 오늘날 청년들은 무엇을 말해야 할까? 그들은 그들의 혁명을 통해 시를 쓴다.

## 성령강림절 다음날

얀은 아직도 아프다. 얀은 내일 엑스레이 촬영을 할 것이다. 우리가 저축은행에서 대출을 받는다면 아마도 얀은 나을 것이다. 지금 대출담당 간부의 전화를 기다리며 앉아 있다. 오늘 수천 명의 청년이 베오그라드에서 봉기한다. 베오그라드의 청년들은 마르크스와 (청년 시절) 요시프 브로즈 티토의 초상화를 걸었다. 프랑스에서는 많은 곳에서 파업이 이어지고 있다. 아, 해외여행을 하는 스웨덴 관광객들은 지금 참 원통하겠네. 곳곳이 시끄러울 때 그 머저리들은 어디로 납시려나.

## 1968년 6월 5일

로버트 케네디가 총에 맞았다. 지금 수술을 받고 있다. 막 십자말풀이에 케네디의 이름을 썼다. 곧바로 라디오를 켰는데, 1시간 전에 총에 맞았다는 소식이 전해졌다. 상태가 위중하다고 한다. 케네디의 아내는 탄환이 날아온 로스앤젤레스에 함께 있었다. 그녀는 열한번째 아이를 낳을 것이다(불쌍한 여성). 우리는 얀의 치료비와 약값에 쓸 돈을 빌려보려고 하고 있다. 지금 얀은 스티그가 고등학교를 졸업할 때 예테보리에 있기 위해 히치하이킹으로 그곳에 갈 것이라고 말한다.

칼스쿠가에서 점점 더 살기 힘들어지기 시작한다. 어학교육을 받은 사람 모두가 부럽다. 만일 언어를 할 줄 알았다면 항상 같은 장소에 갇혀 있을 필요가 없었을 텐데.

성령강림절이 지났다. 얀은 히치하이킹으로 예테보리에 갔고 울라는 아팠다. 칼스쿠가의 중소기업 시장이 어제 출범했다. 성령강림절 주말은 아름다운 날씨로 놀라게 했다. 모든 공장 및 상업 피고용인들에게 좋다. 해가 뜨면 역시 더 즐거워진다. 마요르카 작은 농장(아니면 어딘가)에 갈 수는 없어도 주말에 날씨가 좋으면 좋다. 얀이 집에 있는 며칠 동안 나도 집에만 있었다. 우리는 경제적 문제로 매우 힘들었다. 얀에게 그렇게 해달라고 요청했지만 얀의 옛 학교 선생님에게 돈을 빌리고 싶지는 않다. 오래전 언젠가 그분이 우리에게 보낸 편지를 아직도 간직하고 있다. 그분은 얀의 학비를 선뜻 내주겠다고 편지에 썼다. 그 편지를 가끔 읽는다. 다른 어떤 사람도 우리 아들들에게 무언가를 빌려주겠다고 자청한 적이 없다. 얀은 우리 다른 아들들과 똑같다—비경제적이고 하루하루 살고 있다. 계획이 없다. 나는 마음속으로 얀을 레닌이라고 부른다. 얀은 레닌을 조금 연상하게 하는 것 같다. 얀이 집에 있는 동안 학교 친구 중 아무도 본 적 없다. 친구들은 아마 다른 곳으로 떠났을 것이다. 얀은 이곳에 있을 때 늘 유메오에 있는 동료들을 그리워한다.

스티그가 고등학교를 졸업했다. 군과 스티그가 전화하여 멋지게 졸업했다는 사실을 이야기했을 때 우리는 케네디의 죽음에 대해서는 한마디도 하지 않았다. '재미'에 대해서만 이야기하는 것이 즐거웠다. 만일 울라도 본격적으로 치료를 시작했다면 곧 다시 건강해졌을 텐데.

졸업의 행복한 날을 노래하세…….

혹서기. 호수, 숲에 오거나 적어도 (나처럼) 작업 속도를 직접 결정할 수 있는 모든 사람에게 좋다. 오늘 아침 일찍 도착하여 청소했다. 내가 원하는 대로 집에서 쉬거나 일할 수 있다. 울라는 어제 히치하이킹으로 예테보리에 갔다. 라슈와 고양이, 나만 집에 있다. 이런 날 주물공장 크레인에서 일하는 불쌍한 브릿. 브릿은 어제 퇴근 후 두통이 심했다. 스티그, 군, 울라, 얀, 셸은 오늘 예테보리에서 일자리를 찾고 있다. 첫 급여를 받을 때까지 이 아이들은 어떻게 살까?

졸업의 행복한 날을 노래하세—구스타브 왕자가 직접 노래를, 아주 많이 부를 시간이 있었는지는 모르는데, 왕자는 요절했다. 노래는 학위를 잃게 되더라도 한 시대는 더 존속할 것이다.

하지만 항상 봄이 되면 학생들을 생각할 것이다.

얀이 고등학교를 졸업하기 여러 해 전 나는 밤에 도서관 창을 닦고 있었다. 파티를 하고 집에 오는 학생들이 거리를 걷는 모습이 보였다. 그날 밤은 정말 아름다웠다. 봄과 빛, 젊음. 물론 서정 시인이 되어 곱고 고요한 봄비 등에 대한 시 세 편을 지었다. 그리고 시 공모전에 응모하기 위해 〈베쿠레뷘〉에 세 편을 보냈다—아무 상도 받지 못했다.

고등학교 '졸업식'에 참석하게 된 또다른 계기는 얀의 졸업이다.

이런 축제가 있나.

군 이모는 양복과 과자 세 종류를, 류트는 거대한 크림 케이크를, 일가친척은 꽃과 선물들을 가지고 왔다. 거리에 있는 그 누구도 이전에 고등학교를 졸업한 적이 없어서 우리집에 그런 기쁨이 생긴 것은 특별한 축제 같은 일이었다.

고등학교 졸업식과의 세번째 인연은 1965년 내 구술 졸업시험이었다. 물론 딱 한 과목에 대해서였지만, 어쨌든. 이상한 일이었다. 그때 내가 치른 '시험'에 대해 누군가 존경과 존중을 할 수 있다는 생각은 들지 않는다. 나 자신에게 해당되는 것이라고는 생각하지 않았다—지금 학생들은 여러 나라에서 주역을 맡고 있다. 학생들에게 싸울 힘이 있기를, 그리고 노동자들이 학생들과 하나가 되기를. 프랑스에서는 거의 모든 직업군이 파업중이다. 최근 며칠 동안 2000명이 다쳤고 두 명이 살해되었다. 서독에서는 1시간 전에 젊은 청년 남성이 살해당했다. 경찰관들이 악독하기 때문에 더 많은 사람이 살해당하지 않는 것이 이상하다. 라디오 방송에 따르면 퐁피두 정부는 노동자 임금을 3퍼센트 올리고 1970년까지는 10퍼센트 올린다고 한다. 스톡홀름대학교 학생회관은 어제부터 많은 학생이 점거하고 있다. 경찰은 건물 주위를 원형으로 에워쌌다.

중년들이 습관적으로 씹고 먹고, 씹고 먹는 동안 정부청사에서는 단식 농성단이 단식하며 남아 있다. 나는 지난 일요일에 올해 두번째로 자전거를 타고 호수를 돌았다. 어떤 면에서는 비현실적으로 들린다. 유럽이 위협을 받는 동안 나가서 노는 일이.

예테보리의 몇몇 청년은 "그 이후로 계속해서"라는 제목의 전시회를 열었다. 전시회에서는 개발도상국과 부자 나라의 관계를 지적한다. 개발도상국이 우리와 똑같은 표준을 갖추려고 했다면 지구의 자원은 1년 이상 남아 있지 못할 것이다. 왜 이에 관한 이야기는 더 없는 것일까? 왜 언론은 더 많은 일을 하지 않는 것일까? 예를 들어 언론은 많은 스포츠 관련 지면 중 한 면을 할애하여 이에 대한 기사를 쓸 수 있다. 청년들 덕분에 무언가 말을 하게 된다. 우리 인류가 바뀌지 않을 경우 무슨 일이 일어날지 모두가 알아야 한다. 지금 친애하는 집배원이 온다. 광고지뿐 아니라 재미있는 우편물이 집배원에게 있기를.

## 1968년 6월 17일

목요일 새벽 2시다. 잠을 잘 수가 없다. 뇌는 이미지와 기억이 의미 없는 행렬을 지어 컨베이어 벨트를 지나는 그런 상황에 있다.

나에게 당면한 과제는 내 집을 확인하는 일이다. 정확히 말하면 파는 일이다. 어느 날 사회복지사와 그 일에 관해 이야기를 나누었다. 사회복지사는 나에게 집에서 그냥 지내라고 조언했다. 그는 "그러는 편이 여사님에게 가장 싸게 먹힐 것입니다"라고 말했다. 또한 그는 "우리는 여사님이 할 수 없는 일을 도와드리는 겁니다"라고 말했다. 그렇다. 사회복지사는 그렇게 하겠지만 구걸하고 간청할 힘이 없다. 게으르고 가난할 때는 집과 정원을 가진 사람이 되기 쉽지 않다. 확인해야 할 것이 너무 많다. 임대주택에서도 살기가 쉽지 않을 것이다(물론 난민수용소에서도 그렇다).

아, 자기와 자기가 가진 것에 대해 생각하는 일을 멈출 수 있다면.

오순절 교회의 잔디밭은 지금 갈매기들로 가득하다. 갈매기들은 밤의 황혼 속에서 매우 하얗고 위풍당당한 모습이다. 갈매기들은 이미 잘 잤을 것이다. 여름이면 갈매기가 점점 더 많아진다. 이웃 사람들은 갈매기들을 쫓아낸다. 그들이 내놓은 음식은 작은 새들의 몫이기 때문이다. 엘린은 "큰 새들은 바닷가에 있어야 해요"라고 말하더니 갈매기들을 사납게 내쫓는다. 조금 전 자작나무 아래 내 잔디밭에 롤빵 부스러기를 떨어뜨려놓았다. 갈매기들은 원형을 멋지게 그리며 빙글빙글 날았다. 때때로 펄럭이는 방법으로 잔디에 내려앉는 갈매기가 있었다. 이내 갈매기들은 빵 부스러기를 먹어치웠다. 지금 갈매기 중 한 마리가 운다. 온 동네를 깨울 수 있을 정도로 큰 소리로. 새끼 고양이는 깊은 잠에 빠져 응접실 소파에 누워 있다. 고양이는 밤새 잠을 잔다. 우리는 하룻밤 동안 고양이를 맡을 예정이다. 지금 고양이는 14일 동안 이곳에 있었으며 아무도 데려가지 않는다. 이웃 사람들은 고양이가 자기들 집을 돌아다닌다고 불평한다.

내가 청소하러 가기 전에 카린과 카린 어머니는 이곳 여름 다과회에 왔다. 어머니의 날에 브릿에게서 받은 식탁보를 깔았다. 너무 나이가 많아 곧 이 세상을 떠날 행복한 분. 그분이 일흔다섯 살일 때까지 아무도 그렇게 오래 살 수 없기 때문이다. 나는 고작 쉰 살이다. 아, 그렇다.

## 1968년 하지 전날

텔레비전을 보았다.

얀 프리데고드의 『7월의 어느 날 밤』을 원작으로 만든 영화를 보고 싶었다. 나는 계속 앉아서 세계 곳곳에서 어떻게 물고기를 잡는지 보았다. 그후에는 존 드레이크를 보았다. 드레이크의 눈을 희생하다니 어리석었다. 하지만 나는 오랫동안 드레이크를 보지 못했다.

프리데고드의 책들을 통해 얻은 모든 멋진 경험을 생각할 때 마음이 따뜻해진다. 물론 책 때문에만 그런 것이 아니다. 하지만 애독하는 노동문학 작가 네 명, 즉 프리데고드, 마틴손, 무베리, 루-유한손을 매우 좋아한다. 나는 왜 무아 마틴손*을 이 네 작가와 연계하여 생각하지 않는 것일까? 예컨대 내가 기억하는, 내가 기억하는 『호밀밭 파수』를. 오늘 저녁에는 애독하는 작가들 사이에 무아 마틴손을 포함시킨다. 특히 오늘 저녁에는 무아 마틴손에게 감사하고 싶은데, 자주 무아 마틴손을 잊어버린다(무아 마틴손은 몇 년 전에 세상을 떠났다).

오늘 저녁에는 일곱 종류의 꽃을 꺾을 힘이 없어도 잠자리에 든다.**

홍콩에서는 지금 345만 명 이상이 상자나 판지로 만든 작은 집에서 살고 있다. 4만 5000명 또는 그 이상이 거리에서 지내고 있다. 8만 명이 지붕 위에서 생활하고 있다. 홍콩의 마약 문제

*스웨덴의 대표적 노동문학 작가

**하지 전날 일곱 종류의 꽃을 꺾어 베개 밑에 놓고 자면 꿈에서 미래의 배우자를 볼 수 있다는 스웨덴의 명절 풍습에 빗댄 표현

는 심각하다. 1965년에는 1만 9344명이 감옥에 갔으며 그중 1만 2344명이 마약중독자였다.

그래서 오늘 『정크』라는 책을 읽었다.

오늘 저녁 나는 '직장'을 빨리 속였다. 청소 일정에 따라 매일 저녁 바닥을 말리지 말아야 한다. 10년을 일하고 나니 내 방식으로 청소에 익숙해지게 되었다. 불필요한 걸음은 절대 내딛지 않는다. 혼자 있을 때 업무를 잘 정리한다. 물론 최고의 기량이어야 한다. 청소 반장은 내가 모든 장소에서 31크루나를 버는 것으로 계산했다. '비오티 건물'의 아파트 두 곳 모두 청소하는 데 주어지는 시간은 1시간 26분이다. 그때는 청소 용구를 층 사이로 운반해야 한다. 급여가 너무 박하다는 점을 생각해보라. 내 일에는 장점이 하나 있다. 압박자가 없다는 것이다.

오늘 저녁 한 텔레비전 프로그램에서 나는 툼바와 하게 예이에트의 골프 경기를 보았다. 그들은 골프가 저렴한 스포츠라는 점에 관해 이야기했다. 300크루나만 있으면 골프 클럽 회원이 될 수 있고 200크루나에서 300크루나만 있으면 골프채를 구할 수 있다고. 정말 저렴한 스포츠라고. 사회의 모든 구성원에게 적합하다고. 나는 아무 때나 잠이 들 테지만 두 눈이 매우 시리다. 책이여, 잘 자기를.

1968년 6월 28일 금요일

최근 중국 광둥성에서 다양한 유형의 홍위병 부대 사이에 치열한 전투가 있었다. 중국 일부 지역에서는 문화혁명이 거의 고통 없이 수행되었지만 많은 곳에서는 끔찍한 전투가 일어났다. 오늘 라디오 뉴스에 따르면 최근 광둥성 지역에서는 2000명이 목숨을 잃었다. 쌀 배급이 실시된다. 흉작으로 수확량이 줄어든다. 북쪽에는 가뭄이 들고 남쪽에는 폭우가 쏟아진다.

분리독립국 비아프라에서는 굶주림과 대학살이 오랫동안 있었다. 모든 언론매체에서 폭력과 고문, 비참한 뉴스가 쏟아진다.

예오리 보리스트룀은 방금 스웨덴에서 육계 사육 연구에 1400만 크루나를 지원했다고 언급했다—전 세계의 많은 사람이 굶주리고 있는 지금. 전형적이다.

우리 중 대부분이 '남쪽의 멋진 나라'로 휴가여행을 준비하는 동안 우리는 이 모든 것을 들어서 알고 있다.

젠장, 망할 여름이다.

한 해의 가장 아름다운 때를 매우 불경하게 표현하는 고약한 사람인 나는 누구인가? 쉰 살이 된 후 이제 인생의 가을에 있기 때문일까? 최근 몇 년 동안 나는 여름이 크리스마스 명절만큼이나 지독히도 떠받들어지고 있음을 알게 되었다. "나는 여름까지 그럴 거야"라고 사람들은 1월, 2월, 3월 등에 말한다. 그후 모든 것은 실패로 돌아간다. 다른 사람들은 아니겠지만 나는 분명 그렇게 느낀다. 여름이 너무 빨리 지나가고 있다—따라가지를 못한다.

호숫가에 앉지도 못했고, 여름 꽃을 꺾지도 못했으며, 뻐꾸기·종달새·뜸부기나 물결 소리를 듣지 못했다. 여름 먼지, 여름비, 건초 냄새를 맡지도 못했다.

아이였을 때 살수차가 칼스쿠가 도로를 달릴 때 거리의 먼지 냄새가 얼마나 좋았는지 생각해보라. 우리는 맨발로 살수차를 뒤따라 걷곤 했다. 차가운 물줄기를 느끼는 일은 재미있었다. 아무것도 전과 같지 않다. 우리는 크리스마스처럼 사기 상술에 넘어가 여름을 떠맡는다. 모든 상점이 수영복, 물놀이 의자, 물놀이 공, 그리고 광고에 따르면 우리에게 있어야 할 수천 가지 물건으로 진열장을 장식한다. 사람들은 야단법석을 떠는 닭들처럼 주택과 자동차, 여름 별장 사이를 돌진한다. 그러고는 거의 대부분 여름 별장에서 할일이 너무 많다고 투덜거린다.

## 7월 12일 금요일

오늘은 담요와 카펫을 빨았다. 전에 받았는데도 베가는 딸기를 가지고 왔다. 세계에서 가장 맛있는 장과류. 잉리드와 순드베리가 잠시 왔다. 우리는 딸기와 우유를 먹었다. 잉리드는 너무 귀여웠지만 몹시 지쳐 있었다. 잉리드는 휴가 시작 전 핫도그 가판대에서 장시간 2교대 근무를 했다. 나는 잉리드가 연이어 9시간 동안 일할 수 있다는 것을 이해할 수 없었다.

그들이 가고 나서 나는 사랑스러운 라디오에서 프로그램을 세 개 들었다. 첫번째 프로그램은 마약과 관련한 꿈과 시 짓기에 대해서였다. 한 교수가 꿈 상태에서는 창조적인 시가 불가능하다고 말했지만 일부 시인은 그렇지 않다고 말했다. 그런 다음은 항상 좋은 〈문화 구역〉. 마지막 프로그램은 기생충의 도시에 관한 것이었다. 인류학자들이 마야인의 역사 유적을 찾고 있는 멕시코의 어느 작은 도시. 사람들이 말했던 그 도시의 기후는 이곳과 비슷하다. 지금은 언덕에 산딸기가 있지만 밤에는 봄추위가 기다리고 있다. 거주자인 아메리카 선주민과 메스티소*는 가난한 삶을 살고 있다. 이 지역에는 대형 사원이 27곳 있었다.

오늘 햇빛 같은 라슈가 보낸 편지를 받았다. 라슈와 테루스는 스위스의 어느 고산 호수에 있었다. 그들은 곧 히치하이킹으로 북쪽을 향해 갈 터였다.

*유럽인과 아메리카 선주민 사이의 혼혈인을 가리키는 용어

## 1968년 7월 27일

토요일. 낮잠을 잤다. 오늘은 유난히 악마의 미소가 느껴진다. 편지에서 얀에게 심하게 뭐라 했는데, 기분이 별로 좋지 않다. 이번 주에는 일에 늦지 않으려고 매일 3시에 일어났다. 라슈는 나가서 토요일 밤을 신나게 놀 것이다. 나는 에위빈드 욘손(훌륭한 울로프 이야기 연작을 쓴 작가)에 대한 라디오 프로그램을 들을 것이다. 지금 내일 아침 제과점 청소를 위해 모닝콜을 신청한다.

추기. 산데무세의 『늑대인간』을 완독했다—훌륭한 책이었다…….

"저는 매일 밤 불을 끄고 자기 전에 스스로에게 묻습니다. 세계를 하나로 통합하기 위해, 세계의 모든 사람에게 평화와 희망을 가져다주기 위해 최선을 다했는가? 내가 할 만큼 했는가?"

연설하고 나서 24시간도 지나지 않아 존슨은 북베트남 대규모 폭격을 명령했다.

어제저녁 보이안과 카린이 나에게 왔다. 우리는 병가중에 만날 기회를 가질 것이다. 가엾은 카린은 일을 할 텐데, 내일 아침 4시에 시작한다. 보이안과 나는 이야기를 나눈 지 10년이 지났다. 오래전이기도 하지만 아주 최근이기도 하다. 10년 전 우리 셋은 막 이혼한 엄마들이었다. 보이안은 아이가 넷, 카린은 둘, 나는 다섯이었다. 오늘날 우리는 독립적인 사람들이다.

우리는 곧 엄마 역할을 완수할 것이다(하느님에게 감사를). 오늘 우리의 11명 아이 중 막내가 열여덟 살이다. 시간은 흐른다.

보이안은 정당과 관련이 있다. 원자폭탄이 발명되지 않았다면 얼마나 재미있었을지 이야기할 것이다. 그랬다면 강대국 간의 위신에 대한 불쾌한 질문은 절대 시작되지 않았을 것이다.

서쪽과 동쪽은 전쟁 물자 대신 유용한 물품을 생산할 수 있었다. 만일 상황이 달랐다면. 사회복지대상자 중 한 명인 내 '자투리 글'이 내일 '독자 코너'에 실릴지 궁금하다.

## 1968년 9월 16일

오늘 얀 프리데고드의 장례식이 거행되었다. 매장은 고요 속에서 진행된다. 오늘 프리데고드의 독자 중 많은 이가 웁살라의 공원묘지를 생각할 것 같다.

밤새 선거 결과를 본 것처럼 매우 피곤하다. 울라와 나는 오늘 한 가지 일에 동의했다. 나는 그 아이에게 못되게 굴었다. 그러고 나서 심한 두통이 생겼다. 삶의 작은 순간에 왜 상냥할 수 없는 것일까. 방금 다그 함마르셸드의 「길」이라는 시를 찾고 있었다. 시에서 위로를 받고 싶었지만 그 시를 필사하지는 않을 것이다…….

다시 일상. 의사는 병가 진단서를 10월 중순까지로 써주었다. 멋지다. 울라는 어제 히치하이킹을 하지 못했다. 울라가 바로 지금 내 문제아다. 인내심이 바닥이다. 울라가 집에 올 때마다 느끼는 끊임없는 경제적 비참함. 울라는 어떻게 나에게 빌려줄 돈이 있다고 믿을 수 있을까. 최악은 편도선을 제거했는데도 울라가 아주 자주 감기에 걸리고 열이 난다는 점이다……. 춥고 돈도 없이 우리는 어떻게 겨울을 한번 더 날 수 있을까…….

## 1968년 9월 18일

오늘 우리는 보이안의 집에서 만났다. 그곳으로 가는 길에 카린을 데리고 갔다. 시간은 빨리 흘렀다. 우리가 지금 어디에 있는지 깨달았을 때는 이미 3시간이 훌쩍 지나 있었다. 우리는 미국 대통령 선거와 세계의 청년 봉기에 관해 이야기했다. 보이안은 어쩌면 자기가 더 나은 세상을 경험할 수 있을 것이라고 예측했다. 자본주의 체제가 없는 세상을. 나는 비관주의자이기 때문에 아무 말도 하고 싶지 않았다. 미래에 대해 어떻게 생각하는지 말하고 싶지 않다. 가끔씩 병가 상태에 있으면 좋은데, 그렇지 않으면 우리는 만날 수 없을 것이다. 보이안이 쉴 때 카린과 나는 일한다. 보이안이 러시아에서 산 브로치를 받았다. 크렘린의 영묘가 브로치에 각인되어 있었다. 그날 알고 지내는 한 여성이 나에게 전화했다. 그녀의 집에는 내가 가져간다면 나에게 줄 수 있는 옷이 많았다. 나는 그곳으로 갔고 그녀가 커피를 끓이는 동안 나와 다른 손님 두세 명은 음악을 들었다.

스웨덴 선교교회의 관악 연주가 담긴 축음기 음반이었다. 우리는 커피를 마시며 맛있는 과자를 먹었다—오전에는 임박한 세계혁명, 오후에는 선교교회의 숙녀 세 명과 함께 듣는 음악. 세 명의 숙녀는 세계혁명에 대해 어떻게 생각할까. 〈아프톤블라뎃〉이 식탁 위 내 옆에 있다. 독자 투고에 실린 글 중 한 편은 내가 쓴 것이다. 자기 전에 한번 더 읽어봐야지.

지금 멕시코에서는 대학살이 일어날 조짐이 보이고 있다. 곧 올림픽이 열릴 것이다. 우리가 라디오에서 듣게 된 어느 인터뷰에서 멕시코 경찰청장이 군은 현대식 무기를 갖추고 전투할 준비가 되어 있다고 말했다. 7월에 대학생 32명이 살해당했다. 많은 사람이 실종되었다. 오늘 라디오에서는 군이 멕시코시티를 점령했다고 말한다. 스포츠 대신 대학살이다.

그저께 밤에 누워서 다시 나 스스로를 생각했다. 정년퇴직할 때까지 청소할 힘이 남아 있을까? 허리, 다리, 머리 등 나는 내 자신을 위해 청소할 힘이 없다. 계단 청소를 면한다면 좋을 텐데. 하지만 계단 청소로 버는 돈은 기름보일러를 설치할 때 받았던 대출을 갚는 데로 바로 나간다. 그래서 나는 계속 계단 청소일을 해야 한다. 다른 모든 것도 더해서. 어떻게 힘을 내야 할지 밤에 누워서 생각했다—그후 최소한 아침에 일어날 때 충분할 정도로 활기찬 느낌이다. 멕시코에서는 불안이 멈추지 않았다. 어젯밤에 일곱 명이 살해되었고 많은 사람이 다쳤다. 올림픽 개최 취소 요구는 계속된다. 멕시코만큼 억압이 심한 나라에서 열리는 올림픽을 보겠다는 마음이 드는 사람은 없을 것이다.

## 1968년 8월 13일

살구버섯이 피어 있는 숲 대신 식탁에 앉아 있다. 스티그와 나는 어제저녁 청소를 하는 동안 숲 나들이 계획을 세웠다……. 스티그는 내가 벽판을 모두 닦는 일을 도왔고 나는 뒤죽박죽이 된 그 모든 것에 머리가 어지럽다. 지금 스티그를 여러 번 깨웠다. 스티그는 대답 없이 그냥 계속 잔다. 지금 다시 깨웠다. "군에게 물어봐요." 스티그가 말했다. "걔는 분명히 같이 가고 싶어할 거예요." 내 생각은 그렇지 않다. 군은 11시에 치과에 가야 한다. 긴 바지와 두툼한 스웨터를 입고 식탁에 앉아 있다. 장화만 신으면 된다. 얀에게 돈과 '해야 할 일 쪽지'를 주었다. 얀은 정말 요리를 하고 싶어하지만 여간해서는 그럴 시간이 없다. 얀은 오후까지 일어나지 않고 그때쯤이면 이미 요리는 되어 있다. 그렇다. 이 혁명가들은 때때로 이해하기 어렵다.

지금 나는 군이 치과에 갈 수 있도록 깨우고 있다.

오늘 저녁 스티그가 오데타 순회공연에서 돌아왔다. 돈을 번 대신 빚을 진 채. 이 세상에는 협잡질이 너무 많다! 핀란드 변호사가 들어오는 수입을 모조리 슬쩍했지만 조직망의 아랍인 중 한 명이 대신 혐의를 받고 지금 핀란드에서 수감중이다. 이 아랍인은 (변호사처럼) 합법적으로 사기치는 일을 이해하지 못했다. 불쌍한 아랍인. 다른 사람이 저지른 일로 구속되어 있다니. 스티그는 지쳐 있다. 스티그는 며칠 동안 긴장 상태로 지냈다. 우리는 스티그가 무사히 돌아와서 기쁘다. 우리는 돈이 있는 일에 익숙하지 않아서 돈을 아쉬워할 수가 없다.

재미있는 하루다. 라슈는 민중고등학교에 입학할 수 있다.

## 시간이 흘러 1968년 8월 20일이다

군과 스티그는 예테보리로 돌아갔다—얀은 유메오로 갔다. 다행히도 울라가 토요일에 예테보리에서 온다. 그렇지 않으면 여기는 너무 적막해진다. 지금 라디오 프로그램을 기다리며 앉아 있다. 스티그가 그 프로그램에서 트롬본을 연주한다. 스티그가 아직 집에 있는 듯하다. 가을이 다가오고 있다는 것이 모든 면에서 느껴진다. 오늘 노동자교육협회와 사무직교육협회 학습 프로그램이 우편으로 도착했다. 강좌를 더 많이 들으면 들을수록 점점 더 어리석다는 느낌이 든다……. 아니, 이제 방에서 흘러나오는 스티그의 트롬본 소리를 들으면서 잠자리에 든다.

얀이 간 뒤로는 너무나도 허전하다. 아, 얀이 다시 집에 있다면. 이야기를 길게 나눌 시간도 없고 얀이 가지고 가야 할 물건도 준비되어 있지 않았다. 얀이 가장 중요하다고 여기는 것을 가져갈 수 있도록 재빠르게 꾸리는 일만 남아 있을 뿐이다. 그러고 나서 얀은 가고 나는 얀을 그리워하기 시작한다(최근 몇 년 동안 너무 멀리 떨어져 있었다). 스티그 역시 오랫동안 집에 오지 않았지만 그래도 얀보다는 자주 온다. 울라는 히치하이킹으로 집을 오가서 그리워할 시간이 없다. 막 얀이 예블레에서 전화했다. 얀은 집에 있었던 이래 히치하이킹으로 웁살라에 갔고 한시도 쉬지 않았다. 얀이 오늘 유메오에 도착하기를.

오늘 뉴스를 듣지 못했다. 비아프라로의 식량 수송에 대해 아무것도 알지 못한다. 지금 그곳에서는 하루에 3000명이 굶어 죽는다.

세계교회협의회는 아무것도 할 수 없다는 것!

## 1968년 8월 22일

오늘 편지를 여러 통 썼다. 체코슬로바키아*의 불행에 대해. 이런 날에는 무릎에 젤리가 든 것 같은 느낌이다. 텔레비전은 고장났지만 라디오 뉴스를 계속 놓치지 않고 듣고 있다. 텔레비전 없이도 프라하의 거리에서 탱크가 앞으로 전진하는 광경을 볼 수 있다. 브라티슬라바의 학생들이 맨주먹만으로 탱크를 공격하는 모습이 눈에 선하다. 오늘 저녁 체코인 한 무리가 트렐레보리에 왔다. 그들은 스웨덴에서 휴가를 보내고 체코슬로바키아로 돌아갈 예정이었다. 그들은 모국이 점령되었다는 사실을 알지 못했다. 그중 한 여성은 트렐레보리에서 무슨 일이 일어났는지 알게 되었을 때 가슴 아프게 울었다. 앞으로 며칠 동안 많은 체코인이 스웨덴에 올 것으로 예상된다. 울라는 추가로 일하는 일간지 〈아르베텟〉에서 전화했다. 신문사가 받은 가장 최근의 전언은 체코 노동자들과 러시아 병사들 사이에 전투가 벌어졌다는 사실이었다.

*1918년부터 1992년까지 제2차세계대전 기간을 제외하고 중앙 유럽에 있었던 공화국으로 1993년 1월 1일 체코와 슬로바키아로 분리되었다.

## 스투르왼 - 하늘나라

지난 토요일에 손님으로 당뇨 환자 모임을 따라 스투르왼에 가게 되었다. 베스테로스, 에스킬스튜나와 스톡홀름의 모임 지부도 그곳에 있었다. 주말 동안 300명에서 400명의 사람이 하늘나라에 들어갈 수 있었다. 아이들이 어렸을 때 시설 급식 및 환경 미화 관리사 휴가에 갈 수 있었던 스루르왼. 우리는 5년 연속 그곳으로 갔다……. 지옥이 점점 더 확장되고 있음을 알 때 하늘나라에 있으니 이상하다. 스투르왼에서는 아무 뉴스도 듣지 않았다. 신문도 읽지 않았고 세계에서 일어나는 사건에 대해 전혀 이야기하지 않았다. 그처럼 영원히 삶을 살 수 있다면 어떻게 될까. 아주 차분히. 세상은 좋으리라고 상상할 수 있다. 우리는 먹고…… 자고…… 먹고…… 물놀이하고 쉬고 춤을 추었다. 우리는 사랑스러운 노부인 마리안과 배를 탔다. 하지만 꿈같았다. 아이들은 어렸을 때부터 휴가를 가본 적이 없다. 그다음 우리는 스투르왼에 갔다.

이제 다시 일상이다. 프라하에서 전해진 뉴스와 선거운동 소리를 들었다—라디오에서 짐 웨스너에 대해 다시 들었다. 매우 용감하게 군비 축소를 위해 싸우는 양심적 병역거부자, 베트남 민족해방전선 연대 투쟁운동가. 그는 지금 4년형을 선고받고 복역중이다. 더욱더 많은 사람이 웨스너의 발자취를 따르기를. 무기는 버리고 군대는 물러가라.

## 1968년 8월 30일

올여름은 점점 더 지쳐간다. 정확히는 나 혼자 유럽 전체를 점거한 느낌이다. 너무 피곤해서 집을 청소할 힘조차 없다. 취업 적합 판정을 받으면 어떻게 될까? 얀이 말름베리엣에서 전화했는데, 얀은 유메오까지(500킬로미터) 자전거를 타고 갈 것이다.

이내 잠이 든다…….

새벽 4시에 일어나서 출근하기 위해 옷을 입고 있는 모든 신문배달원과 청소부를 생각했다. 고운 도매상 사모님처럼 다시 잠이 들었지만 잠시 후에 일어나서 '독자 코너'에 내 글이 실렸는지 확인하려고 우편함으로 살금살금 걸어갔다. 오늘은 아무것도 실리지 않았다. 실망. 이제 다시 일주일을 기다려야 한다. 독자는 좀더 자주 목소리를 낼 수 있어야 한다.

## 9월 7일 토요일

헤르만손*이 레보스쿨렌에서 선거 연설하는 것을 들었다. 그후 호수에 갔다. 커피와 롤빵을 가지고 갔다. 수영 스트로크를 300번 하고 맛있는 커피를 세 잔 마셨다. 멋진 날이다…….

*당시 스웨덴 공산주의 좌파당 대표

## 체코슬로바키아에 대해 말하기, 베트남에 대해 침묵하기

그들의 흰 양심을 지니고
그들은 서둘러 간다.
그들의 완벽한 분노
그리고 그들의 마이크
그들은 널리 말한다.

자유와 억압에 대해.
그들의 입에서는
참으로 거짓된 소리가 난다.
정당 경계 바깥에서는
참으로 위선적인 일치가.

그들 모두가 모이는
이 무인지대에서
자유는 그들에게는 흰색이지만
억압은 절대 그렇지 않다.

_ 라세 쇠데르베리

## 1968년 9월 17일

〈비〉, 〈큐리렌〉, 어제 자 〈아프톤블라뎃〉을 대강 훑어보았다. 아직 아침 10시도 안 되었지만 그래도 커피에 곁들일 빵과 호밀빵을 구워놓았다.

잡지 〈비〉에는 『앙네스는 누구인가』라는 책에 대한 글이 실렸다. 칼망누스 폰세트는 그 글에서 평범한 남녀 독자들이 읽은 책을 통해 어떤 경험을 할 수 있는지 그들에 대해 설명한다. 이에 대한 라디오 프로그램이 있었지만 들을 시간이 없었다. 내가 문학 작품을 통해 얻은 모든 훌륭한 경험을 설명할 수 있다면 어떨까. 예를 들어 내가 유나스 루베 알름크비스트를 읽었을 때 말이다. 정말 멋진 시간이었다……. 사실 어떤 작가도(어쩌면 누군가는) 나를 무관심하게 지나치지 않았다. 만나는 모든 사람처럼 모든 작가는 줄 것이 있다. 모호하게 들리겠지만 그렇다. 그에 대해 인지하지 못하더라도 새로운 사람을 만나거나 책을 읽을 때 그 두 가지 모두에서 일부 경험하게 된다. 완전히 무의미한 사람은 없다. 책세상에서의 나의 방황을 생각하면 다행히도 나는 노동자 출신 작가와 함께 시작했다. 읽기 쉽고 내가 속해 있는 환경 출신의 작가로. 그 독서 기간이 지나면 사회에 관심을 가지게 되고 자기 이외의 집단이 어떻게 살아가는지 계속 알아보게 된다. 또한 역사적 사건에서 보통 사람들이 어떻게 반응하느냐가 매우 중요하다는 점도 깨닫는다.

지금 나는 티베트-중국 시대에 있다(읽을 시간이 더 많이 있다면). 어젯밤 달라이 라마의 삶의 세번째 부분을 읽었다. 거기에서 달라이 라마는 중국의 침략 이후 티베트의 시대에 대한 자기의 견해를 말한다. 인도 망명 부분을 막 읽기 시작했다. 스티그와 군에게 받은 책에 이어 이 책을 읽으니 재미있다. 두 영국 언론인이 자신들이 본 것과 겪은 것을 정치적 입장과 상관없이 그곳 티베트에서의 삶을 묘사했다. 그들은 그곳 사람들과 이야기했으며 자기들이 경험한 것을 전해주었다.

중국에 대해 충분히 읽을 수 없다. 너무 큰 나라다. 오랜 문화의 나라, 그곳에서는 많은 일이 일어났다. 중국에 관한 얀 뮈달의 책을 빌려주었다. 돌려받지 못할까봐 조금 불안하다. 나는 내가 좋다고 생각하는 그런 책들을 너무 빨리 빌려준다. 한수인의 책 『2001년의 중국』은 흥미롭다. 그 책에서 중국의 최근 역사에 대해 많은 것을 알 수 있다. 그 책은 빌려주지 않는다.

빌려준 책들을 읽었는데도 그 책들을 그리워한다. 그 책들이 방에 다시 꽂혀 있을 때 정말 기쁘다. 그 책들은 나와 함께하는 가장 멋진 동행들이다. 칼망누스 폰세트는 작가와 '앙네스' 사이에는 아무런 접촉이 없다고 말한다. 스스로를 대변해야 한다면 나는 늘 작가들을 일종의 성스러운 인물들로 여겨왔다. 노동자 출신 작가들을 읽을 당시 그들 중 그 누구에게도 편지를 쓸 엄두를 내지 못했다. 그렇게 하면 그들이 나를 구경거리로 만들 것이라고 믿다시피 했다. 또한 내가 그들의 작업에 방해가 될 수 있다고 생각했다. 평범한 '앙네스'는 작가에게 답을 구하는 것에 대해 전혀 생각하지 않을 것이다. '앙네스'는 독서 경험에 감사할 수 있는 것만으로도 매우 기쁠 따름이다. 나는 프리데고드에게 편지를 써서 라슈 호드 연작에 감사를 표한 적이 있었기 때문에 몇 년 동안 더 용감해졌다. 편지를 보낼 때 조금 두려웠던 기억이 있다. 부적절한 행동을 했다고 생각했다.

작가와의 두번째 연락은 지난겨울 문화의 필요성에 대해 논의한 텔레비전 프로그램 이후였다. 다그마르 에드크비스트는 내가 생각하고 있던 것을 말했다. 재빨리 편지를 써서 에드크비스트에게 보냈다. 나는 그 편지에서 책이 없으면 삶이 얼마나 암울할지를 이야기했다. 아, 우편으로 『반딧불이』를 받았을 때 얼마나 당황했던가. 에드크비스트는 책에 자기 이름과 다정한 인사를 적어주었다. 기쁨으로 몸이 떨렸다. 『밤은 은혜롭다』를 막 읽었다. 자연지대에서 산업지대로의 그린란드의 변화에 대한 멋진 설명. 이 책이 오래도록 남아 있는 한 멋진 날들. 이 책에서 그린란드에 대해 많은 것을 배웠다.

아마 오랫동안 술바리스베겐에 갇혀 있었을 것이다. 하지만 동시에 티베트에서 기름등잔의 연기를 느꼈고 라싸에서 기도 깃발들이 펄럭이는 소리를 들었다. 칸첸중가 산괴를 올랐다. 『펠릭스 아라비아』를 누비고 다녔다. 고대 이집트시대에 살았다. 중국의 동굴에서 거주했다. 미국과 아시아의 대도시 빈민가에서 비좁게 살았다. 런던과 영국 시골에도 가보았다. 스웨덴도 책을 통해 여행했다. 쇠데르만란드의 시골에, 티베덴의 숲과 노를란드의 숲에 가보았다. 또한 많은 나라의 강제수용소와 지하 감옥에도 가보았다.

숫자를 그다지 좋아하지 않는데, 왜 수학 강좌 수강을 시작하는지 누군가 설명할 수 있을까? 지금 펜팔 친구 벨리, 아니면 아이들에게 편지를 쓸 시간이 그리 자주 있지 못하다(내가 계산을 한다면 아마도 그들에게 좋은 일이겠지). 내가 완전 문맹은 아님을 증명할 수 있어야 하기 때문인 것 같다(물론 강좌를 이수한다면). 답보 상태다. 여덟 살짜리 아이가 풀 수 있을 정도로 숫자가 설명되어 있어도 최소공배수를 찾아내기 어렵다고 생각한다. 그래도 〈비〉의 십자말풀이 말고 다른 것과 씨름하니 재미있다. 숫자를 풀 때 정말 행복해진다. 곧 자전거를 타고 청소하러 갈 것이다.

## 1968년 10월 22일

아주 최근에 세 명의 우주비행사가 11일간의 지구 일주를 마치고 귀환하는 모습을 텔레비전에서 보았다. 그들은 63바퀴를 돌았다. 텔레비전을 켤 정도로 호기심이 매우 강했으나 라디오 방송으로도 충분했다. 하지만 호기심이 이겼다—나는 보고 싶었다. 그들이 내려앉은 장소를 헬리콥터가 발견하는 데 오랜 시간이 걸렸기 때문에 위기 같았다. 무엇 하나 빠짐없이 완벽하게 진행되었다. 그들은 불에 타지 않았다. 텔레비전을 보면서 얀에게 입힐 스웨터를 떴다. 허릿단 고무뜨기 부분 뜨는 것을 잊어버려서 풀고 다시 뜨는 수밖에는 답이 없다. 지구에 살아도 생각이 있어야 하는 법이다.

곧 다시 일을 시작할 것이다(더이상 사치스러운 삶을 살아서는 안 된다). 어떻게 될까? 아침에 침대에서 일어나면 가끔은 한동안 하지정맥류가 있는 다리로 설 수가 없다. 두번째 수술은 그리 큰 효과가 없었다. 여러 번 바닥을 터벅거리며 돌아다니면 경련은 사라지는데 허리가 더 아프다. 낮에는 통증이 사라지지 않는다(가만히 있자마자 힘이 빠진 허리는 아프다).

보이안과 카린이 어제저녁에 왔다. 작고 귀여운 보이안은 내가 소설 공모전에 응모할 수 있음을 깨달았다. 알바 뮈달과 라슈 윌렌스텐, 저명인사 다수가 심사하는 공모전에.

"문제가 많은 나라에 대한 글을 써봐." 보이안이 말했다. 공모전은 정치소설과 관련이 있었다. "신문에서 오린 공지에 재채기를 세 번 했어." 보이안이 말했다.

공모전 공지를 신문에서 오려서, 그리고 그곳에 재채기를 세 번 해주어서 보이안에게 고맙다. 내가 무언가를 잘한다고 사람들이 믿을 때 기분이 좋다.

정치적 상황은 1950년대 한반도 위기 이후로 그래왔던 것처럼 괜찮고 느긋하다. 아일랜드에서는 가톨릭교도들이 오랫동안 개신교도들에게 차별을 받았다. 가톨릭교도들에게는 더 열악한 노동, 더 열악한 주택 등이 주어졌다. 그리고 오직 집이나 돈이 있는 사람들만 투표할 수 있다. 1909년 이전의 스웨덴에서와 마찬가지로. 지금은 아일랜드가 심각하다. 해럴드 윌슨은 그곳으로 갈 것 같다. 하지만 윌슨은 아일랜드 분쟁에 아무것도 할 수 없을 것이다. 알렉세이 코시긴과 우르호 켈레바 케코넨은 헬싱키 외곽에 있는 '사리초'라는 배에서 만났다. 두 사람의 분위기는 화기애애했다. 진지한 케코넨은 미소를 지었고 코시긴은 웃음을 터뜨리며 러시아에 와서 물고기를 잡으라고 초대했다(참 우스꽝스럽게 들린다).

나는 베가, 헤타와 숲의 '달리기 길'을 달렸다. 달리기는 아마도 너무 과한 말일 것이다. 우리는 터벅터벅 걸었다. 그런 다음 노벨 육상 경기장 안의 멋진 방들을 보았다. 멋진 공간들을. 늑목을 보게 되었지만 한때 체조에서 배웠던 기술 중 하나를 해보려고 했을 때 실망했다. 두 다리로 이리저리 움직이지 못했고 그곳에 매달려 링식 스웨덴 체조의 기쁨을 다시 경험해보려 했다. 그럴 때는 늙은 것이 조금 슬퍼진다. 그렇지 않으면 결코 나이를 생각하지 않았다. 대신에 나는 이 지상 여정을 곧 마무리할 정도로 나이가 많은 것이 좋다고 생각한다. 이제 〈세계와 우리〉를 들을 것이다.

추기. 공모전에 응모할 정치소설의 제목은 다음과 같다.

*"수없이 많은 바닥을 닦으며"*

스웨덴에서의 마약에 관한 프로그램을 들었다. 〈가족 거울〉은 늘 시사 문제를 다룬다. 니코틴 악습은 어려울 것이라고 생각한다. 나 스스로가 이 악습에 통제되기 때문에 나는 내가 무엇에 대해 말하는지 알고 있다. 지난가을 금연하기로 하고 실행을 다짐한 스티그와 내가 서로의 손을 잡았던 3일 동안 나는 정말 행복했다. 멋진 날이었다. 욕망은 순순히 사라졌다. 나와 군의 어머니가 초대받은 예테보리에서 우리는 조금 돌아다녔다. 칼스타드에서 군의 어머니는 구운 칠면조와 고급 채소를 가지고 왔다. 우리는 셸가탄에 있는 군과 스티그의 작고 멋진 아파트에서 그들과 함께 어울리며 먹고 즐겼다. 그날 저녁 우리는 무베리의 『지상에서의 당신의 순간』을 보았다. 담배 없이. 아, 예테보리에서의 멋진 순간, 그리고 멋진 날들.

재흡연은 칼스쿠가의 집에서 시작되었다. 스티그는 다시 담배를 피우지만 나와 똑같은 증오심을 가지고 있다. 군은 이윤이 '자본가'에게 돌아간다는 생각으로 금연하려 할 것이다. 우리는 아주 좋은 이유라고 생각했다. 군은 일주일 동안 금연했다. 빌어먹을 노릇이다……. 아무도 시작을 강요하지 않았는데도 악습의 노예가 되었다는 것이. 항상 슬프다는 것은 이상한 일이 아니다. 우러를 것이 없다. 전쟁과 실업과 굶주림.

물론 칼스쿠가에는 굶주림이 없다. 방금 크론할렌에 다녀왔다. 그곳에서는 시식만으로도 배를 채울 수 있다. 치즈볼, 디저트, 진저브레드 비스킷 등등.

우리가 크론할렌의 먹을거리 천지 사이를 걷는 동안 나는 친숙한 인용구들을 생각했다.

"우리는 살기 위해 먹는다.

우리는 먹기 위해 살지 않을 것이다."

우리의 거리에는 새로운 일이 일어나지 않는다. 22년 전 이곳으로 이사했을 때와 다를 것이 하나도 없다. 아무도 자기 말고 다른 것에 대해서는 이야기하지 않는다. 이 거리의 모든 사람은 어떤 면에서는 뒤처지고 있다. 우리는 늘 그래왔듯이 삶을 살고 있으며, 또한 늘 그래왔던 것에서 달라질 수 있다고 아무도 생각하지 않는 것 같다. 모든 것은 지속적이다.

## 1968년 10월 17일

병가 후 벌써 저녁 청소를 두 번이나 했다. 생각보다 더 괜찮았다. 그리고 오늘 저녁에는 수학 강좌에 갈 시간이 있다. 아직도 수학의 신비는 이해가 많이 안 되지만 한번 더 시도한다. 초등학교에서 수학을 배운 것은 37년 전이다. 수학 선생님은 차분하며 보이는 것만큼이나 수업을 잘한다. 울라가 예테보리에서 전화했다. 그곳에서는 멕시코 관련 시위에 쓸 전단지를 1만 6000장 찍었다. 그곳 동지들은 밤마다 일했다. 내일 우편으로 전단지 몇 장과 클라르테*가 발행한 멕시코 특집호를 받을 것이다. 청년들은 세상의 불합리한 상황들을 보여주고자 한다. 그것이 무엇에 대한 일인지 이해하는 중년은 많지 않다. 그저 스포츠와 정치를 엮지 말라고 말할 뿐이다. *정치는 바로 사회에서 일어나는 모든 일이지 않은가.*

*1921년에 설립된 스웨덴의 사회주의 운동단체

물론 이는 예술이다. 적어도 녹초가 되기 시작할 때, 청소 도구든 파지든 무엇이든 들고 돌아다닐 때 하복부가 꽤 묵직한 느낌이다. 〈아프톤블라뎃〉에 청소 관련 기사가 실렸다. "청소부의 모습은 예전 같지 않다. 그들은 청소 기계를 몰고 다니며 한번도 손에 물을 적실 필요가 없다." 그럴 리가! 최신 청소 기계는 그리 많은 곳에 있지 않으며 나는 예전 청소부와 같은 모습이다.

피제수와 제수가 머릿속에서 맴돈다. 무엇으로 계산을 시작해야 했을까? 또한 왜 곱하기, 나누기, 더하기, 빼기가 같은 숫자에 들어 있는지 이해할 수 없다. 정말 시원찮다.

오늘 한 소녀가 나에게 왔다. 약에 마취된 상태로. 소녀는 크리스티네함에 있는 의사에게 진료를 받았고 지금은 병가중이었다. 집과 일터에서 오랫동안 스트레스와 압박을 받은 후 소녀는 지금 매우 슬프고 힘이 다 빠졌다. 작고 귀여운 에바는 의사에게 계산할 수 없다고 말했다. 에바는 상점 직원이기 때문에 이는 에바에게 불행이다. 에바가 한 말에 따르면 의사는 이렇게 말했다. "에바, 계산을 꼭 할 수 있어야 하는 것은 아니에요. 좋은 판단력을 갖는 것이 더 중요해요." 에바는 나에게 와서 좋은 판단이 무엇을 뜻하는지 물었다. 나는 할 수 있는 한 최선을 다해 대답하려고 노력했다. 작고 귀여운 소녀는 너무 힘이 빠졌다.

훌륭한 작가가 된다는 것은 엄청난 기쁨일 것이다—내가 가끔 쓴 것을 심지어 나도 조금 느낄 수 있을 때. 걸음을 멈추고 "당신이 쓴 그 글은 좋았습니다"라고 말하는 사람을 나는 느닷없이 만난다.

저 위쪽 유메오에 내가 쓴 '무언가'를 본 '누군가'가 있을 수 있다고 얀이 말한다! 라슈는 또다른 도시에서 내가 쓴 '무언가'를 읽는 소녀를 만났다.

추기. 10월 24일 밤 나는 숫자 하나에서 최소공배수를 번개같이 빨리 구하는 법과 분수를 다른 종류의 분수로 바꾸는 법을 배웠다. 수학을 손에서 놓은 지 40여 년 만에 이를 해낼 것이란 생각은 하지 못했다. 기쁘다.

청소를 마치고 온다. 지금. 라슈는 수학여행을 가기 위해 잠에서 깨어나야 한다. 동네는 여느 때와 마찬가지다. 류트의 집 지하실은 물에 잠겼다(떠다니지 않는 것이 없었다). 류트는 쉬지 않고 양동이로 물을 퍼내지만 이내 다시 물이 가득차기 때문에 무의미하다. 내가 너무 지쳐 있을 때 물에 잠기면 어떻게 될까? 이에 대해 전에 알아본 적 있어서 불행 후 깨끗해지기 전에 그것이 얼마나 힘든지 알고 있다.

나에게 만족을 주는 무언가를 하지 않고 다시 하루가. 하지만 누구는 '그'가 1968년에 한 무언가에 만족감을 느낄 수 있을까. 오늘날 우리는 고통과 불행에 대해 너무 많이 알고 있다. 1시간 또는 한순간은 만족이나 기쁨을 느낄 수 있을 테지만, 결코 그

이상은 그럴 수 없다. 우리는 오늘날 너무 많이 알고 있다.

지중해 지역은 곧 배로 가득찬다. 정확히는 요트가 아니다. 러시아군은 구축함 열 척, 잠수함 열 척, 유도탄으로 무장한 대형 군함들을 보유하고 있다. 그곳에 미국의 배가 얼마나 많은지는 모른다. 미국은 '가장 뛰어나'기 때문에 아마 두 배는 많을 것이다. 재클린과 오나시스는 밀월을 아주 길게 보낼 시간이 없을 터다.

내 멕시코 사태 선전은 시원찮다. 가방에 전단지가 들어 있지만 사람들과 대화를 시작할 시간이 없다. 내가 이야기를 나누는 사람은 모두 빙고가 아니면 바쁘다. 관심사가 빙고일 때 그들은 꽁무니의 로켓을 떼어버리고 몇 시간이나 인내심을 가지고 가만히 앉아 있다. 읽을거리를 조금 주어도 되는지 물어보면 대부분은 "신문을 읽을 시간이 없어요"라고 대답한다. 자기와 스텐잉바르 말고 다른 데 관심이 있는 사람들은 분명히 있을 테니 그런 사람들을 만나기를. 최근에 스텐잉바르나 스텐 닐손 중에 누가 가장 아름답게 노래를 부르는지 3시간 동안 토론한 다과회가 생각나서 그 이름을 언급했다. 그들 중 누가 가장 아름다운 목소리를 지녔는지. 아, 그렇다…….

저녁에 여동생 군이 이곳에 왔다. 우리는 텔레비전에서 광고의 힘에 대해 보았다. 스웨덴은 광고비로 20억 크루나를 쓴다. 개발도상국 지원금 액수보다 다섯 배 많다고 텔레비전에서 말했다. 군은 학교 동창회에 갈 것이다(학교를 다닌 지 35년이 지났다).

저녁 내내 학창시절 추억을 경험하면 곤란하리라고 생각한다. 삶의 단 하루도 되돌리고 싶지 않다. 어린 시절도, 청소년기도, 지금의 내가 속해 있을 중년도. 저녁에는 『안데스산맥의 폭풍』을 읽을 것이다. 나는 수학에 약하다.

날이 갈수록 점점 더 혼잡해진다. 재앙으로 끝난다(아마도 원자폭탄 폭발). 요즘에는 1945년 히로시마에서 사용된 그런 작은 장난감 폭탄은 다루지 않는다. 그렇다. 지금은 핵물질이 더 풍부하다. 라디오에서 1000배 더 강력하다고 보도했다고 나는 생각했다. 지금 핵실험 시험 중지 협상이 5년 동안 진행되고 있다. 금지에 대한 실질적인 어떤 합의도 없이. 점점 더 많은 나라가 핵폭탄 방위邦威를 확보하고 있다. 그렇다. 1968년을 산다는 것은 무척 재미있는 일이다.

어제 오후. 크룬할렌에 있었다. 우리를 포함하여 계산대로 밀어닥치는 사람들이 네 줄이나 꽉 차 있었다. 계산대로 가는 동안 장바구니에 물건들을 집어넣었다. 싸게 파는 물건들을. 룩수스 커피, 캔 수프 한 통과 비스킷 두 봉이었다. 계산대에 오니 초콜릿을 공짜로 나누어주고 있었다. 그런 줄에 서 있는 동안 줄곧 초특가 할인판매 제품들을 탐욕스럽게 찾는다. 모든 식품 더미를 앞뒤로 살피며 시선은 진열대 선반의 틈새를 샅샅이 훑는다. 아침에 라디오에서는 식량 배송이 시작된 비아프라에 대한 도움을 호소했다. 비아프라의 일부 지역에는 이미 식량 배급량이 줄어들었다. 먹여 살려야 할 사람이 무척 많다. 우리가 장을 볼 때 호사를 누리며 공짜 초콜릿을 받는 동안 날마다 뼈만 앙상하게 남았을 정도로 야윈 많은 환자가 여전히 목숨을 잃는다. 우리는 우리를 잡아채기만 할 뿐인 무서운 체제에 아주 깊이 뿌리를 내리고 있어서 우리가 아무리 비참한 느낌이 들더라도 우리는 우리의 삶을 이어나간다.

헤타와 나는 50주년을 기념하는 한 은행에 들어가 있었다. 우리는 옛 칼스쿠가의 모습을 담은 사진들을 보았다. 1918년의 식량 부족 항의 시위를 찍은 사진이 같이 있었다. 우리는 맛있는 커피와 케이크를 대접받았다. 커피 탁자에는 흰 탁자보가 깔려 있었다. 우리는 은행 고객이 된 것 같은 느낌이었다. 우리가 게걸스럽게 먹는 동안 초등학생 아이들이 뛰어와서 비아프라를 위한 모금을 했다.

분수를 영리하게 바꾸는 법을 배우지 못하고 다시 하루를. 때때로 새로운 숫자를 아주 잘 이해하고 덤빈다. 그런 다음 정답을 보면 그곳에는 내 종이에 있는 것과 똑같지 않은 총합이 있다. 다시 처음부터 시작한다. 내일 우리는 다시 수업이 있다(만일 내가 갈 엄두를 낸다면)—내가 얼마나 어리석은지 인정하고 싶지 않을 정도로 자기만족적이라고 상상해보라. 얀이 수학과정을 다 마쳤다는 사실을 이해하지 못한다. 잘했어. 지금 날마다 칼스쿠가를 벗어나고 싶은 마음이 간절하다. 매일매일 아는 사람을 만났는데도 이야깃거리가 없어 난처하다. 어느 날 저녁 퇴근하고 집에 오는 길에 비에르크분 시절의 직장 동료와 마주쳤다. 30년 전. "언제 저녁에 330밀리리터짜리 술 한 병 가지고 갈게." 동료가 말했다……. 젠장, 330밀리리터 가지고 뭐에 쓰겠나……. 동료는 자기 제안에 행복해 보였지만 나는 말문이 막히다시피 했다…….

우리는 한창 젊었을 때 330밀리리터짜리 술 한 병을 나누어 마셨다. 동료가 다시 떠올리고 싶었던 순간이었다. 자기 청년기에서 되살릴 수 있는 것은 없다. 쉰 살이 되면 다른 사람이다.

추기. 울라가 담배를 끊었다…….

오늘 라슈는 최근에 토요일마다 해온 것처럼 베트남 모금통을 들고 서 있다. 시내는 크지만 모금통에는 모금액이 그리 많이 모이지 않는다.

## 11월 1일

모든 성인의 날. 무시무시한 날씨. 어제 내내 내린 차갑고 매질하는 듯한 비는 그저께 밤에 시작되었다.

저녁에는 천둥도 조금 쳤다. 두 차례의 강력한 굉음, 그리고 어둠을 두어 번 밝혀준 번갯불. 오늘 아침 도로는 혼잡했다. 가엾은 부포슈 직원들에게는 생각해볼 형편없는 휴일 노동 가산 수당이 있다. 직원들이 몇 분 지각한다면 급여 일부가 깎인다. 우스운 일이다. 규정을 지키느라 그들은 교통사고를 내서 본인도, 다른 사람들도 죽일 수 있다. 오늘 한시도 빼놓지 않고 신문배달원과 집배원을 생각한다. 오랫동안 신문배달원으로 일해서 추운 날들을 기억한다.

차에 치여 다쳤을 때 그 일을 그만두었다. 오후 3시인데, 소름 끼치는 날씨가 이어진다.

시내 거리 곳곳에는 바람에 날려 쌓인 눈 더미에 갇힌 차들이 서 있다.

오늘은 이제 이 일이 어떻게 될지 백분율을 계산할 것이다. 바깥 추위 속에서 일하는 사람들에게 바치는 시 한 편을 막 써보려고 했다. 괜찮은 글이 나오지 않아 보내지는 않을 것이다. 시 쓰기는 어렵다! …… 이런 날에 카르빙 선생은 집배원이 되어야 했을 것이다. 선생은 몸을 쓰는 일이 머리를 쓰는 일보다 더 쉽다고 생각한다……. 논의할 가치가 있다. 어쨌든 이런 날에는 몸을 쓰는 일이 최악이며, 이런 날 추위 속에서 노동을 한 후에는 오랜 시간 피곤함을 느낀다. 어제와 오늘 같은 날을 보낸 후에는 매우 피로해진다.

존슨은 북베트남 폭격 중지를 선언한다.
우리는 존슨의 말에 아무런 감명을 받지 않는다.
존슨의 말을 믿는 사람은 더이상 아무도 없다.

감기에 걸리고 피로하다. 잠시 더 깨어 있기 위해 레몬 하나를 짤 것이다. 예테보리의 이방인을 오늘 저녁 기다린다.

〈들여다보기〉를 들었다. 퇴근해서 집에 왔을 때 바로 라디오를 켰다. 프로그램 중에는 예오리 보리스트룀 편이 있었다. 보리스트룀은 이렇게 말했다. 미국에는 지금 소련을 세 번은 파괴할 수 있을 만큼 강력한 원자폭탄이 있다. 소련에는 원자폭탄이 더 적게 있지만 미국을 두 번은 파괴할 수 있을 정도다. 미국에는 개발도상국 원조에 드는 총비용보다 더 비싼 군함이 한 척 있다.

마르크스는 다음과 같이 말한다.

> "자본주의의 딜레마는 이윤과 대중의 구매력을 동시에 높일 수 없기 때문에 위기가 필수적이라는 것이다. 위기에서 헤어나오려면 자본주의에서 벗어나야 한다."

책 제목을 어떻게 지어야 할까? 『보통 스웨덴 아주머니의 일상』? 『어느 청소부의 일기』? 아니면 『나의 의사소통 방식』? 생각해볼 가치가 있다. '책' 생각을 할 때마다 얼굴에 웃음이 가득해진다—왜 머릿속에서 그런 정신나간 생각이 떠오른 것이었을까. 도서관 한 곳을 청소하며 출판시장이 어떻게 홍수에 잠겼는지 생각한다. 책을 내는 일이 지금과 같은 속도로 계속된다면 지구는 책의 무게를 감당하지 못할 것이다.

병원 진료를 곰곰이 생각했다. 내가 공상을 아주 많이 하는, 미쳐 날뛰는 광인이라고 알려주는 데는 의사의 비싼 시간 중 1분도 채 걸리지 않았겠지. 시계가 너무 크게 째깍거려서 잠들기 어렵다. 나는 시계 두 대의 태엽을 감아놓았다. 그중 하나는 엎어져 있다. 그렇게 해놓지 않으면 작동이 되지 않는다. 아침 무렵에서야 잠이 들면 어쩌지. 그러면 자명종 소리를 하나도 듣지 못할 것이다.

## 1968년 아버지의 날을 앞둔 저녁

너무 많은 글쓰기 작업에서 혼선이 생겼는데, 어떻게 또는 어디서 시작해야 할지 모르겠다. 책상에는 수학 강좌에 쓸 종이가 놓여 있다. 펜팔 친구 벨리에게 보내려고 쓰기 시작한 편지가 있다. 독자 코너에 보낼 크리스마스 추억을 적은 편지지가 있다. 북유럽박물관이 보낸 자전거 추억 설문지가 있다. 지금 내 생각에는 어리석은 교수에게 부치려고 쓰기 시작한 시 한 편이 있다. 등등.

아버지의 날*에 브릿에게 축하를 받았다. 브릿은 항상 늙고 추한 노파인 내 생각을 한다. 브릿은 내가 자전거를 타고 출근하는 길에 옷을 따뜻하게 입기를 바란다. 그래서 오늘 멋진 스타킹 한 켤레를 장만했다. 브릿이 왔을 때 돼지처럼 누워서 자고 있었다.

어제 '북유럽'**에서 푼돈을 받았다. 할렐루야……!

오늘 라슈는 크리스티네함에 있으면서 베트남 소식지를 팔았다.

지금 시각은 11월 12일 새벽 1시. 자크 쿠스토의 『살아 있는 바다』를 방금 다 읽었다. 아주 멋진 책들을 빌릴 수 있다는 것, 소중히 여길 일이다. 심해 잠수에 대해 읽는 일은 매우 흥미진진하다. 다른 세계에 존재하기. 지금까지 들어본 적 없는 많은 물고기와 다른 해양 동물 보기. 산호초의 아름다운 빛깔을 체험한 다음 동화 세계 속으로 연이어 더 깊이 들어가기. 담녹색, 분홍색, 흰색, 파란색, 노란색이 번갈아 보인다. 동물과 식물 모두. 은빛으로 빛나는 가느다란 대왕산갈치들(산호 촉수에 걸렸다면 은

*11월 10일 일요일

**북유럽박물관

빛 비늘 폭포 속에서 흩어진다). 아름다운 의상을 입고 물속을 누비는 바둑판무늬 물고기들. 청록색 문어들. 그리고 정말 깊은 물에 희고 타는 듯한 빨간 문어들. 아, 참 멋진 책이다. 참 멋진 세계…….

5년 동안 탐험대는 홍해 속에 가만히 있으면서 수천 개의 암포라*를 올려보냈다. 암포라는 기원전 1000년에 가라앉은 선박에 남아 있었다(일부는 온전하게).

책의 마지막 장은 지중해에서의 핵폐기물 배출을 다루었다. 이 일은 1950년 초에 있었다. 전문가들은 바닷물과 생태계가 파괴되고 있음을 깨달았다. 일찍이 1950년대에 일부 사람은 오늘날 많은 사람이 아직 모르는 것을 알고 있었다. 본인이 볼 수 있는 것과 취할 수 있는 것 이상에는 관심이 없는 그런 사람들을 생각한다. 모든 것이 그런 식이다. 우리는 각자의 세상에서 살아간다. 지구의 미물인 우리 모두가. 가끔은 사람과 사람 사이의 거리가 석기시대에서 원자력시대로 가는 것 같다. 동일 문화를 지닌 같은 나라에 사는 개인 간의 거리마저도 끔찍히 멀다. 최근 수년 동안 공부 선전이 매우 강렬했는데도 대규모 집단의 사람들은 일과 공부를 병행할 힘이 없었다. 그들은 뒤처졌다. 일부 어른이 초등학교 4학년 과정에 있다고 라디오가 전했다. 그들은 (거의) 어린이였을 때와 똑같은 생각과 똑같은 가치를 지니고 있다.

하지만 나는 그들이 어떤 과정에 있어도 걱정하는 모습을 상

*고대 유럽에서 쓰던 손잡이가 달린 용기

상한다. 아무도 그 걱정에서 벗어나지 못한다. 매순간 끔찍한 일(원자폭탄의 폭발)이 일어나기를 기다린다.

우리집에서 처음 기름보일러가 작동했을 때 내가 느낀 걱정 비슷한 것을 모두 느낄 것이다. 밤마다 '지금 터진다'는 느낌이 들었다. 소파는 기름 탱크 위 한복판(사이에는 바닥)에 있다. 그곳에 누워 있었고 그곳에서 잘 터였다. 순환 펌프가 작동하는 소리가 들렸다. '느닷없이, 나는 허공을 날고 있어' '천 가지 사소한 일 속에서' '하지만 내 뒤에는 아무런 아름다운 은 먼지가 없어'라고 나는 생각했다.

오늘날 산다는 것은 그렇다. 사람들은 *폭발*을 기다린다.

우리나라 인텔리들이 모종의 문화대혁명에 대한 걱정을 하고 다니는지에 대한 여부를 알고 있는지. 나는 거의 그렇다고 믿는다. 많은 라디오 프로그램에서 임금, 노동 만족도, 주택 등에 관한 문제인 평등 같은 것들을 다룬다. 어느 조교수는 라디오에서 모든 사람을 변하게 했어야 한다고 말했다. 가끔은 생산노동을 하고 가끔은 공부할 수 있도록. 마오쩌둥의 생각은 운 좋게 중국 외의 많은 나라에 퍼졌다.

내일 서른 살 그리스 남성이 사형을 당할 것이다. 남성은 사면 요청을 원하지 않는다. 텔레비전이 오늘 저녁 화면에서 남성의 모습을 보여주었다.

남성은 지난 8월 군사정권 관계자 한 사람을 죽이려고 했다.

이제 형을 받아야 한다. 젊고 아름다우며 진지한 남성이 죽기를 원한다. 남성은 사면을 원하지 않는다. 끔찍한 일이다. 사람들은 누군가가 삶의 의욕에 대해 표현하는 것을 거의 듣지 않는 편이다. 세상이 너무 썩어 기쁨은 순간에만 존재할 뿐이다. 수백만 명의 굶주리고 억압받는 사람들을 가까이에 두고는 아무도 행복할 수 없고 삶의 의욕을 가질 수 없다.

*세계 혁명 만세.*

남아프리카공화국 총리 헨드릭 페르부르트 박사는 선주민 문제 담당 장관 시절 아프리카인의 훈육과 교육에 대한 정부의 '견해'를 밝혀야 했을 때 다음과 같이 설명했다.

> "일부 단순노동으로 대표되는 수준 위에 있는 우리 유럽사회에서는 그냥 그 사람(아프리카인)의 자리가 없을 뿐입니다."

이는 남아프리카공화국의 법이 어떤지를 보여주는 예다. 백인 초등학생 1인당 학비는 연간 약 64파운드가 드는 데 반해, 아프리카인 어린이는 9파운드가 든다. 인도계 또는 유색인 어린이는 16파운드가 든다. 백인은 열여섯 살까지 의무교육이고, 비백인 어린이의 교육은 산발적이며 불충분하다는 것이 사실이다. 백인에게는 적용되지 않는 셀 수 없는 통행증과 허가 법규 위반 범죄

혐의로 연간 100만 명에 가까운 아프리카인이 체포되어 투옥되거나 벌금형에 처해진다.

(삭제)

난생처음 시위에 나설 것이다. 내일은 호찌민의 탄압받는 민중과 나라를 위한 날이 될 것이다.

내일 모두가 함께할 수 있기를!

존슨의 4월 1일과 11월 1일 폭격 중지 명령은 아무 의미가 없었다. 존슨은 중지를 명한 동시에 베트남에 있는 미군 장군들에게 폭격 여부를 직접 결정하라는 지시를 내렸기 때문이다. 민족해방전선의 위협을 느낄 때 얼마든지 폭격해도 좋다는 존슨의 약속이 있었다. 존슨에 따르면 그들에게는 네이팜탄을 마음대로 투하할 권리가 있다.

> "그리고 대통령은 지난 세계대전 당시 유럽에 투하한 폭탄의 월 평균량보다 더 많은 양의 폭탄을 수 개월 동안 베트남에 떨어뜨렸으나 이는 '대단한 자제'의 정책이라고 그는 확신했다."
>
> _ 제임스 레스턴, 〈뉴욕타임스〉, 1966. 5. 25.

> "베트콩 게릴라 소속 혐의를 받는 일부 죄수는 3급 고문을 받을 만큼 오래 생존하지 못한다."
>
> _ 〈뉴욕타임스〉 특파원, 1965. 11. 28.

네이팜탄에 대해 : "사람들은 사람을 구워버리는 것보다는 머

리를 터뜨려 날려버리는 것이 낫다고 생각하기 때문에 네이팜탄에 반감을 가지는 듯하다."

_ 미군 장교

동남아시아조약기구에 보내는 딘 러스크*의 메시지 : "미국은 절대적으로 남베트남에 남아 있어야 하며 우리는 전쟁을 북베트남으로 확대할 것이다."

_ 공산주의를 막기 위한 모든 것

*"참으로 이상한 문명 전파방식이다. 사람들에게 살아가야 하는 방법을 가르치기 위해 사람들을 죽이는 것으로 시작하다니."*

_ 호찌민

두통이 재발했다. 오늘 저녁 청소일을 마치고 집에 왔을 때 라슈의 침대에 쓰러졌다. 라슈의 침대는 누워 있기 매우 좋다. 거기에서는 나를 갉아먹는 문제들로 가득한 머리가 있음을 잊어버린다. 잠이 들어 라슈가 와서 자기 침대를 원했을 때까지 잤다. 시험공부를 하는 동안 지인의 여름 별장에서 잘 지내야 했을 딱한 울라는 공부를 빨리 중단해야 했다(공부를 시작할 시간이 전혀 없었다). 울라는 지금 위로와 도움을 필요로 하는 무척 불행한 작은 사람과 함께 예테보리로 가는 중이다.

*당시 미국 국무장관

오늘 재미있는 일이 있었다. 아들 셋이 동시에 소식을 전했다. 우편함에는 스티그가 보낸 편지와 얀이 보낸 책 소포가 있었다. 그것들을 가지고 집에 들어왔을 때 울라가 전화했다.

지난 토요일 시위는 잘 진행되었다. 우리는 14명이었다. 전단지 배포 등의 일을 모두 마친 후 나는 인구가 4만 명에 육박하는 도시에 더 많은 사람이 나오지 않은 것이 조금 이상하다고 생각한다. "미국은 베트남에서 나가라"라고 쓰인 피켓을 들었다. 이것은 지금 유일하게 중요한 일이다. 미국은 너무 오랫동안 그곳에 있었고 너무 많이 파괴되었다. 오늘 저녁 벨리에게 편지를 썼다. 〈아프톤블라뎃〉의 독자 편지란을 통해 벨리를 만나서 재미있다.

수학 숙제는 내일로 미룰 것이다. 지금은 할일이 너무 많다.

일부 목사가 임금 인상을 요청하고 있다. 교제 활동비가 많이 든다고 말한다. 특히 그들에게는 '스웨덴인'에게 커피를 자주 대접하기 때문에 대형 커피세트가 있어야 한다. 〈전국일주〉의 렌나트 스반은 오늘 룬드의 젊은 신학자들이 저 딱한 목사들에게 플라스틱 커피잔을 사줄 돈을 모았다고 말했다.

유럽이 형성될 당시 땅은 두꺼운 얼음층으로 덮여 있었다. 빙하시대. 아마도 이제 유럽의 일부는 종말에 가까워졌을 것이다. 어쩌면 땅은 두꺼운 버터층으로 덮여 있을지도 모른다. 버터기. 텔레비전에서 스웨덴과 핀란드의 버터층이 얼마나 넓은지 보았다. 스웨덴과 핀란드는 생산되는 모든 버터를 저장할 냉장시설을 지을 여유가 없다. 혹서기가 길어지거나 전력이 끊기면 녹을 것이다—햄릿이 말했듯이 세상은 이음매에서 어긋나 있다. 버터가 너무 많아 문제가 생길 것이라는 생각은 전혀 해본 적이 없다.

평상시와 마찬가지로 뉴스가 텔레비전과 라디오에서 계속 나온다. 오늘 뉴스를 통해 남아메리카에서는 5초마다 어린이가 한 명씩 굶어 죽는다고 들었다. 작년에 그곳에서는 어린이 50만 명이 굶주림으로 목숨을 잃었다. 수억 명이 실업 상태라서 사람들은 저 높은 사망률에 만족할 것이다. 한 교수는 (죽지 않고) 살아가는 사람들은 여전히 극심한 영양실조 상태에 있다고 말했다. "지금 시각은 11시 55분입니다"라고 예오리 보리스트룀이 말한다. 스티그가 말한다. "이미 12시가 넘었습니다." "우리에게는 굉장한 용기가 있어야 합니다"라고 군나르 뮈달이 말한다.

1968년 11월 24일 일요일

라디오 프로그램을 바꾸어 듣는 일이 정말 빈번하다. 먼저 무베리의 〈개척민〉을 청취했다. 오늘 저녁 청취자들은 금을 캐는 사람들과 로베트의 비극적인 죽음을 들었다. 매주 일요일 저녁에는 1시간 동안 라디오 연속극에 귀를 기울였다. 전에 들은 적이 있었는데도 듣지 않을 수가 없다. 결코 무베리에 질리지 않을 것 같다. 아, 나중에 라디오를 끈다면. 그래. 산드로 케이오베리의 〈긴급 상황〉은 좋았다. 하지만 그후……. 오늘 저녁에는 기술에 대해 다룬 〈일요일 라디오 신문〉. 시를 쓰도록 입력이 가능한 컴퓨터. 그런 계산기는 1초에 덧셈 수십만 개를 계산할 수 있다. 컴퓨터 지옥의 덧셈 센터를 단어 센터와 연결하면 음악이 된다. 세상은 어디로 가는 것일까. 사람들은 그런 프로그램에 불안해진다. 젠장, 모든 자동화 앞에서 얼마나 떨리는 느낌이 드는지.

## 11월 26일

울라가 어제저녁에 왔다. 잠시 집에 있으면서 책을 읽겠다고 말한다. 피곤하다. 어제 이곳에서는 네 명의 '아주머니'와 커피를 마시는 자리가 있었는데, 이런 자리는 받아들이기 너무 힘들 것 같다. 내용 없는 수다에 몹시 지쳐간다.

오늘 전기와 수도 사용료로 235크루나를 냈다. 이제 다음달 15일까지 라디오 수신료를 낼 50크루나 지폐가 있다. 내가 쓴 글에 대한 대가를 받게 되어 멋진데, 대가를 받으리라고는 생각하지 못했다.

오늘 〈어른들이 가장 많이 알고 있을까요〉에서 정답을 맞혀 책 한 권을 받았다.

라슈와 울라는 지금 열심히 일하고 있다. 그 아이들은 "크리스마스 중단" 캠페인 일을 하고 있다. 이제 어떻게 될지. 상점들에는 불필요한 물건이 차고 넘친다. 진열장은 하찮고 작은 물건들로 무너진다. 이제 뉴스를 들은 다음 정오에 잘 것이다.

2년이라는 시간 동안 청소 일터 중 한 곳에서 커피잔들을 씻었다. 오늘 반장은 그 일에 대해 아무런 대가도 받지 못한다는 사실에 대해 말했다.

## 1968년 12월 2일 월요일

닥터 비오티에게 방금 전화했다. 무료 보호대 맞춤을 위해 정형외과 전문의에게 제출할 진료의뢰서를 부탁했다. 그렇게 빨리 진행되지는 않는다. "시간이 무척 오래 걸립니다"라고 닥터 비오티가 말했다. 먼저 진찰을 받아야 한다. 어레브루로 가는 버스가 너무 비싸 그곳에 갈 수 없다니, 망할 놈의 세상이다.

오늘 나는 릴메타가 스쿡스엥에서 아파트를 문질러 닦는 일을 도와주었다. 릴메타 가족은 오늘 아파트에서 나갈 것이다. 그들은 40년 동안 그곳에서 살았으며 무엇을 간직하거나 버릴 것인지 알기 전에 챙겨야 할 작은 물건이 많았다. 나는 오늘 오전 5시 30분에 그곳에 있었고 오후 4시까지 계속 일했다. 릴메타는 직장을 (하루를 통째로) 쉬었다. 가끔 릴메타가 몸이 부서져라 청소했기 때문에 나는 그 애가 짐을 쌀까봐 두려웠다. "크리스마스 중단" 시위에 참가할 시간이 없었다. 릴메타의 집에서 오자마자 바로 잠자리에 들었다.

퇴근 후 바로 보이안에게 갔다. 그녀는 내가 쓴 시 「내 동네에서」를 벽에 붙였다. 보이안은 진짜 모피 재킷을 주었다. 옷은 착한 사람들에게서 몽땅 받는다. 보이안은 허리가 아프다. 내 허리는 지금 괜찮다(부정 타지 않기를 빈다). 울라는 일자리를 찾으려고 다시 예테보리로 갔다. 그 아이는 양배추 푸딩과 이불을 가지고 갔다. 잘 자렴.

예사롭지 않은 일을 겪었다. 스톡홀름 시청 청사의 블로 할렌에서 열리는 노벨 연회였다. 물론 텔레비전으로.

춤을 추며 노는 사람들이 있다는 것을 거의 잊었다. 앨버레즈가 인터뷰했다. 그는 이전에도 블로 할렌 연회에 네 번이나 사용되었던 조끼를 입고 있었다. 다른 노벨상 수상자들이 입었던. "조끼는 대기시간 동안 옷장 안에 있는 신발 상자에 들어 있습니다" 라고 미국의 앨버레즈가 말했다. 일본인 가와바타 야스나리는 아내와 같이 방송 중 두세 번 보였다. 이제 염기서열의 알파벳이 좋은 결과를 가져오기를. 딱한 과학자들. 그들은 자신들이 좋은 것을 발견했는지, 그렇지 않은지 결코 알지 못한다.

아니, 가와바타 야스나리의 작품으로 아마도 즐거워질 것이다. 문학 다음에 불행해질 수 있을 것 같지는 않다. 하지만 기술 분야에서 일하는 저 딱한 사람들. 그들은 그들이 발견한 결과가 무엇인지 알지 못한다.

울라가 청소를 도와주었다. 울라는 열이 있었지만 그래도 합류했다.

얀이 이번에 학교 시험을 통과했다고 전화했다.

블로 할렌에서 노벨 연회를 하지 않는 이들, 모두 잘 자요. 모든 보통 노동자들 말이지요. 그리고 억압받는 모든 사람, 잘 자요.

성녀 루치아 축일 이야기는 '독자 코너'에 실리지 못했다. 신문사 말에 따르면 이야기가 너무 길었다—모든 신문 편집자가 〈긴급 사항〉에 나오는 이바르 루-유한손의 말에 귀를 기울였기를 바란다. 루-유한손은 단편소설을 옹호했다. 젊었을 때 그와 다른 청년노동자 작가들은 그들의 작품을 일요일 신문 부록에 실었다고 그는 말했다. 오늘날 단편소설 출간을 원하는 편집자는 없지만 유명인 가십 기사와 스포츠 기사, 광고를 편집자들은 넘치게 받는다. 루, 힘내요. 말 잘 했어요.

이곳은 평상시와 똑같다. 극도로 편하지 못하다. 이웃 아주머니들은 올해 착한 사람들에게 크리스마스 선물을 살 돈을 받았는지 물었다. 오늘 칼스쿠가 기념기금에서 200크루나를 받은 일을 그들에게 알릴 수 있다(망할 놈의 돈 같으니). 이 말은 기념기금에서 받은 돈을 뜻하는 것이 아니다. 그 돈이 있어서 기쁘지만 내 말은 자선제도를 의미한다. 역시 북유럽박물관에서 15크루나를 받았지만 나는 그 돈을 받으려고 일을 했다. 울라는 스투르셰프 슈퍼마켓에 가서 빵, 마가린, 밀가루 등등을 산다. 바깥은 캄캄하고 답답한데, 집안도 그렇다. 난방장치가 있는 현대적인 집에 살 때 우울해지는 일을 상상해보라…….

요르단 계곡과 다른 곳의 난민들도 아마 우울할 것이다. 지금

요르단 계곡 지역은 우기 이후 진흙투성이라고 오늘 아침 라디오에서 울레 톨그라벤이 전했다.

이제 하루 중 2, 3시간이 지났다. 마오쩌둥은 어디에선가 대략 이렇게 말한다. "매시간 유념하십시오. 단 1시간도 되돌려받지 못합니다."

요양원에 갔다. 실로 내가 가고 싶은 유일한 곳. 나이 많은 사람들 사이에서 더 즐거운 느낌이다. 사람의 인생 말년이 어떠한지 알면 슬프리라 여겨진다. 아파서 일어나지 못하고 침대에 누워 있는 상태, 변비, 동맥경화증 등. 하지만 그곳을 방문한 후 무척 차분해진다. 노화나 끔찍한 무언가가 이상하다고 생각하지 않는다. 꽃과 풀은 시들고, 때로는 사라지기 전에 썩음을 생각한다— 만일 내가 죽기 전에 몇 년 동안 아파서 일어나지 못하고 침대에 누워 있다면 우리 아이들도 그렇게 생각할 것이다. 이제 내 돈을 세어보고 내일 헤타, 베가와 같이 크리스마스 쇼핑을 하러 갈 수 있을지 확인할 것이다.

마르키타키스, 당신은 너무 불행해요. 동물처럼 쫓기고 있어요. 스트라스부르-오슬로-스톡홀름-런던-파리, 그리고 이제 그리스로 돌아왔군요.

거짓말이 진실이 될 수 있다고 상상해보라. 군사정권은 마르키타키스가 이전에 말했던 것을 철회하게 했다. 마르키타키스는 군사정권이 가족을 괴롭힐까봐 두려워 군사정부가 자신에게 하는 모든 것에 동의한다. 다른 그리스인은 노르웨이에 남아 있다. 스트라스부르의 법정 앞에서 증언할 것이다. 악과 권력에 맞서 아무것도 할 수 없다는 것. 가엾은 마르키타키스.

얀이 크리스마스 휴가로 집에 왔다. 얀은 지금 누워서 쉬고 있다. "실수하지 않는 것이 중요해요." 얀이 침대에 쓰러지기 전에 말했다. 울라는 간밤에 아들들 방을 페인트칠했다. 지금은 문을 페인트칠한다.

〈칼스쿠가 티드닝〉에 보낼 독자 투고를 썼다. 어제 엘리사베트가 청년들의 야단법석인 피켓에 대해 투덜거렸다. 우리는 밤낮으로 피켓을 들어야 했다.

엘리사베트는 깨어 있는 청년들의 시위와 피켓 드는 일을 슬플 정도로 오해했다. 청년들은 엘리사베트가 말한 계명에 따라 산다. "너희는 남에게서 바라는 대로 남에게 해주어라" 등. 청년들은 모든 사람에게 세상에 만연한 폭력과 억압에 대한 의식을 일깨우고자 한다. 행동에 나선 청년이 욕을 한다면 용서를 받을 수 있다. 살고 있는 집이 불에 타고 있을 때 예의를 갖추기란 쉽지 않다. 청년들은 '사람들'이 생각할 수 있도록 주의를 환기해야 한다. 또한 엘리사베트는 청년들이 시위 대신 일을 해야 한다고 말한다. 나는 평생 열심히 일한 중년 부인이다. 하지만 내 인생에서 가장 잘한 날, 즉 내가 시위에서 "미국은 베트남에서 나가라"고 적힌 피켓을 들었던 날로 생각한다. 세상의 재앙을 막기 위해 무언가를 하는 유일한 사람들은 엘리사베트가 두려워하는 청년들이다. 우리는 청년들이 다른 많은 사람처럼 그들의 지위 문제에 대해서만 일하지 않는다는 점에 감사해야 한다. 청년들은 모든 노동자의 복리를 위해 애쓴다.

아들들은 오늘 민족해방전선의 8주년을 맞아 모금을 했다. 울라는 오늘 아침 소식지를 팔고 나서 어레브루로 갔다. 오늘 저녁에는 앨런 긴즈버그의 시에 대한 라디오 프로그램을 들었다. 특히 다음 행에 꽂혔다.

"머나먼 사이공을 둘러싼
살아 있는 피의 장막."*

베트남에서 일어나는 일을 더 잘 표현할 수 있는 사람이 있을까. 긴즈버그에 따르면 미국은 정신이 나갔다. 집단 히스테리와 집단 폭력. 미국은 곧 지구를 산산조각 낼 것이다. 정부는 미쳤으며 청년들을 자살로 내몰고 있다. 이미 1950년대에 긴즈버그는 이렇게 말했다. "우리는 양차 세계대전보다 더 큰 재앙에 다가가기 시작하고 있다."

스모그는 뉴욕을 질식시킨다. 사람들은 더이상 눈으로 서로를 볼 엄두를 내지 못하고 환경은 지성을 공격한다. 음식에서는 플라스틱맛이 난다. 긴즈버그의 어머니는 정신병원에서 세상을 떠났다. 그는 길을 잃은 나라 미국에서 어머니가 겪은 고통에 대한 장시를 썼다.

텔레비전에서 어느 교수가 하는 말을 들었다. 자동차에 대한 교수의 견해는 나와 같다. 교수는 "자동차는 유럽에서 사람들을 망가뜨렸습니다"라고 말했다. 그는 이 주제에 관한 책을 썼다. 모든 것은 자동차를 위해, 그리고 자동차를 둘러싸고 만들어진다. 나는 "사람들에게 절대로 개인 자동차 운행을 허용하지 말았어야 했는데"라고 말한다.

*앨런 긴즈버그, 「위치타 소용돌이 수트라 II」 중에서

## 1968년 크리스마스이브 전날

오늘 벨리에게서 편지를 받았다. 브릿에게서 루비카 털장갑 한 켤레와 장갑 한 켤레를 받았다. 또한 브릿에게 멋진 가죽 모자도 받았다. 내가 쓰던 모자도 브릿의 선물이다. 브릿은 오랜 세월 동안 제 어미에게 어머니 같은 존재였다. 아주 어렸을 때 브릿은 내가 왕만두처럼 옷이 너무 커 보이지 않게 내 옷을 관리했다. 브릿은 늘 나를 돌보고 내가 슬플 때 나를 위로한다. 얀은 먹을 것을 살 돈 100크루나를 주었다. 이날은 모든 것이 매우 만족스러웠다.

어제저녁에는 카린과 카린의 어머니, 시그리드가 이곳에 와서 담소를 나누었다. 모자가 달린 아름다운 회색 모피 외투 차림을 한 시그리드는 우아했다. 우리는 문학에 대해 조금 이야기했다. 시그리드는 점자를 읽고 카세트테이프에 녹음된 문학 작품을 듣는다. 울라는 자고 있고 얀은 어린 시절 친구에게 갔다. 라슈는 좌파당 청년연맹 사무실에서 일한다. 브릿과 페테르는 베가와 아투르의 집에 앉아 잠시 대화를 한다. 세계의 인구 절반이 굶주리고 있고 베트남에서는 전쟁중이라는 사실을 믿을 수 없다. 하지만 오늘 민족해방전선 전사 82명과 미국인 12명이 죽었다. 이곳에서 우리는 글뢰그를 마시고 있고 지금 라디오에서는 노래가 흘러나온다. "불러도 될까요, 소년들의 노래를 불러도 될까요……."

## 1968년 12월 31일 새해 전야

1968년이 모래 속으로 흘러들어가기 전에 글을 몇 줄 쓸 것이다. 곧 오후 5시다. 울라와 라슈는 목욕을 했고 나는 누워서 쉬고 있었다. 12시. 새해가 시작되자마자 우리는 이웃에 사는 에스타 에릭손 씨에게 갈 것이다. 우리는 에릭손 씨의 예순 살 생일을 축하할 것이다(우리는 우리가 사는 거리의 전통을 고수한다). 이번에는 잔돈 모금 행사를 준비했다. 케이크와 꽃도.

울라와 나는 아직 청소를 하지 않았다. 우리는 청소로 새해를 시작해야 한다.

그 밖에는 보통 때와 같이 우울한 분위기다. 이스라엘은 레바논 비행장을 폭격했다. 비행기 15대가 파괴되었다. 이스라엘은 폭격이 아랍인들의 이스라엘 여객기 납치에 대한 응답이라고 말한다. 평화가 지금처럼 위협받았던 적은 없었다. 미국은 여느 때와 마찬가지로 (점점 더 많이) 베트남에 폭탄을 쏟아부었다. 무게가 40톤인 폭탄……. 새해 복 많이 받으세요…….

우리가 에릭손 씨에게 가기까지 1시간 30분 남았다. 지금 글을 쓸 자유시간이 있지만 너무 피곤하다. 책상 서랍에 있는 종이를 치워야 한다. 너무 많은 쓰레기 없이 새해를 시작하고 싶다. '독자 코너' 기고문은 크리스마스 때까지 오지 않았다. 25크루나 상금을 받을 것이라고 예측했다. 곧 일기장을 다 쓸 것이다(하지만 다행히도 나는 그렇지 않다).

늘 피곤하다. 여무진 야외생활을 시작하기로 작정했다. 기름보일러가 생겼을 때부터 시간이 있지 않은가. 하지만 집에 들어갈 수 있다면 한낮에도 눕는다! 그러고는 곧장 잠이 든다. 최근 낮잠을 자면서 꿈을 많이 꾸었다. 꿈에서 할아버지와 나는 앉아서 크리스마스트리 캐러멜을 잘랐다.

또다른 꿈에서는 아시아 문제를 아투르에게 큰 소리로 읽어주었고 가장 최근 꿈에서는 (오늘) 살베리 여사와 여사의 아들이 나에게 수표를 써주었다(친애하는 살베리 여사님, 고마워요!).

텔레비전에서는 어제 과잉사회에 관한 영화를 보여주었다. 현실에서와 똑같다. 사람들은 쓸 수 있는 물건들을 버렸다. 그저 새로 사기 위해. 이 드라마는 아파트 쓰레기 활송 장치에 얼마나 많은 것이 투기되는지를 목격하는 환경미화원에 관한 것이다. 아마 우리 주변에는 너무나도 많은 물건이 있을 것이다. 엄청 많은 그릇, 엄청 많은 옷. 나는 전혀 무엇을 사지 않음에도 불구하고 적어도 가느다란 천 조각으로 쓸 멋진 옷을 많이 얻는다. 거의 모든 것을 사용할 수 있어서 오직 선택의 문제일 뿐이다. 유행이 지났거나 같은 옷을 입은 다른 사람을 보았을 때 버려진다. 이 드라마는 다음 말로 끝맺는다. “이 나라에서 필요한 유일한 것은 자본이다.”

이는 지극히 사실이다. 먹을 것은 유독 비싸다. 올해 소득은 1만 3000크루나인데, 세금을 공제하고 나면 1년 동안 고생하여 번 돈은 8000크루나다. 이 금액으로 자본주의 나라에서 살아가기란 쉽지 않다. 스웨덴이 북베트남을 인정한 오늘 벨리에게 편지를 쓰려고 했지만 이제 잠자리에 들 것이다. 내일 아침 일찍 일어나야 한다.

그날 밤에는 1분도 잠을 자지 못했다. 저주받은 영혼처럼(내가 그렇지 않은가) 나를 이리저리 비틀었다. 옷을 입고 보온병에 따라놓은 커피를 마시고 자전거를 타고 출근해야 한다. 아마 날이 밝아올 무렵에 자고 싶어질 것이다. 오랫동안 잘못된 일상 리듬으로 지내고 있다. 지금 울라가 불안하다.

알프 헨릭손이 텔레비전 쇼에서 보여준 것처럼 인생이 행복하다면. 그는 사실 완전히 만족한 모습이었다. 헨릭손은 교양이 높은 사람이다. 그렇다면 그것은 더 이상하다. 알면 알수록 더 비참한 느낌이 든다고 나는 미련하게 믿었다. 하지만 사람은 문학의 세상 같은 곳에 틀어박힐 수 있음이 분명하다. 그곳에 남아서 행복할 수 있다. 평범한 세상으로 나가자마자 너무 빨리 불안을 느낀다고 나는 믿는다.

## 1969년 1월 31일

지금 대기는 소용돌이치는 흰 눈송이로 가득하다. 이 광경은 나에게 어린 시절 기억을 떠오르게 한다. 클라랄룬드의 아버지 방에 앉아 있었다. 무쇠 난로는 불꽃을 튀기며 지지직 소리를 냈다. 아버지의 방은 매우 따뜻했고 편했다.

오늘은 (지붕 등마루까지 저당을 잡힌) 내 집에 앉아 있다. 따뜻한 것이 하나도 없다. 편한 것이 하나도 없다. 흥겨운 것이 하나도 없다. 그저 그렇다. 새로 산 『매파의 해』가 내 옆에 놓여 있는데, 새로 산 책으로는 전혀 보이지 않는다. 어제저녁 (야간 독서용으로) 이 책을 소파 옆 바닥에 놓았다. 그러다가 밤에 시계를 볼 때 '물잔'을 쏟았다. 『매파의 해』는 지금 건조대에 놓여 있다.

아, 진짜 매파들도 건조대에 놓여 있었다면, 매파들이 실제보다 덜 효과적이었다면. 그랬다면 아마 세계의 긴장은 완화되었을 텐데.

어제저녁 미술관의 쿠바 전시회에 갔다. 그곳에서는 쿠바 영화가 무료 상영중이었다. 영화 한 편은 사탕수수에 관한 것이었다. 쿠바의 땅은 비옥하고 멋지다. 쿠바가 자국의 설탕을 합리적인 가격에 팔 수 있다면 좋았을 텐데. 악마 같은 무역 장벽으로 일부 국가는 그렇게 할 수 없다.

현재 세계의 군사 무장 비용 총액은 연간 1400억 달러다.

*6000만 명이 넘는 사람이 무기 산업에 종사하고 있다.* 현재 국방 지출은 전 세계 개발도상국들의 국민소득 총합을 초과한다. *800만 명이 넘는 미국인이 그들의 일을 통해 국방부에 의존하고 있다.*

당신은 그 나라를 아는가
대포 꽃이 만발하며
전 세계에
꽃가루를 뿌리는 나라
전쟁을 수정시켜서
전쟁이 피딱지에서 터진다
출혈은 전 세계에
석회를 뿌린다
포탄 같은 양귀비
그 나라를 아는가
대포 꽃이 만발하는
그 나라를 아는가
모른다면 그 나라 이름은 스웨덴이며
호숫가에 있다.

_ 라슈 포셀

"미군 병사들이 원해서 베트남에 있다는 주장을 누가 하겠는가? 그들은 군대에 징집되었고 명령에 복종하는 지혜를 배웠다. 그들은 국방부 장관의 명령으로 베트남에 파병되었고 장관은 미스터리에 싸여 있는 대통령에게 지시를 받는다. 풀밭에 엎드린 채 반쯤 굶주리며 떨고 있는 베트남 소작농이 시야에 들어오면 방아쇠를 당기는 베트남의 야전 병사. 그는 정책과 계획을 수행하며 명령만 따를 뿐 그 명령이 무엇인지는 거의 알지 못한다. 사람들은 병사를 텔레비전 슬로건과 월드 시리즈에 단단히 빠져들게 했다. 그가 알고 있는 것은 모종의 임무를 수행하도록 배정받았다는 사실뿐이다. 병사는 훈련이 잘 되어 있고 최선을 다한다. 그는 일을 잘한다. 임무를 훌륭히 수행하여 상관들을 기쁘게 하고 싶어할지도 모른다. 병장이 되거나 더 나은 사람이 되고 싶어할 것이다. 병사는 신병 훈련소를 퇴소하고 나서야 누구를 죽일지 알게 되었다. 스웨덴인을 죽일 준비가 된 채로 나갈 수도 있었다. 그런 명령을 받는다면 그는 스웨덴인을 죽일 것이다. 와츠의 경찰관도 마찬가지다. 경찰관 본인 스스로 그곳에 있는 것이 아니다. 그들은 모두 배치되었다. 그들은 무엇을 하고 무엇을 하지 말라는 말을 들었다. 그들은 경찰관으로 고용되었을 뿐이다. 그들이 이 더러운 땅의 모든 더러운 게토에서 계속 무언가를 한다면 이는 그들이 명령을 따르고 있다는 것을 뜻한다. 그들이 명령에 복종한다는 것을!"

_ 엘드리지 클리버, 『차가운 영혼』

"인간들이 생각하지 않다니, '정부'에게는 이 얼마나 행운인가. 명령을 내리거나 집행하는 일만 있을 뿐이다."

_ 히틀러, 1942년 1월 좌담에서

"대중은 간청하는 사람보다는 명령을 내리는 사람을 선호하며 자신의 편에서 다른 사람을 관용하지 않는 이론에 내심 더욱 만족해한다."

_ 요제프 괴벨스

## 일요일 저녁

울라는 아직 칼스타드에서 오지 않았다. 울라의 방향 상실은 어떻게 될까. 자기 위치가 어디인지 알기란 어려울 것이다. 혼돈 상태에서 자신이 어디에 있는지 알 수 있는 일종의 위치 파악 유지를 할 수 있는 지푸라기를 잡고 있어야 한다. 내 지푸라기는 청소일이다. 대걸레를 지푸라기라고 부를 수 있지 않을까. 그 고된 일을 할 힘이 있는 한 내 삶의 위치를 알고 있다.

오늘 정오에 재미있는 일이 있었다. 브릿이 스키를 타고 이곳에 왔고 우리는 뢰타스쿠겐 숲을 향한 들판 아래에서 1시간 넘게 스키를 탔다. 우리가 여전히 공짜로 공기를 마실 수 있어서 아주 좋다. 대도시에 사는 사람들 모두 딱하다. 도쿄에서는 공기가 너무 탁해 거리에서 근무하는 경찰관들은 산소통이 필요하고 이따금 안으로 뛰어들어가 깨끗한 공기를 마셔야 한다. 오늘 우리는 들에서 깨끗한 공기를 마셨다. 해는 없었지만 공기는 놀랍도록 겨울답게 신선했다.

## 1969년 2월 2일 일요일

울라는 칼스타드주립병원에 다시 입원중이다. 오늘 병원에서 전화가 왔다. 면회 금지 연락이었지만 내일 꽃다발 전보를 주문할 수 있게 브릿이 10크루나를 주었다. 집에서 전하는 간단한 안부 인사. 간호사는 울라의 병이 홍콩 독감인지 아닌지 알지 못했고 이제 병원에서 검체를 채취한다. 보이안이 이곳에 와서 '베트남' 동아리로 책을 가지고 갔다. 이번 주말에는 1분도 운동을 하지 못했다. 부풀어오른 두꺼비 같은 느낌이 든다.

## 월요일 저녁

울라는 상태가 호전되었지만 여전히 열이 높다. 스티그가 예테보리에서 전화했다. 스티그는 노를란드 순회공연 후 돌아왔다. 오늘 우리는 이곳 집에서 '문학' 동아리를 시작했다. '문학'이라고 하니 제법 우아하게 들린다. 나는 헤타, 베가와 일주일에 한번 만날 것이다(그리고 흰소리만 하지는 않을 것이다). 우리는 조금 덜 이야기하는 법을 배워야 할 것이다. 우리는 시를 한 편 멋들어지게 읽고 시에서 무엇을 얻는지를 이야기한다. 아니면 우리가 좋아하는 산문 단편을. 헤타는 셰익스피어의 작품을, 베가는 유한 류드빅 류네베리*의 작품을 읽었고 나는 단어와 그 단어의 의미에 대해 조금 이야기해보려고 했다.

모든 슬픔의 한가운데에서 즐거운 시간이었다.

내일 라슈와 나는 브릿의 집에서 피테팔트**를 맛보라는 초대를 받았다. 어제저녁에는 예테보리에서 연주 음악을 들었다. 스티그가 전화하여 그 프로그램에 참여하고 있다고 말했다. 라디오에서 흘러나오는 스티그의 목소리를 들으니 정말 재미있었다(스티그는 인터뷰를 했다).

스티그가 말하는 동안 그 아이가 부엌에서 한쪽 벽을 닦았던 때를 기억했다. 당시 나는 어렸던 울라와 얀을 데리고 자전거를 타고 볼일을 보러 가고 없었다. 트랜지스터라디오는 오래전 스티그가 닦았던 벽에 세워져 있었다. 오늘 저녁 '벽에서' 스티그의

*19세기 핀란드의 대표적 스웨덴계 문인
**돼지고기로 속을 채운 북부 스웨덴식 만두

목소리를 들었다. 스티그는 음악에 대해 말했다.

어제 나는 라슈가 자산 조사를 통한 학업 보조금 지급을 거부당했다는 통지를 받았다. 나는 작년에 1만 3000크루나를 벌었다. 매달 계단 청소로 85크루나를 추가로 받는다. 하지만 나는 그 돈을 수입으로 계산하지 않는다. 기름보일러 설치 대출 상환으로 바로 빠져나가기 때문이다. 이제 학업지원국에 직접 서류를 써서 내야 한다. 나는 모든 서류 양식에 너무나도 질렸다.

하룻밤을 지하실에서 보낸다. 세계혁명에서 쓸 기치를 만든다.

목공에 문외한인 터라 시행착오를 고스란히 따른다. 나무 삼각대에 천을 고정하는 일이 어렵다. 이곳저곳 펄럭거리고 울퉁불퉁하여 깃발 글씨가 서로 겹친다.

글씨가 제대로 보여야 한다. 죽어라 일한다. 하지만 재미있는 작업이다. 이례적인 것을 위해 좋은 일을 하고 있다는 느낌이다. 꿈에서 나는 깨어 있는 상태에서 연습하기 시작한 〈인터내셔널가〉를 부른다. 아무 단체에도 들어가지 않았기에 젊어서는 전혀 부르지 않았던 노래를. 어쨌든 지금은 잠들어 있는 상태와 깨어 있는 상태 모두에서 세계연방 소속이다. 문서를 작성하거나 조항 몇 개를 한마디 한마디 반복하지는 않았지만 법령은 머릿속에 있다.

*모든 억압의 철폐. 공동체를 위한 발전과 모든 소수 집단과 모든 해방군에 대한 이해.*

조너선 셸의 『벤숙 마을』. 미국 학자가 쓴 이 책(르포르타주)을 읽는다면 (다른 작가들을 통해) 이전에 알았던 것을 다시 알게 된다. 남베트남을 북쪽의 공산주의에서 구하려는 미국의 시도는 사실 상상할 수 있는 가장 부당한 것이다. '사람들'은 좋은 것에서 미국적 불행으로 구제되기를 원하지 않는다. 작은 마을에 사는 사람들은 자신들과 자신들의 땅에 맞는 방식으로 살기를 원한다. 민주화(폭격당하는 것)를 원하지 않는다. 마을 사람들은 도움을 받는 베트콩에게 세금을 낸다. 이들은 이 점을 이해하고 있지 않은가. 미국으로부터는 아무런 도움을 받지 못한다. 사람들은 평화 회복(자신들의 집이 불타는 동안 난민수용소로 이주당하는 것)을 원하지 않는다. 미국인들은 사방에서 베트콩을 찾고 있다. 난민수용소에는 "자유와 민주주의에 오신 것을 환영합니다"라고 쓰인 커다란 표지판이 세워져 있다. 난민수용소에 살면서 남편(대개 민족해방전선 전사 아니면 미국인이 말하듯 베트콩이다)과 헤어지는 것이 무슨 자유인가. 베트남인의 집은 초토화되고, 논은 네이팜탄에 맞아 불타며(사람들도 그렇다), 땅이란 땅은 모두 유독가스에 불타 못쓰게 된다. 모든 것이 너무나 부조리하여 장군들이 인간인지 궁금하다. 그들은 야수와 괴물이다.

화학전은 이미 1961년에 시작되었다. 화학 무기 살포 비행기 조종사들은 뉴욕-워싱턴에 해당하는 범위의 모든 것을 파괴하라는 명령을 받았다.

*슈퍼 네이팜탄은 눈과 물, 양쪽에서 다 탄다.*

미국 공군이 1965년 초부터 북베트남의 마을과 도시에 24시간 퍼부은 폭격에서는 네이팜탄, 백린탄, 레이지도그 산탄 투하가 작전의 통상 절차에 들어가 있었다.

레이지도그는 길고 가늘며 면도날처럼 예리한 강철 날 250개가 들어 있는, 수류탄과 비슷한 폭탄이다. 그런 폭탄 40발이 원통 용기 하나에 들어 있으므로 강철 날은 모두 1만 개인 셈이다. 레이지도그 산탄은 북베트남에서 인구 밀도가 가장 높은 지역에 쉴새없이 떨어졌다. 강철 날은 넓적한 칼처럼 생겼으며 주민들 위로 비 오듯이 떨어져 하나도 남김없이 베어버린다. 타인호아성에는 그런 폭탄이 1만 개가 떨어져 성 하나에만 강철 날 수억 개가 흩뿌려졌다.

"그때 그곳에서 살아남은 사람들과 만났으며 희생자들의 친척들과 이야기를 나누었다."

_ 미국인 랠프 쇼언먼, 버트런드 러셀의 비서, 1966

나는 지금 잠을 잘 수 있기를 바란다. 되풀이되는, 불안 속에서 꼬이는 커다란 문제 하나. 어느 아름다운 날 모든 것을 파업한다. 베트남에서 폭격이 늘어날 뿐임을 알고 있을 때 평상시처럼 계속 일할 힘이 없다. 닉슨이 경기장에 등장한 후 더욱더 그렇게 되어가는 것 같다. 1954년 린든 B. 존슨 상원 의원은 베트남을 지옥으로 만드는 일을 망설였다. 래드퍼드와 당시 부통령이었던 닉슨은 즉시 큰 망치(원자폭탄)를 쓰려고 안달이 나 있었다. 우리는 닉슨에게 기대할 것이 없지 않은가.

어제 동아리 모임이 있었다. 무언가를 제대로 배우기는 힘들다. 우리는 제네바협약을 읽기 시작했다.

세계교회협의회 참가자들이 집회를 하며 한 줄로 길게 베트남을 향해 갔다면 어떻게 되었을지 미련하게도 궁금하다. 점점 더 많은 사람이 그 길에 합류했을 것이다. 그것이 소용이 있었을 것이라고, 웁살라의 회의 참가자들은 자신들이 이제 무언가를 해야 한다고 말했을 것이라고 어리석게도 믿는다.

〈문화 15분〉은 미사일 방어 무기에 대해 논했다. 날아오는 미사일을 보는 일종의 스크린으로 도시를 어떻게 보호할 것인가. 초를 다투는 문제일 수 있다(지금 윙베는 다시 그의 주장에 대한 지지를 받는다. 우리는 국방을 강화해야 한다). 카린 보이에의 『칼로카인』에서처럼 도시는 땅속에 있어야 하는가? 우리는 곧 그럴 것이다. 그뿐 아니라 정신을 고양하는 것 한 가지를 더 듣게 되었다. 브라질의 '죽음의 경찰'에 대해서. 미래에는 법원도, 변호인도 필요 없다. 경찰이 최종 선고를 맡는다. 자본주의 세계에서는 효율적이지 못한 모두가 사라진다. 스웨덴에 사는 우리는 의학적 *소시오패스*인 우리를 만들어냈다. 게다가 우리에게는 부포슈의 레이저 광선이 장착된 에스S전차가 있다. 미래는 밝다.

## 1969년 2월 14일

만세. 소득 신고가 다 되었다. 10시 조금 안 되어 세무서에 가서 12시 30분에 나왔다. 내가 직접 계산하지는 않았어도 진이 빠졌다. 해마다 혼잣말을 한다. "올해가 마지막이야. 내년에는 못 해." 나는 집이 있어서 신고가 너무 복잡하다. 주택담보대출, 대출 등을 다 받기도 전에 말이다. 집이 있으니 빌어먹을 노릇이다. 화가 나는 일이다. 흉하기도 하지. 천막 하나 없는 사람들이 살던 시대에는. 생각들이 떠다니다가 사라진다. 오늘 아침 청소하러 가는 동안 저녁 동아리 모임에서 무엇에 대해 이야기할지 알고 있었다(모임에 가면 나는 아무것도 알지 못한다). 생각 속에서 디엠 정권 아래 남베트남의 소수 집단에 대한 스벤 외스테*의 이론에 밑줄을 친다. 디엠의 테러에서 살아남은 사람들은 당연히 1960년 남베트남 민족해방전선 결성 이후 민족해방전선과 연계되었다는 사실에 말이다. 자명한 일이다. 서방의 보고서들에 따르면 미국이 남베트남에서 고문으로 있지 않았는가.

남베트남의 농민들은 아무런 재원도 받지 못했고, 폭격을 당했으며, 수확물의 80퍼센트를 소작료로 내야 했다. 그때 농민들은 민족해방전선으로 갔다. 농민들은 민족해방전선에게 손바닥만한 농지를 받았다. 농민들은 디엠의 고문을 겪었고 무슨 일이 있어도 베트콩 게릴라에게서 해방되려고 하지 않았다. 농민들은 디엠의 폭압에 대항하는 데 민족해방전선의 도움을 받았다.

*베트남전쟁 르포르타주로 명성이 높았던 스웨덴 언론인

디엠의 경찰국가에 대항하는 일에. 이번 주에는 사라 리드만*의 『하노이에서의 대화』와 해리슨 솔즈베리의 『북베트남의 미국인』을 읽었다.

*사회비판적인 작품활동으로 유명했던 스웨덴 작가

## 1969년 2월 24일

휴가가 시작되었다. 휴가 전 마지막 청소를 마치고 부엌으로 비틀거리다시피 하며 들어온 어제 오후에 2주 동안 쉰다고 생각하니 기분이 괜찮았다. 하지만 쉴 여유가 없는 것일까(5시까지 쉴 권리가). 아, 이때 무엇을 읽어야 하나라고 생각했다. 이제 휴가 첫날이 지났지만 여전히 신문을 읽을 여유가 없다. 오늘 민족해방전선에 무슨 일이 있었는지 알지 못하고 있다. 어제 텔레비전에서 불에 타버린 베트남 농촌 지역을 보았다. 미군은 점점 더 많은 병력을 배치한다. 그들은 저 가엾은 베트남의 미국식 민주화를 절대로 완성하지 못할 것이다. 저 땅에 어떻게 무언가가 자랄 수 있는가. 또한 텔레비전에서는 미국 플로리다를 찍은 프로그램을 보여주었다. 눈부시게 빛나는 초목들이 무성한 아름다운 국립공원들. 강에는 차분히 낚시하는 아마추어 낚시꾼들이 보였다. 언젠가 천재지변이나 전쟁으로 그들은 그들의 아름다운 자연을 파괴하겠지. 닉슨은 윌슨과 회담했다. 유럽 순방을 하는 동안 닉슨은 보통 사람들과 이야기를 하려고 한다. 닉슨과 대화하고 싶어하는 사람들 역시 많겠지.

브릿은 나와 같이 시내에 가서 일부 용무를 처리했다. 또한 우리는 집행관에게 갔다. 브릿은 세액 감면을 신청해야 한다는 멋진 생각을 떠올렸다. 16세 미만 자녀는 없다. 하지만 아들들 모두 '공부'를 할 때는 돈이 말라붙는다. 세무서에서 누군가가 신청서 양식 쓰는 일을 도와줄 것이라고 믿었지만 전혀 그렇지 않아서 내 옆 탁자에는 내용을 기재해야 하는 두 장의 신청서가 있다. 내가 개인적으로 써야 하는. 그중 한 장에는 다음의 내용이 있다.

> 만일 납세자의 혼인관계에서 그런 변동이 발생하여 당해 소득 연도 다음 해의 과세에서 고려되어야 한다면……. 그에 더해 (정상 참작이 요구되거나 과다한 납세액 등의) 특별한 상황이 아니라면 이 경우 세액 공제 후의 원천징수 세액의 증감분이 세액 공제 전 원천징수 세액의 5분의 1을 초과하는 경우에 한하여 원천징수 세액에 대해 세액 공제를 적용하며 세액 공제로 인한 원천징수 세액의 변동이 25크루나 미만인 경우에는 이를 적용하지 아니한다……. 소득의 변화, 소득 획득 활동에 따른 비용 공제, 일반 공제 등으로 인해 원천징수 세액이 확정 세액과 다를 것임을 납세자나 납세자가 사망했을 경우에는 그 유산이 이를 확인하거나 해당 세무 관서에 의해 그

러한 정황이 신뢰할 수 있는 수준으로 판명된다면 원천징수는 (그런 정황을 고려한 소득에 대해) 정해진 과세표에 따라 부과된다.

두번째 신청서는 힘이 든다. 세액 감면을 신청할 힘이 없다. 조금 복잡하다.

## 휴가 나흘째

라슈는 어제 에테보리에 갔다. 지금 집에 혼자 있다. 이런 사치가 다 있나. 라슈가 에테보리에 가기 전에 우리는 집에 대해 이야기를 조금 나누었다. 아이들이 대개 집을 떠나 있을 때 많은 사람이 우리집 방을 쉽게 얻을 수 있을 것이다. 라슈는 민중고등학교에 다니는 동안 자기 방을 가지고 싶다고 말했다. 라슈는 칼스쿠가민중고등학교에 다닐 것이다. 전에는 우리집에 사람이 참 많았는데, 지금 라슈는 우리가 작은 공간을 가지기를 원한다. 오늘 조금 누워 있었다. 머리가 아픈데, 홍콩 독감일지도 모른다. 이웃들이 아팠으며 병은 전염되니까. 나이가 들수록 펜을 잡기가 더 힘들어짐을 인지한다. 사실상 늘 손에 물이 마를 새가 없어서 손이 퉁퉁 부어 있다. 겨울에는 손이 쉽게 튼다. 청소부로 살면 그렇다. 완전히 쉬면 정말 좋다. 추위와 눈을 뚫으며 자전거를 타고 가지 않아도 된다. 시내에 도착하면 가끔 청소할 힘이 없을 만큼 지쳐 있다. 얼마 전 청소하는 한 곳에서 먼지를 대충 치워 한 소리 들었다. 청소 주임이 나에게 말했을 때 나는 내가 대신 불평해야 한다고 답했다. 하루에 대형 판지 상자 서너 개에는 쓰레기와 종이, 복사용액에 흠뻑 젖은 종이가 가득찬다. 상자에서 복사용액에 젖은 종이를 꺼내면 몸에 아닐린이 묻는다. 쓰레기통에는 봉투 더미가 자주 쌓여 있다. 쓰지 않은 반듯한 봉투가 100장씩이나. 한쪽에 조그맣게 이름이 타자되어 있을 뿐이다. '놀이집'*의 누군가가 타자 연습을 했겠지. 그런 봉투를 항상 집에 가져간다. 지난주에는 종이 가방 하나로 가득 집에 가져갔다. 글씨들이 조그맣게 찍혀 있는 부분 위에 손글씨를 쓴다면 봉투를 쓸 수 있다. 도시에서 종이가 이렇게 넘쳐나는 광경을 볼 때마다 베트남의 종이 부족을 생각한다.

사무실에서 봉투를 버리면 (내가 쓸 수 있어) 좋지만 어떤 사람들처럼 성격이 나빴다면 복사용지에 눈독을 들였겠지. '놀이집'을 청소하면 매일 6크루나 54어레를 시급으로 받는다. 대신 바닥과 책상은 깨끗해야 하고 쓰레기는 전부 버려져 있어야 한다.

어제 세액 감면 건으로 집행관에게 전화했다. 저하된 노동 능력에 대한 진단서가 있어야 하는지 물을 생각이었다. 나는 절대로 아주 많은 일을 하지는 않았다. 열여섯 살 아래 아이가 없다는 말을 듣자 집행관은 세액 감면을 받을 수 없다고 말했다. 신

*주인공이 청소하는 사무실 한 곳의 별칭

청서를 기재하기 어려웠다고 잠깐 언급하자 집행관은 소리를 질렀다.

"만일 직접 쓸 수 없다면 도와줄 사람이 있을 겁니다."

"저도 쓸 수 있어요. 하지만 지금 알고 싶습니다. 조세 감면을 받으려면 (아이가 열여섯 살이 넘었을 때) 한 해에 얼마나 벌어야 하나요?"

"5400크루나입니다." 집행관이 말했다.

나는 돈을 *정말* 많이 벌고 있구나!

## 휴가 여드레째

닉슨 저 나쁜 놈이 다시 미국으로 갔다. 이틀 연속 밖에서 스키를 탔다. 이것이 지금 가장 중요한 사건이다. 게다가 러시아-중국의 국경 분쟁과 독일연방의회 선거와 연관된 고조된 베를린의 위기까지 더해서. 일을 쉬는 동안은 세상일을 생각하지 않을 것이다. (보통 때와 마찬가지로) 나와 내 일만 생각할 것이다.

이제 의료보험청에 가서 조기퇴직연금 신청을 국왕에게 할 수 있는지 담당자에게 물어볼 생각이다. 예순일곱 살이 될 때까지 일할 힘이 없다. 어떤 나라에서는 아이를 다섯 낳은 여성은 자동으로 조기퇴직연금을 받는다던데. 힘든 일을 해온 사람들도. 이곳 스웨덴에서는 나이와 상관없이 남편과 사별한 여성만 연금을 받는다(진짜 아픈 사람도 받을 수 있다). 이혼한 여성은 받지 못한다. 남편과 사별한 여성은 사별 전에 피부양의 특전이 있었다는 이유만으로 연금을 받는다. 오후 3시인데도 해가 난다. 오늘 스키를 탔을 때 안개가 자욱했다. 구름 뒤로 해가 어렴풋이 보였다. 스키가 있을 정도로 부유하다니 멋진걸. 내 스키는 2년여 전에 다른 청소부 동료에게 받은 것이다. 지금 나는 '할머니'의 덧신을 신고 있다. 양말 두 켤레는 신어야 치수가 맞다. 어제 브릿과 나는 숲속의 종이테이프로 표시된 길을 따라 스키를 탔다. 전나무 사이를 지나갈 때 진정 좋았다. 오솔길에서는 해가 빛났다. 어느 한 곳에서는 알고 지내는 젊은 가족을 만났다. 그 가족은 소시지를 굽기 위해 불을 피우고 있었다. 우리는 숲속 한복판에서 핫도그 파티에 초대를 받았다. 좋은 기억으로 남는 일요일이었다. 내가 넘어진 일도 기억한다. 얼음으로 뒤덮인 스키 통행로에 머리를 정통으로 세게 부딪기는 했어도 그리 아프지는 않았다. 그럴 때는 돌머리라 좋다.

오늘은 글을 쓰기가 조금 어렵다. 펜을 꼭 쥔 손에서 펜이 작은 성냥개비처럼 느껴진다!

## 화요일 – 안개가 자욱하고 흐린 날씨

오늘은 의료보험청이나 고용청 아니면 상담자(만일 있었다면)에게 갈 생각이었다. 하지만 그에 대해 신경쓰지 않는다. 어쨌든 아무도 더 좋은 일자리나 조기퇴직연금에 도움을 줄 수 없다. 오늘 스웨덴 교회 목사 한 명이 〈큐리렌〉에 목사들이 스웨덴전문직노동조합총연맹 대신 스웨덴사무직노동조합총연맹에 가입해야 한다고 글을 썼다. 임금 인상 대신 임금 차별 철폐를 위해 싸워야 한다고. 또한 목사는 고된 노동이 쉬운 노동보다 임금을 더 많이 받아야 한다고 말한다. 하지만 우리 반장은 그렇게 생각하지 않는다. 방금 전화로 폐지를 버리는 데 2시간 더 일했다고 알리자 반장은 이렇게 말했다. "정말 2시간 걸렸어요? 힘들다는 이유로 돈을 더 받을 수는 없어요. 정말 2시간 동안 버렸다고요?"

1969년 3월 2일

*공산주의자(인간) 사냥.*

지난 4개월 동안 인도네시아는 유혈 사태를 겪었다. 현대에는 그에 비할 바 없는 이해 불가능한 유혈 사태였다. 1월 15일 수카르노는 공식 연설에서 8만 7000명의 사망에 대해 말했다……. 정통한 소식통들은 사망자 수를 20만 명까지 추산했다. 오늘날은 사망자 수를 30만 명에서 35만 명으로 추정한다.

*희생자들은 공산주의자거나 공산주의자로 밝혀진 사람들이다.*

*동부 자바*에서는 참수당한 시체 수십 구가 매일 강으로 떠내려간다.

*발리.* 집단 처형과 연이은 마을 소멸. 수라바야영사관 직원 하나는 20만 명의 사망자 수에 동의한다. 발리 인구는 200만 명이다.

*수마트라.* 사망자 수 20만 명. 보르네오, 술라웨시와 같은 다른 섬의 사망자 수까지 더하면 그 합계는 60만 명에 달할 수도 있다.

_ 〈르누벨옵세르바퇴르〉, 프랑스 주간지

1966년 4월 13일 런던의 〈타임스〉는 당시 인도네시아에서 막 돌아온 특파원의 보도 기사를 실었다. 특파원은 중부 자바에서 조직적 살인에 가담한 사람과 인터뷰했는데, 가담자는 이렇게 말했다. "10월 말 군부대가 왔다……. 그리고 공산주의자와 그들의 가족 색출이 시작되었다." 그는 말을 이어나갔다. "우리는 그들의 집을 포위하여 집에 있던 사람들을 모조리 칼로 죽였다. 그러는 동안 군은 도망치는 사람들에게 총을 쏘았다. 우리는 3000명을 죽였다. 그러고는 시체를 강이나 밀림에 버렸다."

우파 언론매체는 스웨덴인에게 스웨덴과 해외에서 일어나는 일에 대한 불완전하고 왜곡되고 정치적으로 편향된 이미지를 심어주는 일에 관한 한 언제나 잘 작동한다. 하지만 1965년 10월부터 인도네시아에서 일어나는 일에 대한 보도와 관련해서는 전적으로 믿을 수 없을 정도로 비율이 낮았다.

—— 우리에게는 삶이 한번이다. 오직 한번뿐이다.
—— 이 한번뿐인 삶을 비방과 거짓과 앙심으로 헛되게 보내지 말자.
—— 이 한번뿐인 삶을 최대한 활용하도록 노력하자.
—— 단 1시간도 되돌릴 수 없다.
—— 우리 모두의 내면에는 선보다 악이 많다.
—— 새로운 사람이 되도록 노력하자.
—— 사회주의자가 되도록 노력하자.

1969년 3월 8일 토요일

온종일 눈이 내렸는데도 날씨가 흐리고 쌀쌀하고 '캄캄하다.' 눈이 희다는 것이 보이지 않는데, 아주 우울한 일이다. 오늘은 스키 산책을 하지 않았다. 대신 도서관에 갔다. 특히 페테르 베리만의 시집 『그때 스웨덴은 죽었다』를 빌렸다. 라슈는 소식지를 팔았고 나는 시내에서 집으로 돌아왔을 때 내 방 가구 배치를 다시 했다. 침대 하나를 지하실로 치워서 조금 넓어졌다. 그저께 전화가 끊겼다. 전화가 없어도 아쉽지 않다. 그런 것은 돈이 너무 많이 든다.

며칠 전 〈큐리렌〉에 글을 쓰는 여성 언론인 한 명에게 편지로 인사를 건넸다. '독자 코너'에 보낸 편지 가장자리 위쪽에 인사말을 썼다—누가 그 인사말을 볼 수 있을지 알지 못했다. 오늘 아침 〈큐리렌〉에서 내가 쓴 인사말이 그에게 전해졌다는 사실을 읽었다. 작은 한 문장에 지나지 않았을지라도 그는 내가 쓴 인사말에 기뻐했다. 겨우 낱말 두세 개였다. 〈아프톤블라뎃〉에 글을 쓰는 군나르 베스트베리에게도 인사말을 써서 보냈다. 베스트베리는 며칠 전 "두 종류의 청년"에 대한 기사를 썼다. 내 생각에 참 잘 쓴 기사였다.

바쁘다, 바쁘다, 바빠. 찐 감자는 곧 다 익을 테고 나는 20분 후에 출근할 것이다. 오늘은 성목요일이다. 스티그는 집에 있다. 스티그는 다시 예테보리로 갈 때 살그렌스카병원에 제출할 편지를 받으러 오늘 아침 주립병원에 갔다. 스티그는 여전히 배가 아프지만 가을까지 수술을 기다리고 싶어한다. 지금 학교 공부와 음악 활동으로 많은 일이 진행중이다. 울라가 한쪽 팔에 드레싱을 한 채 막 집에 왔다. 가엾은 아이……. 울라는 지난 월요일에 살그렌스카병원에서 일을 시작했는데, 한쪽 엄지를 다쳐서 부활절 동안 병가를 쓸 것이다. 칼스쿠가에서 히치하이킹으로 올 때 이미 다쳤던 팔을 자동차 사고로 (경미하게) 또 다쳤다. 울라는 이제 밥을 먹고 목욕하고 잠자리에 들었다. 울라는 파상풍 주사를 맞은 후 몸이 좋지 않았다. 울라는 예테보리에 전화하여 당분간 일을 할 수 없다고 알려야 했다.

남아프리카공화국의 폭압이 심해지고 있다. 사형선고가 늘고 있다. 1968년 9월에는 4만 5000명이 넘는 남아프리카공화국인이 다른 나라에서는 위법으로 여겨지지 않는 행동 때문에 감옥에 갇혀 있다. 리카드 풀크(국제법률가위원회 참관인)에 따르면 그들 대부분은 고문을 당한다.

스티그, 울라, 라슈는 시내에서 소식지를 판다. 베트남과 블랙 파워*에 대한 소식지다. 나는 빵을 구웠고, 장을 보았으며, 청소했고, 요리했다(그리고 빨래도 했다).

오후에는 '사랑스러운' 대청소를 하러 갈 것이다. 왁스 청소를 할 바닥이 많고 닦을 창문도 많다. 오랫동안 그곳에 있을 수 있는 휴일 동안 대청소의 기회를 노리는 편이 최선이다. 텍사스에서는 한 청년 남성에게 플라스틱으로 만든 인공 심장을 이식했다(그런 수술은 피했으면…… 나는 플라스틱을 혐오한다). 플라스틱 심장은 열흘 동안 작동하고 심장을 멈추게 하는 사고가 생기면 교체해야 한다. 이식 수술 비용은 12만 5000크루나다. 지금 청년은 플라스틱 심장에서 침대 옆 모터로 이어진 도관을 달고 누워 있다.

*제국주의에 저항하는 흑인민족해방자결운동

전투, 전투, 전투. 여느 때와 마찬가지로 양쪽 모두 서로를 비난한다. 아무도 중재할 수 없다. 팔레스타인 난민들은 영원히 천막에서 살아야 한다. 그럴 것 같다. 새로 뽑힌 구관 골다 메이어가 안되었다. 메이어의 상황은 지금 쉽지 않다. 만일 이스라엘이 조금도 양보를 하지 않는다면 대규모 전쟁은 피할 수 없다.

정오 뉴스에서는 이렇게 보도되었다. 미국은 베트남에서 사상 최대 작전을 진행중이다. 미국은 최근에 미군 기지와 친정부 도시에 공격을 거행했던 7000명의 대규모 민족해방전선 병력을 폭격으로 섬멸하려고 시도할 것이다. 어제 온종일 커피를 마시거나 책을 읽거나 다른 일로 없앨 수 없는 그런 불안을 느꼈다.

스티그가 다시 주립병원에 가고 있는 것이 이상한가. 이 위험의 시대에 어떻게 사람의 배를 치료할 수 있을 것인가.

이런 우울한 날 『마오쩌둥 어록』에서 위로를 받을 수 있다면 좋을 텐데. 하지만 책을 읽을 힘이 조금도 없다.

일반적 걱정. 닉슨은 존슨의 정책을 이어나간다. 지중해 지역 나라에서는 매일 서로를 비난한다. 특사 군나르 야링*과 4인방은 아무것도 할 수 없다. 비아프라는 굶주림에 시달린다. 오모아히아는 나이지리아 연방군에 포위되어 있다.

미국에서는 '흑표당원'** 상당수가 잡혀갔으며 석방되려면 아무도 마련할 수 없을 정도로 많은 보석금을 내야 한다……. 내일 아침 일찍 일어나서 베트남 주간용 전단지를 돌릴 것이다. 스티그는 어제 예테보리에 갔다.

라디오 프로그램 〈시대의 거울〉에서는 스웨덴이 아테네에서 열리는 유럽선수권대회의 참가 여부에 대해 토론했다. 참가를 원하는 쪽 일부는 "만일 정부가 참가해야 한다고 한다면 우리는 가야 한다"는 중세시대 견해를 가지고 있다. 그들은 스스로 입장을 취하고 싶어하지 않는다. 정부는 '우리'가 가야 한다는 결정을 할 것 같다.

*인민의 아편;**** 바꾸어 말하면

"독일에서는 초기 중세시대부터 노동자가 관료주의적 조치로 통치를 당했으며 인민은 행정 기관의 권위를 맹신하도록 훈련

*1967년 6일전쟁 후 서아시아 지역 평화협상 과정을 총괄하는 국제연합 사무총장 특별 대표로 임명된 스웨덴 외교관

**1966년에서 1982년까지 혁명적 사회주의와 흑인의 자기방어를 주창하며 활동한 미국의 정당이자 무장 조직인 흑표당의 당원들

***윤리적 본질을 망각한 스포츠 역시 인민의 아편이라는 뜻

되어왔습니다. 무엇보다도 '개인'을 독립적으로 만드는 시도의 문제에서 말입니다."

_ 카를 마르크스가 요한 밥티스트 폰슈바이처에게 보내는 편지, 1868

이번에는 협약 교섭이 곧 타결된다. 최근 6개월 동안 교섭은 난리도 아니었다. 내가 이해한 바에 따르면 저임금노동자는 시간당 15어레를 더 받을 것이다. 좋아서 잔치라도 해야 하나. 토슈텐 랍*은 임금이 15어레의 몇 배는 올랐다.

하지제다. 무덥다. 진짜 여름이다. 하지절 잔치는 빠르게 끝났다. 부재중인 이웃 가족의 꽃에 물을 주러 갔을 때 일곱 종류의 꽃을 하나씩 꺾어 모았다. 밤에 베개 아래에 꽃을 놓는 것을 잊었다. 꽃은 부엌 탁자에 놓인 물잔에 꽂힌 채 내 옆에 있다. 붉은토끼풀, 흰토끼풀, 미나리아재비, 실잔대, 민들레, 물망초, 그리고 이름 모를 꽃 한 송이.

리네아와 류트와 나. 동네 여사님들의 나들이. 우리는 외스트라 공원묘지에 갔다. 묘지 아래로 흐르는 스바트엘벤강의 물가에 앉으려고 커피를 가져갔다. 무덤들 사이를 걷고 있자니 아는 사람들 사이를 걷는 것 같았다. "봐요, 저기 그 여자 묘야." "봐요, 저기 그 남자 묘네요." 우리는 입을 모아 말했다. 신문의 가족 경조사 광고면은 여간해서는 읽지 않아서 누가 살아 있는지,

*당시 스웨덴군 최고사령관

아니면 누가 죽었는지 알지 못한다. 묘지에서 많은 지인에게 안부인사를 할 수 있었다. 우리는 강가에서 커피를 마실 수 없었다. 그곳에는 올여름 우리를 괴롭혀왔던 작고 검은 파리떼가 수백, 아니 수천 마리가 있었다. 우리는 무덤가 벤치에서 커피를 마셨다. 나는 닐스 칼렌과 어머니와 아버지의 무덤에 흰 함박꽃을 놓았다.

저녁에는 특히 세상을 떠난 사람들 생각을 했다. (일부 사람이 믿듯이 '내세'가 있다면) 저승에 가는 일은 그리 이상하지 않을 것이다. 앞서간 지인들이 많다. 친척들과 친구들, 동료들이 그곳에 있다. 나는 얀 프리데고드가 삶에서 죽음으로의 건너감을, 이미 세상을 떠난 이들이 막 세상을 떠난 이를 어떻게 잘 받아들이는지, 여전히 살아 있는 이들을 어떻게 생각하는지를 그린 책 중 일부를 생각했다. 고통을 느끼지 않고 망자들을 해방의 방식으로 생각했다. 프리데고드는 토슈텐 욘손과 체 게바라, 그리고 많은 사람과 함께 그곳에 있다. 에스테르 헤델린도……. 지금 에스테르의 모습이 다시 나타났다. 에스테르는 오래전에 세상을 떠났지만 세상을 떠난 사람들을 생각할 때 거의 항상 그의 모습이 나타난다. 에스테르는 세상을 떠났을 때 참 젊었다. 우리는 살면서 그리 '친분이 있지는' 않았지만 에스테르가 세상을 떠난 후 우리는 어떤 면에서 서로 가까워졌다.

에스테르 생각을 자주 한다.

"많은 노동자 대중 스스로 과학적 사회주의의 날카롭고 확실한 무기를 손에 넣었을 때 비로소 모든 소부르주아 경향과 기회주의 같은 흐름은 사라지고 잊힐 것이다. 그때 운동은 더 확실하고 굳건한 터전 위에 서게 된다. 많은 대중이 그것을 실행할 것이다."

_ 로자 룩셈부르크

"사람마다 자기가 명석하다는 일종의 증명서가 있어야 할 것 같다. 가장 억압받을 때 책상 서랍에 들어 있는 증명서를 생각한다. 내 증명서는 내 위치의 상징이다. 내 증명서는 포기하지 않는 자아존중감을 나에게 준다. 문맹이 아니라는 사실에 대한 증명서가 있을 때 서양에서는 조금은 더 고귀한 감정들이 생긴다. 모두에게 좋은 증명서가 있어야 한다……."

_ 청소학사 마이아 에켈뢰브

지금 브릿이 폴케츠 파르크 공원에서 전화했다. 빙고게임에서 페테르와 브릿은 먹을 것이 들어 있는 헝겊 바구니를 받았다. 그 아이들은 30크루나를 게임에 걸었다. 브릿은 빙고게임을 좋아하지 않는다(이전에 한번 가본 적은 있다). 하지만 브릿은 먹을 것을 좋아한다. 오늘 저녁에 앞서 라디오를 들었다. 얀이 인터뷰를 했다. 청년 집단의 노동에 관한 문제였다. 얀은 라디오에서 목소리가 고왔다. 내 생각에 얀은 말을 잘했다.

빙고 – 개발도상국 문제.

변하기 쉬운 세상.

내일 새벽 3시에 일어나야 한다.

살면서 여러 번 나를 불쌍하게 여기는 사람들을 만났다. 그들은 나를 딱하게 여겼다. *대신 내가 딱하게 여기고 싶었던* 이들은 그들이었다. 그들보다 없이 살아도 내 삶은 그들보다 훨씬, 훨씬 더 넉넉하다고 생각한다. 그들은 자기들이 전혀 알지 못하는 것을 딱하게 여긴다. 그들은 나와는 다르게 삶의 가치를 평가한다. 그들이 고대하는 것은 무엇일까(고독 속에서 곰곰이 생각한다). 그렇다. 그들의 소유욕은 절대 꺾이지 않는다. 하지만 그들이 나와 같은 멋진 감정 경험을 한 적이 있는지 궁금하다(죽어 있는 것을 소유하기 때문에 전적으로 만족할 수는 없을 것이다).

게다가 그들은 나보다 더욱 전전긍긍한다는 사실을 알아차렸다.

책……. 책을 곁에 둔다면 외롭지 않다. 독방에 갇혀 있어도 고독하지 않다. 책을 가지고 다니기 때문에 책과 함께하지 않아도 내면에는 책이 있는 셈이다. 책의 세계에 한번 발을 들여놓으면 원하는 곳 어디든지 갈 수 있다.

"만일 접촉 결여와 고독이 고립, 침잠과 똑같았다면 이는 가치가 없었을 것이다. 그러나 그것은 관찰하는 것이다—지켜보는 것, 주의하는 것, 공감 능력이다. 접촉에서 스스로 자유로워질 때 비로소 인간은 인간 안에서 삶을 영위할 수 있다."

_ 얀 뮈달

어떻게 나는 정직한 시민에서 부정직한 시민으로, 아니면 그 반대로 차츰 변신해왔는가.

당신이 원하는 대로 보라. "모든 것은 상대적이다."

글을 쓰고 있는 이 종이는 슬쩍한 것이다. 펜도 그렇다. 스웨덴에서는 종이가 넘쳐난다. (내 청소일에서 보면) 쿠바에서는 원하는 만큼 신문을 인쇄할 수 없고 종이가 부족하다. 대부분 개발도상국에서는 종이가 부족하다. 자국에서 종이가 넘쳐나는 광경을 볼 때는 그런 곳을 생각한다. 하지만 내가 이야기하려 했던 것은 부정직함에 대해서였다. 현대 언어로는 의옥疑獄이라고 한다. "단추를 다는 바늘로 시작하는 자는 대개 은그릇으로 끝난다네"*라는 동요를 들으며 가정교육을 받고 자란다. 집, 학교 또는 다른 곳에서 아무도 누가 대도大盜인지에 대해서는 말하지 않는다. 스스로 알아내야 한다. 동시에 밥벌이를 해야 하는 경우에는 알아내는 데 오랜 시간이 걸릴 수 있다. 그전에는 법에 나와 있는 것이 다 옳다고 믿는다. 정부는 언제나 결정과 법률에서 옳다고 말이다. 직접 생각할 수 없다. 아마도 '소유권'을 (왜 믿는지 생각하지 않고 '일부'가 믿는) '신'이 만들었다고 믿을 것이다.

* '바늘도둑이 소도둑 된다'라는 뜻

1969년 6월 5일

오늘 엘리세 오토센옌센*을 읽는다. 대단한 책이자 대단한 여성이다. 곧 바인더를 하나 만들어서 그 안으로 들어가 언제나 책세상에 있을 것이다.

*스웨덴의 아나키즘 언론인이자 성교육운동가

1969년 6월 6일

오늘 오토센엔센의 책은 브릿과 같이 주물공장에 갔다. 브릿이 오토센엔센을 잘 읽기 바란다. 오늘 해가 빛난다. 새벽에는 서리가 내렸다.

『어느 청소부의 일기』 원고는 곧 마무리된다. 타자기로 원고를 쓰는 중이다. 이제 마지막 장에 이르렀다. 전에 타자기를 써본 적 없었을 때는 사무실 직원으로 살기 어려웠다. 일터에서 타자기를 슬쩍 썼다. 타자기 한 대로 두세 장 쓰고 다른 타자기로 두세 장 썼다(특정 타자기만 닳는 일이 없도록). 타자기를 빌려 써도 되는지 묻고 싶지 않았다. 물어보았으면 대답은 "안 됩니다"였을 것이다. 어린 시절에 피아노와 타자기에 검지를 춤추듯 놀릴 수 있었다. 아직도 그때 속도다. 어림잡아 하루 두 장을 한 손가락으로 두드렸다. 아침 일찍 앉아서 썼다. 내가 있어서는 안 될 자리에 앉아 있는 광경을 누군가 볼까 무척 두려웠다. 청소부는 책상 의자에 앉아서는 안 된다. 그 점은 잘 알고 있다. 10년 동안 시에서 근무하면서 언젠가 한번 시외 통화를 시험삼아 걸게 되었다. 다음날 "이 전화기로 개인 통화 금지"라는 문구가 전화기 바로 옆에 붙어 있었다.

자기 것이 아닌 물건은 절대 쓰면 안 된다. 그 말은 어린 시절부터 마음 깊이 새겨두었지만 지금은 무너지고 있다. 더이상 정직한 시민은 아닐 터다. 타자기와 전화기를 빌려 썼으니까.

지금 세상에서 한 가지 문제가 해결되었다. 내 책상에 앉아서 타자기를 치고 있다. 이웃 아주머니 한 분이 내 '문학'노동에 대해 조금 알게 되었다. 그분이 지인에게서 타자기를 한 대 빌려다 주었다. 좋다. 이제는 더이상 새벽 3시에 일어나지 않아도 되고 글쇠를 칠 때마다 깜짝 놀라지 않아도 된다. 자기 책상에 앉아서 두려워하지 않아도 된다. 빌어먹을 소유권!

빌리고 싶었던 것은 타자기가 아니었다. 저 공간에서 잘 지내지 못했다. 타자기는 내가 싫어하는 수석 사회복지사 자리에 있었다. 그곳을 청소할 때마다 그녀가 무시하는 말들이 떠올랐다. 아마도 오래전 그때 그녀의 말을 잘못 알아들었는지도 모른다. 어딘가에 의존하게 되면 오해를 많이 하기 때문이다. 한때 그녀는 나를 담당했던 아동복지사였다. 그녀가 첫번째 가정 방문을 하고 나서 나는 기뻤다. 우리는 서로 연락할 것이라고 생각했고 나는 사회복지사가 '사람 좋아' 보인다고 믿었다. 가정 방문 후 얼마 지나지 않아 사회복지사에게 갔다. 당시 맏아들이 학교 공부를 시작할 예테보리에서 서류를 몇 장 보냈다. 그 아이는 학자금 대출 신청을 할 것이었다. 서류에는 기초지자체 공무원 서명란이 있었다. 그저 공식 서명에 대한 문제였다. 누군가 그 아이가 이 기초지자체 출신임을 증명하는 서명 말이다. 그 아이의 아동복지사가 적격일 것이라고 생각했다. 하지만 그녀는 서명해주지 않았다. 사무실에 가서 두번이나 서명을 부탁했다. "아드님이 이런 대출을 갚아야 한다는 것을 아나요." 꼼꼼하게 서류를 읽은 다음 그녀가 했던 유일한 대답이었다. 나는 아들이 당시 스물한 살이었으므로 그 사실을 알 것이라고 대답했다.

가난을 상기시킬 때마다 매우 슬퍼진다. 몹시 슬펐다. 그녀는 참으로 냉담한 어조로 말했다.

약한 사람을 못살게 구는 *아주* 대단한 방법을 절대로 보이지 않았던 또다른 사회복지사가 내가 묻기가 무섭게 서류에 서명해 주었다. 그녀는 서명이 공식적임을 이해하지 못할 정도로 어리석었을까, 아니면 우리가 처한 형편없는 경제 사정을 상기시키는 것을 즐겼을까. '사회복지사'와 '사회복지대상자' 사이의 관계는 민감하다……. 갑-을…….

사회복지대상자를 처음 방문할 때 공무원은 우리 모두 같은 배에 타고 있다고 설명해야 한다. "우리는 모두 사회복지대상자입니다." 우리는 모두 인간이다.

오늘날은 그런 관계가 나아진 것 같다. 사회지원*을 신청해야 하는 청년은 자기가 도움받을 권리가 있음을 확연히 알고 있다.

평등 관련 토론이 진행중이다. 군나르 잉에와 마이브릿 잉에** 부부의 저서 『불공평한 복지』는 이미 유익했다.

아마 미래에는 사람들이 서로 이야기를 나눌 수 있겠지.

*1957년에서 1981년까지 시행된 경제적 지원제도

**스웨덴의 사회의학자

## (평화를 이룩함으로써) 사람들의 마음 얻기

주민들의 마음에 닿기 위해
전투가 행해지는 성 지역과 마을 단위에서
승리해야 한다는 점을
언제나 우리는 분명히 해야 합니다.

_ 웨스트모얼랜드 장군, 베트남 주둔 미군 사령관

지인들을 소개할까 한다.
한 사람은 작은 새를 총으로 사냥하고
한 사람은 시계 스타르크를 읽는다.
한 사람은 민족해방전선 소식지를 공산주의 선전물이라 한다.
한 사람은 스톡홀름에 있을 때 〈카르 데 뭄마〉 코미디 쇼를 보러 간다.
두어 사람은 개인적인 신을 믿는다.
한 사람은 (빌헬름 무베리의 작품들에서) 간통이라는 단어가 나온 데만 읽는다.
두어 사람은 자기 남편 뒤를 쫓아 뛴다.
다른 이들은 자기 집 창과 자동차를 반짝반짝 닦고, '농장'이나 여름 별장으로 간다.
나는 그들 중 가장 뼈 빠지게 일하는 사람이다.
그렇다면 내가 현실이라는 세상에서보다 문학의 세상에서 더 잘 산다는 것이 이상할까.

추기.

어제 칼망누스 폰세트에게 편지를 받았다.

'진짜' 편지는 아니었고 '책'에 대한 것이었다. 멋진 세상, 문학의 세상에 대한 편지였다.

마르크스와 엥겔스는 노동계급에게 도래할 것을 준비하게 하려고 노력했다. 노동자는 하나의 계급으로 스스로를 조직하고 역사 발전에서 제 역할을 이해할 터였다. 노동자는 자기 차례가 되면 사적 소유권을 없애고 그로써 계급과 계급 통치를 철폐할 준비가 되어야 한다.

마르크스와 엥겔스는 자본주의의 붕괴가 머지않았다고 여겼다.

만일 노동자가 그에 준비되어 있지 못하면 – 혼돈.

만일 노동자가 그에 준비되어 있다면 사회주의의 약진을 뜻했다.

그때 인간은 처음으로 모든 동물로부터의 이례적인 제 지위를 드러내며 동물적 존재에서 진정한 인간적인 삶의 형태로 이행한다……. 그때 처음으로 인간은 자기 역사를 더욱더 의식적으로 쓸 것이다. 그 순간부터 인간이 움직이기 시작하는 사회적 과정은 인간이 의도했던 결과를 얻을 것이다.

이것은 인간이 필연성의 영역에서 자유의 영역으로 상승하는 것이다.

(삭제)

욘 타크만은 저서 『네이팜탄』 끝부분에서 이렇게 말한다. "만일 전 세계의 노동조합운동과 조직이 존슨의 정책에 반대했다면 베트남 폭격은 끝났을 것이다."

*만일 모두가 반대했다면.*

노동조합은 임금 인상 몇 푼에 스웨덴경영자협회와 드잡이하는 데 제격일 것이다. 밤낮으로 어려운 협상이다.

스웨덴 문제에 대해 : 언어, 물고기, 음식, 온갖 종류의 어리석은 짓을 배우는 동아리가 매일 전국에서 시작된다. 자동화된 세상으로의 재교육도 진행중이다.

이번 주 칼스쿠가에서는 300명이 큐폴렌에 들어가지 못한다. 들어가서 춤을 추려는 이들 모두 실내에서 자리를 차지하지 못한다. 대형 매장은 연속 파산한다. 세일, 세일, 세일. 지금 나는 커피잔과 달고 기름진 라디오 케이크 한 쪽을 들고 침대에 앉아 있다. 우리 '모두' 스트레스를 받고 걱정에 휩싸여 있지만 수백만 개의 폭탄과 불타는 네이팜탄이 우리 세상의 작은 나라 한 곳에 무자비하게 떨어지고 있다는 사실을 우리는 완전히 무시한다.

스웨덴, 스웨덴, 스웨덴. 과도하게 조직된 나라. 왜 우리 중 아무도 무언가를 할 수 없는 것일까. 이내 나는 일어나 숨이 멎을 때까지 미친 듯이 소리를 지른다.

에디트 쇠데르그란은 이렇게 말했다. "시간이 있는 이는 아무도 없다."

토론이 더 많은 상호 감탄과 더욱더 많은 관료제를 만들 뿐이라는 사실에 가끔 미칠 것 같다. 점점 더 많은 조사가 추가되지만 우리는 가장 중요한 문제를 모두 놓쳐버린다. 우리 시대의 극장. 아마 텔레비전 토론에 귀를 기울이면 재미있을 테고 가끔은 말 뒤에 이념적 사유가 있다는 점을 깨닫는다. 유감스럽게도 모든 것이 너무 늦은 것 같다. 우리는 결코 우리를 새로운 인간으로 재창조할 시간이 없을 것이다. 소유권은 태어날 때부터 우리 내면에 심어졌다. 너무 늦었다!

인간의 새로운 사유방식을 꺼내려고 마오쩌둥이 수행한 것을 생각하면 겸손해진다.

"세상 모든 것 중 인간이 가장 고귀하다"라고 마오쩌둥은 말한다.

미리 생각했다. '텔레비전 달 착륙 시청은 무시하겠어. 더 중요하게 할일이 있을 때 미국인이 시간과 힘을 낭비하는 꼴을 볼 힘이 없어."

하지만 자주 그렇듯이 호기심이 이겼다. 먼저 라디오의 우주 프로그램을 듣다가 스르륵 잠이 들다시피 했다. 하지만 자명종이 텔레비전 달 착륙 생중계에 알맞게 1시 30분에 울렸다. 텔레비전 앞에 딱 앉았을 때 열린 창으로 릴리안의 목소리가 들린다. 밖은 캄캄하다시피 하며 그날 저녁에는 달이 휴가를 갔다.

릴리안은 텔레비전이 없고 릴리안 이웃들은 텔레비전을 보지 않을 터였다. 릴리안은 이 역사적인 사건을 보는 일이 얼마나 흥미로울지 자기 방에서 생각했다고 이야기했다.

'마이아는 조금 '과학적'이야.' 릴리안은 머릿속으로 그런 생각을 했다. 그래서 그녀는 한밤중에 자전거를 타고 우리집에 왔다. 내 방에 환하게 불이 켜진 것을 보았을 때 릴리안은 참 기뻐했다.

살면서 많은 말을 들었지만 내가 '과학적'이라고 생각한 사람은 릴리안이 처음일 것이다.

릴리안과 나는 밤을 새웠다. 아침에 릴리안은 나와 함께 멀리 여행중인 이웃의 꽃에 물을 주었다.

"만일 사랑과 인류애라 불리는 것이 있다면, 인민이 세계에서 일어나는 일을 유념하며 우리의 별이 삶을 이어가야 하는데 신경을 쓴다면 인민은 미국에서 일어나는 일을 살펴야 할 것이다. 많은 사람은 더이상 이런 체제에 있고 싶어하지 않는다. 그들은 그런 체제를 타도하는 데 성공할 준비가 되어 있다. 세계의 모든 인민은 미국의 정책에 반대한다는 것을 보여주고 그에 대한 의견을 제시해야 한다. 우리는 미국을 완전히 이길 준비가 되어 있다. 만일 스칸디나비아가 마틴 루서 킹이 사람들을 거리로 이끌고 나가 '경찰'에게 곤봉으로 맞아 쓰러졌다는 이유로 그에게 평화상을 줄 수 있었다면 스칸디나비아는 우리를 지원할 수도 있을 것이다.

그렇지 않다면 우리 모두 서로에게 작별의 키스를 할 수 있으리라."

_ 엘드리지 클리버

# 수없이 많은 바닥을 닦으며

## 어느 여성 청소노동자의 일기

1쇄 발행 2022년 8월 1일
5쇄 발행 2023년 1월 26일

지은이 마이아 에켈뢰브
옮긴이 이유진

편집 박민영 김윤하 | 디자인 이현정
마케팅 배희주 김선진 | 저작권 박지영 형소진 이영은 김하림
제작 강신은 김동욱 임현식 | 제작처 영신사

펴낸곳 (주)교유당 | 펴낸이 신정민
출판등록 2019년 5월 24일 제406-2019-000052호

주소 10881 경기도 파주시 회동길 210
문의전화 031.955.8891(마케팅) 031.955.3583(편집) 031.955.8855(팩스)
전자우편 gyoyudang@munhak.com

인스타그램 @gyoyu_books | 트위터 @gyoyu_books | 페이스북 @gyoyubooks

ISBN 979-11-92247-29-8 03850



KULTURRÅDET SWEDISH ARTS COUNCIL
이 책은 스웨덴예술위원회(Kulturrådet/Swedish Arts Council)의
번역 지원을 받아 출간되었습니다.